漂移时代

墨柳 著

天津出版传媒集团

天津人民出版社

图书在版编目（CIP）数据

漂移时代 / 墨柳著. -- 天津：天津人民出版社，
2018.1（2025.4 重印）
ISBN 978-7-201-12444-5

Ⅰ.①漂… Ⅱ.①墨… Ⅲ.①长篇小说—中国—当代
Ⅳ.①I247.5

中国版本图书馆CIP数据核字(2017)第288912号

漂移时代
PIAOYI SHIDAI
墨柳 著

出　　版	天津人民出版社
出 版 人	黄　沛
地　　址	天津市和平区西康路35号康岳大厦
邮政编码	300051
网　　址	http://www.tjrmcbs.com
电子邮箱	tjrmcbs@126.com

责任编辑	张　凯
封面设计	百思特书衣坊

制版印刷	三河市天润建兴印务有限公司
经　　销	新华书店
开　　本	660×960毫米　1 /16
印　　张	20.5
字　　数	182千字
版次印次	2018年1月第1版　2025年4月第3次印刷
定　　价	53.80元

目　录

目 录

第一章　埋下一座城

1

列车由风驰电掣转入徐徐缓行，仿佛一个遭遇巨大创伤的人，在疯狂的哭喊中渐渐平息下来，伴随着一声不易觉察的"咔嚓"声，列车在郑州站停靠。几分钟后，它将继续它的行程，向着它的终点站行驶。要下车的人开始忙乱起来，收拾东西，拿行李，然后涌向车门。

在汹涌的人流簇拥下，庄炎走出车门，一股热气扑面而来。在这个中部新兴"火炉"城市的初夏，太阳刚露出一点端倪，炎热便弥散开来。

路途的困倦，在心头萦绕的是湿漉漉的惊悸和呼喊，离别的伤感和无法承受的巨大疑问，此刻都变得遥远而迟钝，犹如一个蓝色调的梦境，在庄炎的脚落地的瞬间，警醒了。

站台上，人们来回地穿梭，行色匆匆。庄炎拿出一片口香糖塞进嘴里，戴上耳机，把双肩包甩在肩上，拉着行李箱，踏上了这个她异常熟悉的城市。四年了，不知不觉，好像只是低头仰头的瞬间。四年前的离去，今天的重返，仿佛都是注定，没有疑问，也毫无出奇之处。曾经离去时，热泪盈眶地和父母挥手告别，而今是和朋友、同学告别。这种无法圆满的缺憾，似乎才是人生真正的乐趣。

"我回来了，永远地回来了，我的城，也许我们注定属于彼此。"庄炎闭上眼睛深吸了一口气，咽下眼眶里那种温热的气息。

庄炎挂念的萧记、合记烩面，蔡记蒸饺，葛记焖饼，小吃夜市，等等，都将让她的生活鲜活、沸腾起来，还有她曾经的朋友，和一段即将铺开的日子。

2

17个小时前，庄炎在兰州。

兰州火车站，成了大学生的世界。他们被不同的院校"呼啦"一下倒在了这里，然后，快速地分散到全国各地。

站台上一条粗粗的麻绳，割断了现在与未来，像一条分界线。他们在分界线的这端告别，另一端开始新的征程。

毕业生脸上离别的伤感，哭声、喊声、啤酒瓶的碰撞声，还有拖得长长的离别之歌，在一个个人堆里此起彼伏，在热烘烘的天空中碰撞，混杂着青春的汗气……

庄炎在站台上停下来，和宿舍的几个姐妹依次拥抱。

如果非要选择不可的话，就把2006年7月2日作为一个结束，也作为开始吧。216宿舍；4年的大学生活；睡得天昏地暗的日子；突发奇想的旅行；干裂的颜料块；裹满笑声的青春——统统打包。带走。

庄炎觉得自己像被"大学"一脚踹了出来，扔到了社会上。从一个群体变成了个体，工作、生活、未来，劈头盖脸地砸来。在一段静默之后，庄炎抬头对自己说："不就是混社会嘛，不就是事业、家庭、爱情、面包嘛。没什么，走出去就意味着自由，自由就意味着更多的可能，更大的空间。"庄炎对着天空绽放了一个微笑，决定尽快卷铺盖走人。

7月的天空在216宿舍几个女生有节奏的步伐中一层层地亮起来。

庄炎把红色背包放下，伸手抹了把汗。

秦宇晴一会儿看看周围，一会儿看看庄炎，一会儿看看简悦；仿佛，"离"字在她眼中碎裂，流淌出惊恐的忧愁。

空筌"哗"地拉开肩上硕大的帆布背包，把墨绿色瓶子的啤酒塞到每个人手中，变魔术般，迅速、准确。

"惊喜吧，让我们为了大学四年的生活干杯，为了一个未知的未来干杯。让一切都见鬼去吧，我们什么都不怕。"空筌又拿出了那种惯有的豪迈。

"来吧，我们干杯，为了明天。"庄炎把酒瓶子举起来。

"真够棒的，整得跟男生一样豪迈。"简悦抿嘴笑了一下，看了看不远处，六七个男生穿着一色的白T恤围成一圈，可以清楚地看见每个人抓着啤酒瓶的胳膊上颤动的青筋，啤酒瓶紧紧地碰在一起，里面的液体随着他们不断颤动的喉结流入体内。他们彼此拍着肩膀，彼此拥抱，彼此祝福，彼此在白T恤上签下龙飞凤舞的各色文字。他们肩搭着肩，头颅抵着头颅，一股强大的气流从他们嘴里冲出，啊啊啊的声音在圆圈中间凝聚，撕裂了漂浮着忧伤的天空。

简悦转过头来，已是满眼晶莹。

火车把怀揣着迷茫抑或是梦想的大学毕业生一拨一拨地塞进肚里，又在汽笛长鸣中扬长而去，没有迟疑，没有留恋。

庄炎咬着嘴唇环视着四周，目光焦急地游离、搜寻。她盼望着那张熟悉的面孔出现，却又格外惧怕。离别的场景被这群有血有泪的大学生渲染到了极致。她不知道和韩艺告别的场面，她如何承受。但离别，又怎能缺席了"韩艺"！

秦宇晴突然哽咽了："炎子，不知道这一别我们什么时候才能再见。"

"别哭，傻丫头，不是说好了，现在交通这么发达，想去哪都挺方便。"庄炎吸了口气，把眼里的潮湿吸回去，伸手抹掉秦宇晴脸颊的泪。

"是呀，是呀，说不定庄炎前一天晚上梦见我，第二天一早我就坐在她的床头呢。"空箜挤过来，笑容灿烂，眼圈却红红的。

"你又不是贞子，我一想，你立马现身。"庄炎打趣地往后趄了一下身子。

"炎子，记得常联系。"简悦伸开手指放在耳边做听筒状。

庄炎笑得阳光明媚，却没挡住眼里液体的滴落。"把场面弄得这么煽情干吗？又不是生离死别，该死。"庄炎自责地想。

庄炎伸手接过秦宇晴递过的纸巾，擦了擦眼睛。早上涂的睫毛膏与眼影混合着眼里的液体打造出了一个全新的视觉妆容——眼圈下黑乎乎的印痕一直延伸到颧骨上，眼皮上紫色与黑色混在一起，夹杂着高光粉的反光，亮闪闪的。

简悦与秦宇晴互相挽着手笑成一团。

庄炎这辈子画的第一个妆，就在她这一擦中彻底花了。

"我容易嘛，你怎么能这样，早上非要给我化妆，咋不告诉我，这妆这么容易就会花的。"庄炎大声笑着追着简悦，一边做捶打状，一边责怪道。

"回头，我用油画颜料给你做个纯中国式的完美妆容，保证洗都洗不掉。"简悦说着大笑起来。

大家跟着笑成一团，如同不同的色彩块呼啦啦地在空气中绽开。一辆列车在她们的笑声中停下，又迅速地离开，像是要从她们的视线下逃过。

庄炎把这阵笑声故意拉长，演绎到极致，直到泪水在笑声中喷薄而出。她掏出手机看了看，9：25。他真的不来了吗？

几个女孩也同时向进站口望去，人头攒动，却没有让她们视线聚集的焦点。他在哪里？

"我想要怒放的生命，就像矗立在彩虹之巅……"——几个男生勾肩搭背，吼着汪峰的歌曲。

招手，呼喊，相拥，眼泪，让火车站的空气变得湿热、黏稠。

庄炎长长地吐了一口气，回头看了看这个城市，今天的天空难得的湛蓝，周围高高低低的建筑物，身边的喧嚣，都变得陌生而遥远。四年了，一切都结束了，一切也都要重新开始了。庄炎伸手，似乎想抓住这个城市里最后一点温度。

3

庄炎推开屋门的那一刻，觉得自己像一个被抛出去的球，扯着一条带弹性的线，无论多远，绕多大的圈子最终都是要回来的。这里永远都是柔和明亮的色彩，可以击散所有的疲惫，可以舒展四肢，舒舒服服地躺下，不用担心，不用害怕，在这里没有什么能够伤害她。

庄炎看着父母惊喜的目光，定格的动作，跑过去扑在母亲怀里，又转身拥抱父亲。庄父拿报纸的手，愣愣地垂到体侧；庄母系着围裙，手里拿着盘子。

庄炎分别在他们脸上亲了一口，他们像得到指令似的立刻忙乱起来。庄父帮庄炎取下背包，庄母忙着察看自己的女儿，好像在仔细检查自己的心爱之物，一点一寸都不放过。庄炎一股脑地把背包里的东西倒出来：宁夏的枸杞，兰州的百合，还有两条黑兰州烟。

庄炎没有告诉父母今天要回来，她想制造一份惊喜。此刻，看着父母合不拢的嘴，她满意了。她觉得自己不仅是父母爱的结晶，而且是这个家里祥瑞的吉祥物，有了她，这个家看起来才有乐趣，才鲜活。中国人就是喜欢养孩子。养小孩多好啊！小时候就是大人的玩具，充满了无限的乐趣，一句句地学说话，一步步地学走路，多新鲜啊。和现在的智能玩具比起来，也具有更强大的功能，不可比拟。养小孩累吧，可累得有乐趣，等小孩长大了还会反过来照顾你。所以说嘛，养小孩比养小猫小狗划算得多。

庄炎眯着眼看着父亲吧嗒吧嗒地吸着兰州烟，心里暖暖的，那种温暖漾上来，漾到眼睛时，戛然而止了。父亲的额头隐隐刻着几条纹路，鬓角抽出几根白丝，且有蔓延的趋势。庄炎又转头看着母亲，略显臃肿的身躯，凌乱地束在后面的头发，都显示出衰老的趋势。庄炎弄不清楚，这是什么时候的事，自己在学校拿奖的时候，母亲笑着把自己抱起来旋转着、亲吻着自己的脸颊；看烟火的时候，父亲把自己驮在肩膀上，好像一切都只是昨日。但拿出具体的年月来计算，确实已经久远了。这不，自己已经长成大姑娘了。庄炎搓着手掌想："我一定要找份好点的工作，好好孝敬父母，好好争取自己的未来。我从几十厘米长到165厘米，肯定不是白长的。"

庄母刚把菜端出来，庄炎就拿着筷子，夹起来往嘴里塞，烫得她直伸舌头。

庄母拿了个碟子，夹了一块鱼放在上面说："慢点吃，这小馋猫。"

庄炎努努嘴，吐吐舌头，把父母夹的菜乐呵呵地填进自己嘴里。然后，在父母的笑声中，一家人开始了热热闹闹的谈话，话题的中心当然是庄炎。从学校，宿舍，分别，做毕业设计，一直延续到现在需要面临的工作问题。

"怎么样，丫头，毕业了有什么打算。"庄父边给庄炎夹菜边问。

"打算是有的，只是还没有具体的实施计划。"庄炎停下筷子想了想说。

"你不是说打算考研嘛。"庄母问。

"那是原来，你说我一学设计的，考研也就是学历高点，没什么用，重要的是积累经验。"庄炎说。

"研究生可以进高中、大专院校当老师，现在本科不好进。"庄母站起来给庄炎舀了一勺粥。

"我才不要当老师，无聊死了，就那么点课，翻来覆去地讲，一讲就是几十年。"

"老师可是个好职业，不过咱也不认识教育系统的人，你想进，人家还不要呢。"庄父说。

"那考公务员吧，一步到位，稳定，以后就不用担心了。"庄母探着头说。

"那比考研还难呢，更是千军万马过独木桥，成堆的人往下掉，修成正果的寥寥无几，不仅实力好，而且运气要好。"庄炎说完低头喝了一口粥。

她不想考试。从幼儿园就开始考试，到小学、初中、高中、大学，大考、小考不计其数，自己好像一块肉，在架子上翻来覆去地烤，一股股煳味把自己熏得难受，可还得硬着头皮上，不考就没前程，好像分数就决定了你这个人的高矮胖瘦。小学，我们喊着，为父母争光，不能输在起跑线上；中学，为了父母的心愿，为了自己的前程拼搏。总之，拼了命地往大学挤，好像进了大学就前程似锦。可现在怎么样呢？不是依旧坐在这讨论工作的去向吗？其实，很多人想上研究生，想当公务员，可他们害怕，害怕"考"这个字，他们恨不得把这个字踹得远远的，最好这辈子都不再碰触。

庄炎也想考研，她站在"考研"这扇大门前面，抱着书看了许久，到报名的那天，她把书盖在脸上假装睡着了，最后一刻，她也没出现。

"办个画室吧，现在办画室，好像效益很好，现在六七岁的小孩都背着画夹去学画画。"庄母说。

"教小孩，你们不怕我'残害'祖国下一代？我要是老师，我就让我的学生想干吗干吗去，全凭自己的兴趣爱好，想出去玩，尽管去。"庄炎说得兴致勃勃。

"对了，你刘伯伯说给你跑跑进事业单位呢。"庄母猛地拍了一下脑袋，又转头对庄父说，"你一会赶快给老刘打个电话。"

庄父边给庄炎夹菜边点头。

"什么事业单位啊？"庄炎咬着筷子睁大眼睛问。

"就是以前给你说的事业单位。"庄母说。

"我不去！我一个学设计的去那干吗？"

"学设计的怎么了，现在改行的人多了，再说事业单位多少人削尖脑袋往里钻呢，你还能找到比这更稳定的工作吗？"庄母的口气不容置疑。

"你们就别管了，我有自己的想法，事业单位反正我不喜欢。"

"工作就是工作，没有喜欢不喜欢的，这事你别管了，我和你爸做主。"庄母看了看庄父说。

"我一会就给你刘伯伯打电话，抓紧点，估计没什么问题。"庄父说。

"事业单位又不要设计，我去干吗呀？"庄炎捶着餐桌喊道，"喝茶看报纸，无聊死了，简直就是耗费生命，缓慢的谋杀。"

"什么耗费生命啊，谋杀啊。哪跟哪啊，把你工作安排好，就是我们现在最大的心愿。"庄母严肃地说。

"你们别瞎操心了，好不好，我自己的事，我自己可以处理。"庄炎拧着眉头大声说道。

"你能处理什么？去当个设计员，打一辈子小工？再说了，学设计的，上了年纪谁还要你。"庄母没有让步的意思。

"打小工怎么了？我愿意，谁说我一辈子就得打小工了。"庄炎把筷子拍在桌子上，站起来把凳子踢到一边，跑回卧室"啪"地甩上了门。

4

庄炎打开QQ空间，在好友动态里看到了这样一段话：

转角遇到狗，是一个我认为很有魅力的男人从转角遇到的爱引发来。哈哈，转角遇到狗！

　　确实每一个转角我们都不知道遇到的是什么，遇到爱？不知道是不是真的爱。如果遇到狗，那可真的是狗，不要客气，脱了鞋直接丢过去。不知道是谁说的，痛打落水狗；就算不是落水的，狗也要打，因为它是转角遇到的。

　　快要过生日了，希望过了生日的这个转角，遇到的不是狗。要是遇到狗，那么我希望也是个哈巴狗，听话的狗，那么我会收养它，变成我自己的宠物。

庄炎在评论一栏里啪啪地敲了下面的字：

　　多奇怪的转角，我宁愿遇到的是狗，也不愿是什么不明物体，奇奇怪怪的。万一和它撞个满怀，弄你一身黏黏糊糊的东西，抖不落，擦不去，岂不郁闷！更可怕的是那黏糊糊的东西落得满地都是，埋了前行的路。

庄炎对着电脑托着腮帮子，又念叨着生日两个字。昨天是自己的生日，父母忘记了，或许是自己的突然出现成了一件更值得关注的事。庄炎想起了火车，想起了自己的生日愿望。

凌晨5点，天已微微泛亮。醒来的旅客，开始你一句我一句地聊天。有人接着细小的水流洗漱，有人拿着康师傅方便面走向茶炉。

我回来了，马上就要到家了，今天将是一个新的开始。

庄炎看着窗外。今天是她24岁的生日。

闭上眼睛，默念生日愿望吧，在太阳升起的那一刻，犹如许多年来的习惯，让自己新的梦想和太阳一同升起。

庄炎摁开手机的记事簿，于2006.7.3　5：25.记下了刚才默念的愿望：

　　我希望有自己生活的一个圈子，不大；有一些志同道合的朋友，不多；有间属于自己也是大家的工作室，大家经常聚会，喝冰镇啤酒、抽不同牌子的香烟，经常有些长发飘飘的男人与聪明绝顶的女人一起聊格里纳尼、保罗·兰德，也聊时尚八卦；工作室的中央就是一个厨房，一本食谱，大家一起做自己想吃的食物；还有一个吧台，大家调不同口感的鸡尾酒，喝不同的鲜榨果汁；大家做自己想做的事情，快乐地做自己想做的设计；每年有固定的时间出去采风，收罗新的灵感和素材；可以去法国巴黎，体验那种时尚浪漫，去美国的尼斯感受艺术的熏陶，去米兰体验时尚和奢华。总之，我们可以在任何一个地方，把喷发的灵感变成完美的作品。

　　庄炎合上手机就又想起了韩艺，想起了秦宇晴、空箜、简悦……
　　她也禁不住想起在大学过的第一个生日，那是2002年7月3日。
　　那天，庄炎的头发拉了离子烫，穿着宽大的短袖衬衣，水蓝色带着破洞的牛仔裤，牛仔裤上还带着未曾洗掉的油画颜料痕迹。她和宿舍的姐妹、韩艺还有几个要好的同学，一路嬉笑着涌进西关十字口的火锅城。他们喜欢那种热，火锅的热气、辛辣加上热气腾腾的心情，再配一扎冰镇啤酒，真爽。
　　很多细节庄炎已记不太清楚了。只记得，韩艺坐在庄炎左边，大家不停地笑，不停地碰杯。听到街道上杏皮茶的吆喝声，她就跑出去，呼来带着大油壶的小贩，给每人冲一杯凉丝丝的杏皮茶，把吸管插进去喝上一大口，如同沐浴了一阵清凉的风。
　　那天许的愿，大概是关于甜腻腻的爱情，关于简单幸福的生活吧。
　　庄炎站起来，满脸的红晕："谢谢大家，来再干一杯，祝大家永远开心。"
　　大家开始挨个给庄炎斟酒。酒不能白斟，庄炎建议每个人喝酒前说一句最想说的话。

"我今天可以站在这里，非常棒，我喜欢大学，喜欢你们每一个人。"庄炎站起来，拿酒杯的手在空气中画了一个圆圈。

"博爱！很好！不过，你喜欢韩艺正常，你喜欢我可得把握好度，我可不是拉拉。"空签抱着臂膀歪着身子。

"去死，我对你才不感兴趣呢。"

"那你对谁感兴趣？"

庄炎脸腾地红起来："我对我自己感兴趣，可以了吧？"

"噢，自恋狂。"简悦笑道。

"自恋，怎么了？爱自己的人才能更好地爱别人。"庄炎甩了一下头，"下一个，该谁说了？"

"怎么说呢？大学应该是我们更好地成长，积累一些东西的阶段。"裴大伟端起酒先喝了一口。

"太爽了，上大学真的好爽，这跟高中相比就是地狱和天堂。我要利用这些美好的时光，做我想做的事。"空签抢道。

"希望毕业后，我能赚好多好多钱，妈妈就不用那么辛苦了。"秦宇晴说道。

"我希望能好好学习专业，希望将来能考研究生，在设计领域有更高的深造。"韩艺举着杯子说。

"我们玩游戏吧？我打关。"庄炎说。

裴大伟把庄炎按到座位上，说："我先来，我最大，不能跟我抢。"

"玩什么？"

"老虎杠子鸡。"

"人在江湖漂。"

"两只小蜜蜂，两只小蜜蜂啊，飞在花丛中啊，左飞飞，右飞飞，飞啊，啵啵。飞啊，啊啊……"

5

庄炎摊开四肢，躺在床上；两只胳膊，好像被无形的东西吊着拉向不同的方向。一边是工作，一边是爱情，它们都撕扯、跳跃、纠缠着。只要有一点点空隙，它们就蜂拥而至，庄炎觉得整个灵魂都在被呼呼啦啦地撕裂。床，或者说是整个房间，都开始震颤，接着是一声汽笛声——火车。庄炎翻身从床上下来，冲到洗手间关上门，拉开窗子，看着一辆黑乎乎的火车"咔嚓""咔嚓"地驶向远处。车厢里的人异常清晰，有的趴着睡觉，有的兴致勃勃地说话，有的咬着鸡腿，有的玩着手机，还有的愣愣地盯着窗外。记得和父母刚搬到这里的时候，她厌恶极了那火车，厌恶极了那无边无际的轨道，但此刻她却觉得亲切至极。

庄炎在火车消失的时候，转身坐在马桶上。马桶，吸纳人体污秽的排泄之物，那为什么不能多个功能，有个遥控，装上智能程序，把心里沉淀的乱七八糟的垃圾都吸进去，然后一按，哗啦一声冲得干干净净不留痕迹？

庄炎记不清在厕所坐了多长时间，直到外面传来了敲门声，她才站起来，下意识地按了一下冲水键。这时她才发现，自己一直坐在马桶盖上。

庄炎和母亲打了个招呼，转身进屋，坐在转椅上打开电脑。

庄炎想找个人说说话，需要把胸口塞得鼓鼓囊囊的东西倒出来一点，倒出一点就好。

她拉出QQ页面，把上面的联系人挨个看了一遍。

她的鼠标和视线都停留在一个用卡布奇诺咖啡做头像的好友身上。"端木"，庄炎轻声念着，露出一丝微笑。

端木世杰是庄炎的高中同桌，常常帮庄炎买早点、买冰棒。庄炎常常对他说："你的东西就是我的，我的还是我的；不过你不是我的，我们是顶好的哥们。"庄炎说这句话的时候，拍着端木的肩膀。端木傻呵呵地笑着："嗯，你把我也收了吧。"

庄炎一把推开他："去，那还要管你吃饭呢。不要！"

高中时代，端木对于庄炎的一切指令，都全盘接受，且乐颠颠地去执行。庄炎高兴的时候，他比庄炎看起来更乐呵；庄炎难过时，他就坐在一旁悉心地开导，想方设法地哄庄炎高兴。

庄炎想着端木胖乎乎的样子，突然迸发了说话的欲望。

炎子 00：24：12

喂，安宁哈赛有，有空，一起玩！

端木 00：25：02

炎子！你在哪呢？回来了吗，在郑州？

炎子 00：25：10

是啊，没听见我正在用英语、韩语、日语给你问好呢吗？

端木 00：26：03

回来怎么也不打个电话，好久没见你，回头一起吃饭吧？

炎子 00：27：00

没有问题，我想吃萧记烩面，还有葛记焖饼。

端木 00：28：03

你怎么这么晚还不睡？

炎子 00：29：13

想你呗，嘻嘻。

端木 00：30：15

真的？等会……

炎子 00：31：19

干吗？

端木 00：35：14

我按按，心快跳出来了。

炎子 00：36：20

你现在在哪上班呢？

端木 00：36：30

一家私企，管理财务。你呢，毕业了有什么打算？

炎子 00：37：20

我在家发酵呢。我爸说找人把我安排到事业单位，可是我觉得很没意思啊。

端木 00：37：40

事业单位，很多人想进的，不错啦。比我强多了。

炎子 00：39：50

可是，我四年的设计不是白学了吗？

端木 00：40：01

要不你看看，找个设计公司，积累几年，成了熟手，工资待遇也不错。

炎子 00：41：13

再说吧，我一个小胳膊，要跟两个"大腿"拧……

庄炎打字打得正高兴，屋里"啪"地黑了，究竟是跳闸还是停电，庄炎也不知道。她知道自己被黑暗一把拽了进去。

庄炎摸索着仰面躺在床上。在一团漆黑中，庄炎伸出手指晃动着，好像要把透明的黑色缠绕起来。她突然就喜欢上了这黑色，静静的黑色。她想让自己在这黑色里下沉，下沉，下沉到另一个奇幻的世界。庄炎拿出手机抠掉电池，把手机和电池伸手扔到桌子上。庄炎闭着眼睛，耳边清晰地响起一种声音："对不起，您拨的电话暂时无法接通。"

无法接通，多好啊。好像自己突然消失了，或者到达了移动网络无法覆盖的偏僻、不毛之地，谁也无法找到。自己正置身黑色之中，透明的黑色，神秘的黑色，未知的黑色。黑色可以使其他颜色突出出来，黑色的背景还能使照片、图片位于视觉的中心。

不信，你看，黑色涌动起来，越来越快，越来越浓，推揉着一种叫记忆的东西层层浮现。

6

庄炎趴在车窗上，看着简悦、秦宇晴、空箜三人，依依不舍地跳跃着向她招手，嘴不停地张张合合。庄炎眼里的液体大颗地涌出、掉落。抬高的腿，举起的手臂，以不同的角度、不同的力度摆动着；不同的面部，不同程度扭动的肌肉组合；随着火车渐渐加快的移动，迅速后移。

三个人迅速地缩小成了红、白、绿三个色点。

三个蹦蹦跳跳的色点，把庄炎的思绪扯回了校园。

庄炎想走，快点离开这里。做这个决定，她仅用了5分钟。她被那种对韩艺的不舍，对姐妹的不舍，对校园的不舍，揪扯着，纠结而躁动。她需要突破，既然要面对这一切，就让它快点来临吧。

庄炎两天前托老乡买了张火车票，她拿着车票看了许久，总觉得有点不对。字体，颜色，大小都与以往的火车票没什么不同，但庄炎就是觉得怪异。

她总觉得这张火车票会把她带到另一个国度，比如说像凡·高《星空》里那样奇幻的世界，俄国希施金画作里的生机勃勃的大森林或者列维坦情调细腻、情景交融、诗意盎然的《白桦林》中。总之是一个曼妙无比的世界，不用为找工作发愁，不用选择爱情和面包哪个更重要，不必被生活中太多实实在在的东西牵绊。

庄炎拿着火车票，抬头对着宿舍屋顶的白炽灯照，以不同的角度，不同的姿势。依旧是"兰州——郑州"。为什么不是火星，或者地球外的随便哪个星球？如果那样，所有的东西都将不存在。她就成了彻底的"无忧"或"空白"。

庄炎想起了空白的画布，自己常常为了寻找对物体美的极限表现，把颜料堆砌，寻找一种视觉的撞击。太多了，就乱了，没有焦点，无法欣赏，倒不如一片空白，干净、利落，遐想无限。

"妞，你再看也看不出个毛爷爷的头像来，来，乖，看这个。"空笠嬉笑着抢走车票，递给她一张100元的红票子。

庄炎仰着头继续照。

"有毛爷爷他老人家的头像没？"秦宇晴把头往前探了探。

"有。"庄炎答。

"有水印没？"简悦伸手看着自己新做的指甲问。

"没。"庄炎嘟着嘴，装出一脸委屈。

"假钞，销毁。"简悦跳起来去抢。

空笠连忙夺过来揣到怀里，宝贝似的，说："我容易嘛，我画了一个上午的画，这是我的目标和动力。"

庄炎翻了个身，不小心从床上滚落到地上了。她从地上爬起来下意识地揉揉胳膊肘和头，但发现一点都不疼。她站起来，已毫无睡意了。庄炎从枕头旁拿出手机看了看，03：50。庄炎套上宽大的长款T恤，穿着拖鞋，蹑手蹑脚地拉开屋门，客厅里除了冰箱细微的响声和表针"咔嗒""咔嗒"地行走声外，没有任何声音。庄炎没有开灯，把防盗门拉开一道缝，侧着身溜了出去。

夜晚褪尽了白日的燥热，外面空气凉凉的，从庄炎裸露的肢体上滑过。白色的路灯闪烁的霓虹，和黑色的夜搅在一起，成了一种轻透的色彩。楼房、沿街的店铺、路旁的树木，花圃都沉沉地睡去，均匀地呼吸，只剩下了偶尔飞驰而过的车辆。庄炎仰头看着天空，闭上眼睛做了一个深呼吸，仿佛树木、花朵都发疯地生长，把这个钢筋水泥的城市掩映在下面。楼房只是树下那小小的蘑菇朵，车辆如同彩色的瓢虫，她只是一个蹦蹦跳跳的小精灵。

庄炎睁开眼睛笑了笑，迈开大步，笑着，蹦蹦跳跳地向前奔跑，还大声唱着歌：

明天就像是盒子里的巧克力糖

什么滋味

充满想象

失望是偶尔拨不通的电话号码

多试几次

总会回答

心里有好多的梦想

未来正要开始闪闪发亮

就算天再高那又怎样

踮起脚尖

就更靠近阳光

……

庄炎跑到路口，看看左边，看看右边，突然不知道该往哪走。她拿出电话，在十字路口的马路边坐下，翻出韩艺的名字，按下发射键。

庄炎把电话缓缓地从耳边拿下，手机里重复着同一个声音："对不起，您拨的电话已关机。"

庄炎坐在路口泪流满面，轻微的抽噎，如同断断续续的前奏，扯出一场大雨。路在她泪水的浸泡中，晃动着，漂浮着，朝着未知的方向。

明明两天前还在学校，怎么这么快就成了断裂的两条线？

庄炎拿起电话拨通秦宇晴的号码，她需要一个人陪她说说话。

秦宇晴此刻正趴在窗台，看着另一个城市的夜色。整整一个白天，她都躲在网吧，不停地发送简历。

不同的城市，同一个时间，连接着两张挂满泪水的脸。

"炎子，你在哪？"秦宇晴问。

"大街上。"

"你在大街上干吗？快回去。"

"我出来透透气呀，你还别说，夜晚的城市还是别有一番风味。"庄炎伸手抹了一把眼角的泪。

"对了，韩艺和你联系了吗？"秦宇晴问。

"韩艺？他是谁啊？我不认识，咱不说他。"庄炎用吃惊的语调对着电话说，眼角的液体顺着脸颊滑落，浸入庄炎的嘴角，咸咸的，"对了，你工作找得怎么样了？"

"别提了，快疯掉了，前天面试了一个，当场就被人家'out'出局了，说是没经验。你呢，怎么样了？"

"这不在十字路口蹲着，正不知往哪迈脚呢。"庄炎没提事业单位工作的事，她突然觉得没什么牢骚可发，就算发，对象也不能是秦宇晴。想着秦宇晴淡淡的笑脸，想着她几万块钱的助学贷款，想着她常常犯病的单亲妈妈，庄炎觉得心里酸酸的："宇晴，你照顾好自己，工作慢慢找，不能着急，总会有合适的。"

"炎子，我好害怕，真的，我害怕找不到一份合适的工作，害怕还不了那么多的贷款，还有我妈，我得每周带她去医院检查，我害怕我不够坚强，我害怕……"

秦宇晴的声音变得细小而微弱，最后变成了啜泣。

"宇晴，你不要这样。我们不是说好了吗，面包和爱情都会有的，只不过是早晚的事。这才刚刚开始，我们会赢，会赢，赢了生活，赢了未来。我们想要的一切，都会有，相信我们自己，宇晴。"庄炎吸了口气，换了一种愉快的语调，"宇晴，知道我刚刚在干吗？我在唱歌，《一千零一个愿望》，我们唱歌吧，好不好？"

秦宇晴吸了吸鼻子，应了一声。

"换个歌唱吧，《怒放的生命》，怎么样？"庄炎抱着手机，大声地唱道，"曾经多少次跌倒在路上，曾经多少次折断过翅膀，如今我已不再感到彷徨，我想超越这平凡的生活……"

秦宇晴对着电话轻轻地哼着，用食指轻轻地敲着窗台打着拍子。

庄炎挂了电话。东方的天空已微微泛亮。想过超越平凡的生活，而自己连生活的脉络都没摸清楚，谈何超越。这是一个迷茫的阶段，迷茫吧，太阳出来，一切就光鲜了，就清晰了。

远处传来吱扭扭的车声，清洁工已经推着车，开始清扫街道了；卖早点的小贩打着哈欠，拉开门，将开始迎接一个新的早晨了；晨练的人们，也正纷纷从睡梦中跳出来。

庄炎站起来，甩了甩胳膊，扭了扭腰，向着家走去。无论如何，生活还是光明的。与秦宇晴相比，与很多人相比，庄炎都是幸福的。她不用为自己的工作、生计发愁，起码暂时不用。

"这是我的幸运吗？"庄炎轻声问自己。

<h1 style="text-align:center">7</h1>

"朝气——沼气。"庄炎念叨着，"真是的，我妈就为这个'沼气'，就把她唯一的亲生女儿推出了门，这老太太真不地道。"

庄炎想象着电视里那个不算美观、没有色彩的沼气池，想象着里面发酵的酸臭，想着咕嘟咕嘟冒起的气泡。沼气，当然是有用的东西啊，但是就要经过那些污水沟、粪池，还要在厌氧环境中，通过微生物作用发酵产生，最后才变成有用的气体。

庄炎闻了闻自己，好像也有一种潮湿的霉味。"我也是在发酵。"庄炎想，"关在卧室里发酵，说不定再关上个把月，我就突然破茧化蝶了，这是一个过程。干吗非让我出来晒太阳？"庄炎抬头看了看刺目的光线，伸了伸胳膊，晒太阳能晒出"唯我是从"的韩艺吗？能晒出自己喜欢的设计工作吗？

是过渡期，对，是我自己的过渡期。庄炎想着又掉头往回走，到楼洞门口的时候又折了回来。

庄炎想着她母亲肯定掐着腰在门口守株待兔呢，她好不容易才把这个"神仙"弄出门，怎么会轻易放她回去。

斗争啊，没用。刚才庄炎已经声明，她要度过这一辈子最后一个暑假。庄炎的母亲说："可以，但不能窝到家里，得去外面晒晒太阳。"

母亲已经很人道了，没有逼着你立马去挣钱还他们二十多年的养育之恩，允许你无所事事，闲逛、狂睡。"知足吧。"庄炎喃喃地说。

　　站在大街上，看着公交车、小轿车从面前飞奔，看着来来往往的人流，觉得陌生极了，好像自己站错了位置，庄炎强烈地感到这个世界不属于她。

　　庄炎拿出手机对着韩艺的名字看了很久，又继续朝下翻去，找到了"空筌"才按了发射键。

　　"在干吗呢？最近都好吗？"庄炎有气无力地问道。

　　"正在家逍遥呢，整天歌舞升平的。"空筌说。

　　"你，真腐败。"庄炎笑道。原来大家也比自己好不到哪去，还以为就自己这么自甘堕落呢。

　　"姐姐，我就这半个月的逍遥时间，当然要及时行乐了。"空筌笑道。

　　"你准备干吗？工作不好找，社会不好混，但我们也得想开点。"庄炎装出一副认真的腔调。

　　"想啥呢你，我下个月准备去北京找我家大伟，我们要共同奋斗，不怕苦，不怕累，发扬老革命的传统。"

　　"幸福的孩子，好羡慕你们啊。"

　　"你在干吗呢？"空筌问道。

　　"看社会。你说我们以前真的生活在这个世界上吗？我怎么一下子觉得特陌生，好像从没来过。"庄炎问道。

　　"以前是在学校，现在我们才开始真正地融入社会，这个社会规则太多，色彩太多，其实我很害怕，很想念我们以前的生活。"空筌的声音变得伤感起来。

　　"好了，你已经很幸福了，可以双宿双飞的，我快羡慕死了。"庄炎强忍着心底泛起的苦涩，说道。

　　庄炎心里又涌起那种强烈的不适感，就这么一下子与原来的生活划清界限，进入一个全新的世界，好像自己突然被遗弃了，一切都要从零开始。这是个怎样的社会？有着怎么样的规则？那一张张面孔是真实的吗？庄炎不知道，也不想知道。她只是挪动脚步，强烈地想后退，退回到原来的生活里。但那扇门已经彻底关上了。那个世界不再属于她，只能当作梦境或者回忆吧。庄炎觉得，既然那扇门拒绝自己回去，那自己在门口徘徊一阵总还是允许的吧？工作嘛，总会有的，大不了先随便找个干着，怎么说怀里的那个红本本，也是个学士学位，找个设计类的工作应该没问题吧。

庄炎四下看了看。找高中同学，现在没心情；出去玩，没人陪，也没地方。庄炎犹豫了一下，走进路边的小店，要了一碗擀面皮和一瓶冰镇雪碧，尽管她此刻不饿也不渴。

庄炎又想起了秦宇晴，这丫头总是把什么事都放在心里，干吗给自己那么大压力呢？看我现在过得多好，没心没肺的。

庄炎苦笑了一下，拨通了秦宇晴的电话，里面传来极为标准的普通话："对不起，您拨的电话已停机。"

庄炎咬着筷子停顿了一会，她有些担心秦宇晴。这丫头总把简单的事情想得极为复杂，心事太重，又不懂得自己疏导发泄。单亲妈妈带大的孩子，家又不富裕，也难怪。庄炎努力地想象着此刻的秦宇晴会在干吗，大概在明晃晃的太阳底下，努力地奔跑着找工作吧？

不得而知。分开了真不好。庄炎摇了摇头，她的担心不能告诉其他人，她答应过秦宇晴，那是她们之间的秘密。

庄炎的手机亮起，又是一个鹅黄的信封，发信人一栏是"韩艺"的名字，庄炎闭上眼睛，默念了三个字，猛地按开了短信。

8

上午10点，庄炎把眼睛睁开了一条缝，还没看清外面的景物，就又合上了。在庄母看来，庄炎昏睡已经成了一种弊病，除了吃饭，大部分时间都窝在床上，除非她出面干涉，否则她绝不离开。

庄母把耳朵贴在庄炎卧室的门上，许久也听不出里面有什么动静。她试探着敲了敲门，没有回应，她就加大了敲门的声音和频率，直到最后加上高分贝的喊声，门才缓缓拉开了一道缝，庄母利索地顺着那道缝挤了进去，并成功地把庄炎从这间拉着厚厚窗帘的卧室推了出来。

庄炎握着母亲塞给她的几张"粉红票"，在大街上晃荡，漫无目的。她觉得母亲大概是怕她跟电脑一样坏掉，被病毒侵蚀然后腐烂变质。庄炎此刻喜欢极了那电脑病毒，那种隐在的扩散，让她有种疼痛的快感。

庄炎拦了辆出租车，到了二七广场，她朝步行街和旁边的商场望了望，毫无逛的欲望，就转身向二七塔旁边的天桥走去。

庄炎买了罐冰镇啤酒，咕咚咕咚地喝了两口。抬头，刺眼的炫白，她用手挡在额前，走进北京华联，在卖太阳镜的专柜前停下。庄炎拿起一副超细镜架、宝蓝色镜框的飞行员式太阳镜，架在鼻梁上，弧形柔和，低调的摩登。这幅眼镜，庄炎非常喜欢，茶色的镜片，一道人工制造的屏障，遮挡了阳光，也改变了这个世界的颜色。

庄炎戴着太阳镜走出华联，看着茶色的世界里穿行的车辆和来来往往的人群，嘴角上翘了一个不易察觉的弧度。

巨大的茶色眼镜，庄炎站在镜片后面，忧伤、快乐，都不会赤裸裸地呈现给别人了。庄炎扒着巨大的茶色眼镜，露出头看了一眼这个世界就又迅速地躲进去，好奇怪，好陌生。庄炎想象着自己躲在巨大的茶色眼镜后面，摆弄着自己说不出味道的心脏，不知道往哪走，找不到方向，找不到出口，或者说她现在根本不想找。想到韩艺的名字，庄炎的心疼痛起来，剧烈，纠结。

此刻韩艺在干什么呢？在列车上，还是在那个属于他的城市为新生活的开始而欢呼雀跃呢？庄炎苦笑着找了个阴凉处蹲下，大口地喘着气，如同缺氧的鱼。她开始后悔，后悔自己设计的那个游戏，真是愚蠢至极！如果当初告诉韩艺，让韩艺去送她，那也许就是另一种结局，就算结局一样，起码还有一个结尾，一句告别，可现在什么都没有。

可在那个主意闪现的时候，庄炎是兴奋的。

"有时候痛苦和后悔是必要的，我必须让他承受这种意想不到的离别。就像《倚天屠龙记》里赵敏在张无忌胳膊上咬的那个牙印，我一口咬下去，也许是蜂窝组织炎或者溃烂，我刚刚吃完烧烤，真的，口腔里有成千上万的细菌，当然，不一定有害。"庄炎撕开口香糖的纸，用手把口香糖折了折塞进嘴里。

"主角易位！我怕你家韩艺接受不了。"简悦眯起眼睛露出特有的微笑。

"要不，别玩了，大家都要分开了……"秦宇晴把庄炎的胳膊拉到胸前抱着。

"这才是考验他的时候呢，有种直接把庄炎从火车站拉回去。"空箜硬生生地拦下了秦宇晴软绵绵的话语。

两个女孩伸手把简悦搋到前面："你说，庄炎这么做合适吗？"

"事情本来就很难说对与错，看结果吧。"简悦嫣然一笑，"我现在倒是想，有没有办法在'大学'身上，或者'生活'身上狠狠地咬一口，让它们也溃烂发炎。"

"我们被大学玩了，时间是定好的，就四年，时间一到管你是成品、半成品，还是不合格产品，一律推向社会，自生自灭。"空箜仰着头张开双臂朝自己胸口捶去。

庄炎伸手拉住空箜，好像怕她把胸前含蓄的凸起再捶平了。

"我们走吧，无论终点还是起点，我们都必须向前走。"庄炎把红色的背包甩到肩膀上，向前跨出了一大步。火车在一阵制动声中暂时静止下来。

她们叽叽喳喳的热闹，瞬时凝固，消失。

进站口，站台，依旧没有韩艺的身影。秦宇晴踮着脚尖焦急地四下搜寻，简悦和空箜挽着庄炎，以一种女孩特有的亲密姿态。她们三个人焦急地按着同一个号码。那个写着"韩艺"的手机号一直是——"无法接通"。空箜忍不住骂了一句。

秦宇晴转过身拉着庄炎的手，眼里的液体顺着脸颊流下："对不起，是我告诉韩艺，今天要送的不是空箜，而是你，对不起，我不知道他会……"

"他知道？"空箜喊道，"那他怎么不来？！"

"怎么回事，电话也不通。"简悦"啪"地把电话合上，"这家伙太过分了吧！"

"无论怎么样，都无法改变结果，不怪你。"庄炎含着泪和她们做最后的拥抱，挤出一丝湿漉漉的微笑，然后跳上了火车。

庄炎背对着她们，泪哗哗地砸在脚上，他怎么会没来？怎么会？！

本来是一出闹剧，本来要把韩艺从配角猛地推到主角，本来想用突然的离别来刺醒他。但，他没来，没出现。

庄炎假想的102种结局中，唯独没有想到"缺席"这两个字。

现在。她被"累"和"困惑"这两样毫无形状的东西侵袭着，她记不起韩艺是谁，或者说她不愿记起，她闭上眼睛可以感受到一种温热、舒缓的温度，来自一个唇，她想那就是韩艺，可睁开眼睛就什么都没有了，依旧是汹涌的人流，穿梭的车辆。

选择性记忆。启动。把韩艺拉到另一个空间。庄炎闭着眼睛完成了这一系列程序，接下来在庄炎脑子里跃居首位的就成了"工作"这个家伙了。

工作是什么？就像随身带着的手机，是一件必需之物，工作就是为了有事可干。否则你会觉得不舒服，工作就是让你觉得你被需要，就像人睡久了要起来一样。但是工作有很多种，有喜欢不喜欢之分。我把事业单位，放在手里左右翻看——以不同的视角，不同的心情，但它的可爱之处，在我眼里丝毫没有呈现，而父母高高兴兴地塞给我，且按着我的手，让我紧紧攥住它，说："乖，快吃，美味。"我攥着这个东西，伸着头看着我的梦想，我的设计，干巴巴的。我的梦想说："稳定的工作！哼！梦想和兴趣才是最重要的，扔了它，带我走吧，我们一起出发。"

庄炎拿出手机又把昨晚在QQ空间写的日记看了一遍，继续下翻还有两条评论：

空筌——乖，选一个吧，把另一个狠狠地甩掉。这样你就不用苦恼了，因为没选择了呀，嘿嘿。接着就一条路走啊，走啊。既然咱不走到"黑"，难么，咱走到"明"，知道不！

端木——手机都被你上升到如此重要的地位了，要是这样的话，我宁愿把手机伸手扔掉。我这两天做账、报表，快疯了。看见数字就想呕吐，剧烈地呕吐。

庄炎摁出号码簿，拨通端木的电话："喂，呕吐的大侠，吐完了没？"

"快了，快了，最后冲刺阶段。你在哪呢？"端木问。

"在社会上看社会。"庄炎答。

"看出啥了？"

"眼屎！"庄炎揉了揉眼睛说，"忘记洗脸了。"

"你是不是老不洗脸，怪不得皮肤看着那么好。"端木笑道。

"去！你才老不洗脸呢！你继续呕吐吧，不耽误你了——胖墩墩。"

"唉，这个称呼好像不太贴切了，你要与时俱进。"

"才不要呢，胖墩墩，你应该感到荣幸，这是我对你的昵称。高中叫了三年，你说现在两年没见了，我依然记得你这么和蔼可亲的称呼，你应该觉得荣幸。"庄炎对着电话说。

"好的，相当荣幸。"端木嘿嘿地笑起来。

　　通完电话，庄炎走进丹尼斯，要了哈根达斯双球杯，她递过去一张五十的票子。低头在冰激凌上舔了一口，仿佛坠入一个冰爽的世界，五彩纷呈。庄炎一边享受着嘴边的美味，一边感慨自己的奢侈。

　　"花钱是为了更好地挣钱。"庄炎笑嘻嘻地对自己说。

　　"很多很多的印着毛爷爷的红票子虽然是我们最后要得到的，但不能作为目标啊，应该是目标实现的馈赠。"庄炎突然想起了这句话。

　　这是离别前的晚上，庄炎在宿舍说的。后来呢，后来大概是空篓那丫头的声音吧。

　　"我就愿意要好多红票子，让它们把我埋起来，我在里面像游泳一样，那才叫畅快。"空篓跳起来，一脚踩着凳子说道。

　　"那宇晴呢，说说你的理想吧。"庄炎把头转向一旁托着腮帮子一个劲微笑的秦宇晴。

　　"不知道，很迷茫。我打从会迈步起就知道我的理想是上大学，大学毕业了，我就傻了，没有追求了，只剩下了无比现实的现实。"

　　"找工作呗。"简悦接道。

　　"那是生存必须，不是理想。"庄炎笑道。

　　空篓站起来对着上空挥了挥手臂："又不是小学生写作文呢，不如谈情说爱来得实际，还为祖国创造下一代呢。"

　　庄炎拿枕头一下砸在空篓怀里："又胡说，这丫头咋说话没遮没拦的。"

　　"习惯了。"简悦继续观赏自己的杰作。

　　"炎子，你明天的火车票，看看还有什么要收拾的，我来帮你。"秦宇晴笑了笑站起来。

　　明天就要走了，差点忘了。庄炎猛地跳起来。

　　庄炎把油画架子折好，把半管半管已不齐全的油画颜料装进去，还有沾染得花花绿绿的调色板、油画刀，都一一在油画箱里放好。一瓶调色油，半瓶松节油，把盖子拧掉再重新拧上。

　　庄炎决定舍弃这个满满当当的油画箱，工作之后，天天抱着电脑做设计，这东西以后用上的机会恐怕就很少了。几千里的距离，算了吧，让她们几个处理吧，谁喜欢了就拿去，或者送给学妹、学弟。庄炎握着油画笔犹豫了一下，转身装进背包里，她决定把油画笔带走，学美术的，怎么能完全舍弃绘画。

"你的大熊怎么办？"秦宇晴问，她和空笤正一人抱着大熊的一只胳膊晃悠。

庄炎看着大毛绒玩具熊憨憨的样子，哭笑不得。这个玩偶的确太大了，一人高，庄炎张开双臂都无法环抱住它的腰。无法舍弃却又不知道如何带走。这是韩艺送她的生日礼物，而此刻面对这个大玩偶熊，庄炎不知道是隐喻还是挑战，该舍弃还是带走。

30秒后，庄炎突然笑起来，她爬到床上把被子拽下来，利索地把被套扯掉。

秦宇晴她们几个愣了一会很快就明白了，简悦撑着被套的开口处，庄炎她们三个把大玩偶熊往里推，头进去了，胳膊进去了，肚子进去了，就剩了硕大的屁股和腿。

她们笑着，用力地把它往里推。哈哈，成功了。她们把被罩的开口处绑起来，成了一个巨型的大礼包。

9

庄炎闭上眼睛，近距离的记忆，火车上，还有离别、爱情和友情，都涌了出来。源源不断，毫无章法。

庄炎不喜欢车厢，不喜欢坐火车。成群的人挤在一起，散发着汗味、脚臭气，推搡着，拥挤着，操着不同的口音喧哗，幼儿肆无忌惮的叫声和哭闹声混杂在一起……人犹如被塞进一个铁皮罐头盒，把变质的空气和杂乱声音都压缩在里面，那种夹杂着体味和黏糊糊的肉体的摩擦，那种闷闷的感觉，令人窒息，更没有丝毫的美感。

庄炎突然泛起强烈的困意，她是嗜睡的。睡着了就可以暂时屏蔽、忘却一些事，让思维变成空白。

庄炎往窗子靠了靠，打开mp3，塞上耳机，贴着这个大罐头盒的铁壁呼呼地睡去，耳机里流淌出来的似乎是一种高效的催眠曲，准确、高效。

她这种嗜睡，被宿舍的姐妹们称为"没心没肺"。

是啊，当大家为毕业、为工作、为爱情忙得心力交瘁、彻夜难眠时，她依旧可以利用一切有效时间呼呼大睡。

就在昨天晚上，把玩偶熊打成一个巨型礼包后，四个姐妹以不同的姿势靠在上面，都在为突如其来的离别惆怅时，她却又泛起了浓重的困意，在熄灯的那一刻她的眼皮沉沉地黏在了一起。

姐妹们对离别对时光大发的感慨，她错过了。她是被一声高分贝的喊声惊醒的。空签她们实在无法忍受庄炎这种没心没肺、若无其事的状态。

庄炎睁开眼睛，看着地上铺着清冷的月光，看着满宿舍因为离别带来的荒凉和凌乱，看着一双双因不舍而愤怒的眼睛，她的眼眶湿润了。她慌忙笑起来，她说："我想唱歌。"

她们迅速地穿好衣服，从一楼卫生间一扇坏掉的窗户跳出去。她们没去KTV，而是嬉笑着向学校西北角的操场跑去。她们坐在篮球架下，打开笔记本电脑，放着张惠妹的专辑，她们跟着唱，围着笔记本电脑跳舞。

折腾够了，累了，就又回到那个话题上，那个"今晚约好不提、不谈"的话题上，关于爱情，关于男人，关于分离。

"你真的就什么都不问？明天，韩艺能接受吗？"秦宇晴拉着庄炎的手问。

"要的就是这种效果，他需要的就是刺激，我就是要让他痛。"庄炎说得咬牙切齿，眼里却溢出了泪水。

"毕业那天我们一起失恋"，这句话像魔咒一样萦绕在校园上空。

毕业前的一个月，操场上、丁香园到处都是相拥相抱，泪流满面的情侣。庄炎不愿意哭，不愿意闹，那种梨花带雨的形象不适合她。她只是牵着韩艺的手，幸福地度过每一天。她害怕问，她害怕得不到任何承诺和结果，她就愿意这样牵着爱情，把自己装进一个童话的世界里。但离校的日子把她彻底推醒，她无处可逃，那就快点离开吧。

她要快速、利落地从这种离别的惆怅中逃离，亦如她绵绵的困意，总是来得准确、及时，掩去所有需要面临的忧伤。

庄炎想象着火车站，韩艺得知要走的是她时，那种愤怒和震惊，那种未曾有过的咆哮，他会不可一世地撕碎她的火车票，然后把她拽回去。

可是韩艺没来，她告诉韩艺，今天要走的是空签，她嘱咐过韩艺一定要来。

他也许有事耽搁了，也许他觉得要走的是空签，空签有裴大伟呢，他来不来无所谓。可秦宇晴告诉韩艺真相了，为什么他还不来？也许这就是他的决定，我给了他一个圆满的理由，他可以轻易地逃过离别和选择。

不！不会的。韩艺怎能舍得分离？

难道是她，那个让韩艺去替她买测孕试纸的小富婆，韩艺嘴里那个漂亮、有趣，却又令他仓皇而逃的，在夜里对着电脑敲小说的女人？

不，不可能。韩艺不会，我们彼此那么信任，那么坦诚，他不会。

当庄炎决定把自己的全部给韩艺时，韩艺最终还是退却了，不知道是因为爱，还是对责任的惧怕，总之他推开了她热乎乎的身体。

庄炎总觉得韩艺在这方面是羞涩、腼腆的，如果发生了什么，也许哭着的会是韩艺，庄炎会边帮他擦泪边说："乖，别哭了，我会对你负责的。"

分别前的某一个夜晚，在韩艺租的房子里，他们相拥着睡去。夜漫长，暧昧而骚动，韩艺在一只手温热的气息中醒来，他感觉到了身体某个部位的惊醒，他伸手抱住庄炎，是毫无阻隔的贴合，柔软而不加掩饰的诱惑。

庄炎那么决然地把自己交给韩艺，无论是身，还是心，都赤裸裸地呈现给他，犹如一幅色泽鲜艳的油画，鲜美诱人，又极具质感。你轻轻用手指一点就是妖娆的绽放，就是甜腻腻的流淌。韩艺紧紧地抱着，抱着自己的焦灼，抱着自己火辣辣的渴望。

庄炎抬头迎上他的唇，他们在温柔的旋涡中陷落。

空气中的暧昧流淌、挣扎着，变成欲望燥热的精灵，它们涌动着，呼喊着。

庄炎愿意，就算没有未来。她也需要一种突破，突破他们一直坚守的底线。

但韩艺依旧在最后一刻面红心跳地翻身下床……

10

庄炎顺着步行街向前走，梦魇般在火车站广场转了一圈，走向旁边的麦当劳，买了一大杯加了冰块的可乐，就如四年前一样，似乎她从来就未离开过这里，但空箜、秦宇晴等四人的大头贴，就夹在她橘色的钱包里。庄炎顺着步行街向二七广场走去，广场的天桥旁边一个穿着亮色背心的男孩抱着电吉他卖力地歌唱，庄炎停了下来，她喜欢这首歌：

> 我淡淡地想着你
>
> 那年夏天　最后的那一天
>
> 你轻轻地唱着歌
>
> 未曾感受的温柔
>
> 模糊我的双眼
>
> 终于也可以

开始一个人看明天

……

　　庄炎把手遮在眼前看看天空，一样的夏天，却是不一样的人，不一样的心境。四年前，自己揣着那张录取通知书，愉快地撞入了大学的怀里，那一张张稚气、清纯的脸庞，那大声吼出来的歌，那间长方形的卧室，一切都缓缓地上移，清晰地浮现。

　　庄炎走进宿舍才知道，自己是最后一个到的，她的积极、迫不及待，在空筌、简悦她们看来，已经相当迟钝了。她们说，我们接到录取通知书就及时奔来了。

　　庄炎走进宿舍的时候，空筌正陶醉在自己拙劣的弹唱中：

　　　Oh I　没想起不是忘记，

　　　Oh I　没想起你是平静，

　　　　想起了你，是想起那样一个夏天。

　　庄炎拎着包袱站在前面看了看门牌，父亲和母亲站在后面，抱着新领的被褥。

　　"请问这是216宿舍吗？"庄炎一脸茫然地问。

　　"是呀，是呀。"空筌一只脚踩在凳子上，抱着她那把极具历史的破吉他。

　　"我是庄炎，你们好。"庄炎说着，父母跟进来把她的东西放在床上。

　　"我是庄炎的妈妈，你们好，以后你们就是室友了。我们家庄炎没出过家门，你们可要多多关照啊。"妈妈满脸都是慈祥的微笑。

　　庄炎嘟着嘴，对妈妈的开场白很不满。干吗说出来，多丢人的事情，啥叫没出过家门，明明是没出过远门。庄炎随即又笑了，这是她期盼了20年的自由啊，从幼儿园到高中，她都没离开过她家周围1000米。

上学不用骑车，不用坐公交，几步路就到。妈妈常常语重心长地说，我们上班要在路上将近1小时呢，这都是为了你能上好学校。

妈妈还常常说起孟母三迁的故事，妈妈说她比孟母聪明，一步到位，从幼儿园到高中一次搞定。

这让庄炎苦不堪言，她想，孟子这孩子，当时肯定和她一样痛苦，天天就只能在这屁股大点的地方转悠，除了学习还是学习，出了学校就是家。那些骑自行车，带着公交卡的同学过得多潇洒，路上还可以吹吹口哨，唱唱歌，看看风景。

现在好了，经过自己的努力，终于冲出了笼子，几千里的距离啊，想想庄炎就觉得兴奋。

在庄炎走神的空当，简悦已经招呼大家七手八脚地把庄炎的床铺铺好了。简悦、秦宇晴她们拉着庄炎的妈妈，又是说话又是倒水，特别是简悦这丫头，一口一个阿姨，一口一个叔叔，叫得亲昵得很。

庄炎送走一步一回头、不停嘱咐她的父母，就一脸兴奋地蹦了回去，把新买的手提电脑放在桌子上，打开，播放着萧亚轩的专辑。

然后把塞得鼓鼓囊囊的包裹打开，"哗啦"一声倒出来，满床的果冻、蛋黄派，还有几瓶脉动。

庄炎把吃的分给大家，大家相当客气，不停地说谢谢。

"你是哪里的？"空箜咬着泡椒凤爪问。

"河南郑州的。"庄炎说。

"我家是山东的。"空箜说。

"你不像山东的啊！"庄炎随口说道。

"为什么？哪儿不像？"空箜拿着鸡爪的手停在半空中。

"噢，就是感觉上不太像。"

"不就是海拔不够嘛，可是我强壮啊。"说着空箜弯了弯胳膊，肱二头肌却没有丝毫反应。

大家忍不住笑成一团，很快大家就放弃了拘谨，一笑、一闹，她们彼此就敞开了心扉，女孩们的交流就是如此简单。

"原形毕露"，这是她们对那天的总结，简悦说那是"本真"。

她们就依着本真的性格，把庄炎的食物狼吞虎咽地塞进自己的肚子里，并抱着庄炎说："你真好，下次多带点。"

庄炎跳起来叫道："傻一次就够了，这么远，下次我直接带钞票。"

"对了，你为什么带那么多瓶水？"秦宇晴问道。

"我来之前，我同学说，这没水，一周都不洗脸的，我一寻思，就多带了几瓶。"庄炎做抹泪状。

空箜立马倒在床上，摆了个"大"字做晕倒状。

庄炎猛然间觉得脚下有毛茸茸的东西，她大叫一声跳起来，原来宿舍还有一活物—— 一只黑色的吉娃娃。

庄炎把小狗抱起来，把被大家遗漏下的鸡腿放在吉娃娃嘴边："这谁的？叫什么名字？"

"儿子。"简悦答道。

"儿子？"

"儿子啊。"

"谁的？"

"我的啊。"简悦说。

"它叫啥名字？"

"儿子。"简悦笑嘻嘻地把手捧在胸前，"我要给它找个巨帅的dad。"

"你怎么把你家的狗也带来了？"庄炎一直一脸的吃惊。

"为了充分证明大学的'自由'。"空箜抢道。

"晕！"庄炎吐了吐舌头，也倒在床上。

后来事实证明，大学的自由还是有限的。简悦的"儿子"很快被勒令送回家了。

11

庄炎在旁边的小店又买了一瓶可乐，来到弹吉他的男孩面前把可乐递给他，说："你唱得真好，吉他也弹得特棒。"

男孩笑了，洁白的牙齿在阳光下亮闪闪的，有些晃眼。

庄炎喜欢这样的流浪艺人，自由、散漫，有种亲近感。男孩接过可乐在靠墙的阴凉处坐下，庄炎也把背包取下，在男孩旁边坐下。男孩拨动琴弦，继续唱刚才那首歌。

午后气息

浓浓地才散去

迷迷糊糊张开眼

刚刚的梦　我似乎

在瞬间看见你

Oh my god 已经

不知多久没想起

Oh－　Oh－

……

庄炎的心开始紧紧地收缩，韩艺的面孔又从她脑海中跳出来，那淡淡的酒窝，那甜甜的微笑，与这个唱歌的男孩多么相似，只是韩艺不会弹吉他。

如果时间可以从头再来，如果现在韩艺和她都是大二，那该是多幸福的日子。"终于也可以，开始一个人看明天。"庄炎轻轻哼着这句歌词，眼里的泪水就顺着脸颊滚落。

庄炎拿出手机，把署着韩艺名字的鹅黄色信封移进了垃圾桶。这条短信就是那天在吃擀面皮的小店收到的。

庄炎默念了三个字，按开了短信，空的，一个字都没有。

庄炎苦笑起来，喝到嘴里的可乐喷了出来，顺着嘴巴、鼻子。她呛得咳起来，剧烈、疼痛，伴随着难以下咽的愤怒。

"玩我呢？好玩吗？"庄炎苦笑着把手机揣进口袋。

刚默念的三个字，在空气中缠绕着，张着嘴大声地笑，放肆、无情。

庄炎笑起来，多可笑啊，自作多情！我竟然会念那三个字："爱，爱，爱。"

庄炎对着马路边吐了三口气，然后又抬脚在地上踩了几下，她把那几个字彻底地摧毁了。

结局，为什么会是这样？

韩艺为什么没有出现？为什么？四年了，毕业了，他却没有一句话，太"吝啬"了！吝啬到那张面孔到最后都不肯出现，吝啬到不愿打一个字。

庄炎拿出手机，在电话簿里，找到韩艺的名字，看了看，又"啪"地合上了手机。

地上散落的阳光，明晃晃的，陌生而遥远。爱情和工作都只是一团幻景，只有一个虚无的形状，飘浮在空气中。

一个人看明天。

一个人……

明天……

第二章　蔓延，而后绽放

12

世界因为缠绕才变得丰富。庄炎挠了挠头，想象着每个人身上都有许许多多的线头，不同粗细，不同形状，不同色彩，不同质地，甚至不同的延伸程度，但都交叉缠绕，密密麻麻。有的缠绕规律些，是可整理的；有的复杂些，越扯越乱。

庄炎摇了摇头想，若是单纯的直线，想来也没什么意义。就说电脑吧，要是没有里面那些错综复杂的线路，怎么能成就如此强大的功能。所以说事情复杂了未必不好。缠绕，造就了烦恼，也造就了美感，造就了矛盾，造就了融合。

庄炎低头从身上扯出两个最大的线头，好像它们过于平凡，一转身就可以从数以万计的毕业生身上找出这两个线头，它们的名字就是——"工作，爱情"（若是延伸一下，也可以叫作"事业和家庭"），但细看，各有各的接口，各有各的颜色，各有各的位置。

庄炎用勺子搅了搅汤，舀了些鸡丝和麦仁送进口里，却品不出以往鲜美的味道，嘴里苦苦的。庄炎又舀了一大口，含在嘴里慢慢下咽，不甘心似的。

此刻已接近10：00，庄炎在小区外面不远处的一家早点店吃早点，或者说早点午饭二合一。

她走进去并不是因为饥饿，只是觉得应该吃点东西。对她来说，"吃"成了一种形式，证明她还很好地活着。她揉了揉胸口，鼓鼓囊囊的，说不清是疼痛还是揪扯，头也昏昏沉沉的。庄炎把所有的症结都绑在"饿"上，尽管她感觉不到一点饿的迹象。

庄炎很喜欢喝这种咸汤，汤呈乳白色，香味醇厚。她看看牌子，依旧是那个陌生的字：一个"饣"，旁边一个"它"字。这个字庄炎一直都不认识，让她很是郁闷。

她问过这里的老板，四年前。老板说这叫"sha"汤，汤以肥羊、母鸡为主要原料，配以砂米（大麦麦仁）、大料、葱、姜、辣椒、胡椒、味精、食盐熬制而成。当时庄炎拍拍脑袋，恍然大悟般地说，怪不得这么好喝。

庄炎歪着头盯着那个字看了半天，依旧觉得很陌生，电脑上都没这个字，那干脆叫它"莎汤"吧，"莎"在兰州话里的意思就是"美丽、漂亮"。

庄炎又夹起水煎包咬了一口，这是她这一周内最丰盛的一顿早餐了。

空签嬉皮笑脸的样子突然跃出，浮在庄炎脑海里的最上层，她说她挺喜欢吃河南的水煎包，脆而不硬，香而不腻。她曾经拉着庄炎的胳膊，让庄炎什么时候一定给她带点。兰州也有水煎包，很大个的那种，三毛钱一个。庄炎第一次看见兰州的水煎包甚是惊讶，她想，西北就是西北，连水煎包都变得这么豪放。

庄炎脑海中又闪出另一个镜头，蓝色的被子包着一颗圆圆的头颅，睡得香甜。那是在宿舍，庄炎趁着空签睡觉时偷拍的，照片洗出来后大家才发现这张经典之作，她们拿着那张照片笑翻了。还有一张极富生活气息的照片，是庄炎的，她坐在床边嘟着嘴大口地咬着饼夹菜，吃得那叫一个香甜。

庄炎忍不住笑出了声，她想空筌这家伙此刻肯定也缩在床上，吹着空调，裹着床单，露着一张大饼脸，睡得香甜无比。

庄炎把昨晚空筌绘声绘色的描述调出来，转换成画面重新回味了一遍：

空筌的母亲一把拽出空筌怀里的抱枕，砸在空筌身上："真是没肺，睡着了还想着去北京，白养你了，你妈我容易嘛，供你上完大学，你却把你老妈撇下了。"

空筌一翻身滚在地上，又慌忙跳起来："老妈，你饶了我吧，睡个觉都不让好好睡！"

"你不看看几点了，不怕屁股被烤焦啊，快去吃饭。"筌母把抱枕塞给空筌。

空筌光着脚站在地上，挠着头："北京，有什么不好，祖国母亲的心脏。"

"你先顾顾你妈我的心脏再说。"

"不让去，我就绝食！绝食！"空筌说着，"砰"的一声把门从里面关上，按下反锁键。

"反了你了，有种别出来。"筌母喊道。

"早知道23年前我就不出来了，一直待在你肚子里，反正出来也是这不让，那不许的……"空筌说着最后变成了委屈似的嘟囔。

筌母在门外"扑哧"一声笑了。空筌把耳朵贴在门上，她听见父亲说，孩子出去闯闯，见见世面也不是什么坏事。你非把她揽在身边干吗，我们也给她安排不了什么好工作，出去也许会有更广阔的人生。接着就是母亲的声音："我知道，我不是舍不得嘛。"

"有什么舍不得的，将来你女儿有出息了，接你到北京享福去。"

空筌听到父亲这句话，极力表示赞同："妈，以后我一定接你到北京享福，我保证。"

"保证你个头，你是接我去喝西北风吧。"筌母说道。

空箜躲在门后，吐出舌头笑了笑，听母亲的语气，她就知道她快成功了。她弯腰从桌子下面抠出她的大帆布背包，一股脑地把东西倒在床上，鸡腿、面包、饼干、饮料应有尽有。

"幸亏我早有准备。"空箜说着把鸡腿撕开，一手拿着鸡腿，一手点开收藏夹里存的招聘网站。

庄炎翻出空箜的号码看了看，又合上手机，空箜的话又响亮地萦绕在耳边："能进事业单位！傻子才不去呢，要是我能去事业单位，我立马把我家大伟踹了。那是面包啊，送到你嘴跟前，你不咬，岂不是罪过？"

庄炎笑了笑，拿出手机找出端木的号码，她想端木也许会理解她，支持她去寻找自己的梦想吧。

手机里传来标准的普通话："对不起，您的电话已停机……"

庄炎"啪"地合上手机盖，拍了拍额头，还是兰州的号码呢，看来我真的傻了，咋就没想起来去办张新的手机卡呢。

庄炎四下看了看，顺着路往南走去，她决定去移动营业厅办张新卡，这小小的目标让她泛起一丝愉悦。

13

天空看不到星星　看不到月亮

只有晶莹的泪滴　顺着脸颊滑落

努力把一切有关你的记忆

锁进心底

她却变成思念的藤　紧紧地缠绕着你

让你痛得无法呼吸

无法逃离

任凭眼泪无尽地滑落

任凭你苦苦哀求

她却不放

我不再怨恨　不再逃避

俯身轻轻地吻了

——思念的藤

她在瞬间消失扩散

——又凝聚

化做漫天璀璨的星

我微笑了

带着泪痕

带着幸福的微笑　进入梦里

《思念的藤》——庄炎在标题栏上敲下这几个字后，点了发博文的按键。

这是庄炎三天前建的博客，博客名叫"裸行女子"，黑色的底板，粉色的藤蔓。

庄炎喜欢这个"裸"字 ——裸露、坦荡，这个带有暧昧色彩的字，在庄炎心里，就是心灵赤裸裸的独白，裸露心情——她愿意把自己的内心毫无掩饰地呈现在这个空间里——她需要一个场地，把心拿出来"晒晒"。

庄炎在心里一遍遍念着韩艺的名字。那名字，如同一把柔软的刀，在她的心中割出一道道血淋淋的痕迹，柔软却致命。

庄炎拉开窗帘，窗外霓虹灯闪烁，似乎是另一个世界，陌生、遥远。她靠着大毛绒熊泪流满面。宿舍的窗户是看不见满街霓虹的，只有宿舍外面橘色的灯光，那是单纯的亮光，如同那时的自己，没有太多烦恼，太多心事。似乎只有现在，此刻，她才感觉到夜的必不可缺，作为另一种需要。黑色的包裹，深深地掩埋，赤裸的袒露。不需掩饰，不需压抑，任凭伤痛流淌、蔓延。夜是情绪的一个出口，也是引诱伤痛清晰浮现的元凶，那种安静温润的黑幕，让你无法躲避一个真实的自己。

庄炎点燃一支烟，吐出靛蓝色的烟圈，看着它寂寥地扩散。韩艺的面孔在夜里清晰地浮现——日版的小男生，戴着眼镜，笑容干净明亮，泛着两个甜甜的酒窝。

认识韩艺的时候，庄炎20岁，那时她最大的心愿就是，在大学谈一场恋爱，然后扯着这段爱情蹦蹦跳跳、心甘情愿地跳进婚姻的围城。她最羡慕的不是宝马别墅，不是官高权重，而是一对平凡的夫妻，他们牵着手说，我们是大学同学。

庄炎与韩艺第一次近距离地接触也是在夜里，一个突发奇想或者蓄谋已久的游戏，还有宿舍的姐妹们的嬉笑和傻呵呵的快乐，还有简悦、空箜、秦宇晴。庄炎想着想着嘴角就渗出了一丝笑意。

那是大一的第一学期，晴朗的夜，庄炎和简约她们，无法抑制的兴奋，在寝室的灯熄灭，路灯亮起的时刻，她们依旧沉浸在大学生活的体验中。

"你们说，我们这届的男生谁最帅？"庄炎问。

"裴大伟！"空箜跳起来喊道。

"切，花花公子，一股痞子味有什么好。"简悦撇撇嘴。

空箜一下子扑过去嬉笑着把简悦按在床上："那你说谁帅？"

"韩艺，跟日本漫画的男主角一样。"简悦喘着气笑道，"不过我不喜欢他那样的类型，我喜欢瑞丽版的，美国的，或者是肌肉男。"

"箜，你是不是看上裴大伟了？"庄炎笑道。

"才没呢，我说的就是感觉，是你们要问的啊。"

"噢，那就好，阿弥陀佛，四大皆'空'……"庄炎把手放在胸前，弯腰把"空"字托得长长的。

"我才不要空呢，我容易吗，本来该'饱'的地方，就含蓄得差点空起来。"空箜喊道。

众人的视线直直射向空箜的胸前。空箜立马用胳膊挡在胸前："色狼，你们想干吗？"

"小样，我们看看你是怎么混进女生宿舍的。"庄炎冲简约和秦宇晴眨眨眼睛，"你们说，怎么办？"

"扒光！"简悦和秦宇晴喊着，同庄炎一起嬉笑着扑向空箜。空箜嘻嘻哈哈，声嘶力竭的喊叫终于招来了"容嬷嬷"（看寝室的老女人）大声的呵斥："216的，都几点了，快睡觉！"

"嘘！"庄炎强忍着笑，简悦和秦宇晴捂着咧开的嘴。

空箜冲门口作了个揖："感谢容嬷嬷搭救之恩，否则小女子清白不保矣。"

"唉！你爸是修飞机场的吧？"简悦压低声音问。

"咦，你怎么知道？"空箜往后趔了趔身子，做出一副吃惊的模样。

"怪不得，造的飞机场这么平。"简悦捂着嘴笑。

空箜拿着枕头朝简悦砸去。

门外又响起了敲门声："再闹给你们处分！"

四个人立马翻身上床，用床单捂住头，空箜故意用嘴发出均匀的呼噜声。

另一阵嬉笑声扯走了"容嬷嬷"。紧接着从楼上又传来了一声"容嬷嬷"的大喝。

"容嬷嬷"姓李，庄炎她们叫她李老师——那是当面。一背脸，她们就叫她"容嬷嬷"，叫得亲切而顺嘴，谁让她排斥她们旺盛的精力和洒脱的折腾呢。

……

庄炎的思绪被敲门声打断，她从电脑前站起来，打开屋门。庄母笑嘻嘻探出头来："炎子，给你说点事，我和你爸明天出趟差，估计得四五天。"

"噢，知道了，那你们路上开车慢点，注意安全。"庄炎伸了个懒腰。

　　"对了，工作的事，差不多，估计到这月底就能上班，你没事了在家准备准备。"庄母高兴得满面红光。

　　"噢，知道了，能不能不去啊。妈妈，好没意思的。"庄炎拖着声音，懒洋洋地说道。

　　"不行！你赶快睡吧，都快11点了，早睡早起！"庄母的语气变得严厉起来。

　　"我不睡，我不去事业单位，不去！"庄炎胸中突然涌上来一股火焰。

　　"你得听话，爸妈能害你吗？给你选的肯定是最好的路。"庄母的声音软起来，伸手去揽庄炎的肩膀。

　　"你们休想摆布我，我不是你们的玩偶！"庄炎甩开庄母的手，转身进了卧室。

　　门外传来庄父的厉喝，庄炎用食指塞住耳朵趴在床上。

　　提到工作，庄炎心里就迅速扯出两条线，一条属于父亲，一条属于母亲。他们把线缚在肩膀上卖力地前行，而作为这两条线所承载的重心，她却无知无觉，不喜不悲。父母拉着走的只是一个虚无的躯壳，与她无关。

　　"工作"这个家伙跃跃欲试，将要挤进她的生活，在此之后的几十年里占去她几乎所有的白天。这个家伙，灰突突，索然无味且不咸不淡，它与设计无关，与色彩无关，与四年的大学生活无关。

　　可正如父母所说，这份工作"现实""有保障""稳定"。庄炎想象着母亲一手托着这份工作，一手指着，以一种献媚的假笑，一字一句地说道："事业单位——'稳''准''狠'，是女孩们的上上之选，家长欲购从速。"

　　当然，庄母不会这么说，长辈总喜欢在孩子们面前表现出那种特有的稳重和强势。

　　又提起这件事，大概是在两天前的晚上。屋外流淌着黏稠的热浪，屋里的空调呼呼地吐着冷气，庄炎咬着冰棒陷在沙发里，脚搭在茶几上抖动着，湿漉漉的头发贴在脸颊上。

庄父坐在左边的沙发上一个接一个地接电话，庄母坐在旁边，用眼神盯着庄父，以表示她的抗议和不满。在庄父接完第四个电话的时候，庄母一把夺过手机，扔到自己屁股后面。

"说正事呢，炎子的工作还是得尽快定下来。"庄母一副胸有成竹的模样。

"我觉得还是让炎子自己决定吧。"父亲说着拿出一支烟叼在嘴里点燃。

"说什么呢，我们当父母的就得给孩子掌好舵，女孩子家嘛，就得找个安安稳稳的活，有保障。"母亲理直气壮。

"我还是觉得应该让炎子锻炼锻炼去，去我们的公司，去了直接是副总，不端别人饭碗，不看别人脸色。"庄父弹了弹烟灰，嘿嘿地笑着把头转向庄炎，"是吧，丫头？"

庄炎晃着腿盯着电视头也不回地应了一声，又伸手抓了一把瓜子磕起来。

"是什么啊，那也叫锻炼，就你那破生意，就给人家当个中介，拿着人家塞牙缝的钱，还美得不行，你别想把我丫头的前程毁了，都到关键时刻了，你别给我偏离轨道。"庄母狠狠地瞪了庄父一眼。

"行，听你的。我就是随便说说，事情都到这一步了，我咋能偏离轨道呢。"庄父提高声音，"你妈可是我们家的最高首长。"

庄炎依旧头也不回地盯着电视，把薯片、巧克力豆挨个往嘴里塞，像是在自己周围竖起来一道无形的屏障，拒绝一切信息，一切信号的入侵。

　　我才是主角，他们是在谈论我的事啊。但我就愿意这样，对他们谈话的内容充耳不闻，把自己扔在角落里。他们都已经决定了，还需要我的意见吗？
　　从兰州回来本就不是我愿意的，但是他们手里有最大的砝码——亲情，他们充分利用了它，或者是我太注重它，反正结果都一样，我被那条无形的线拽回了这个城市。然后他们大声地告诉我，他们不会害我，应该往哪儿走，但他们不懂我，他们认为最好的东西，我不一定想要。

现在，他们用线拽着我，高高兴兴地把我也摆进去，从事一份毫无意义的工作，朝九晚五，周而复始，如同摆动的时钟一样，左—右，左—右，直到我成个小老太太。

我不想反抗，我懒得思考，反正我现在脑子晕乎乎的，疲于转动。整日整日的消磨时光，我什么都不干，但依旧觉得疲惫不堪。

反正父亲、母亲说的都和我的意愿相差很远。我最理想的状态就是和韩艺在一起，找一份设计的工作，一起奋斗，就算天天啃馒头，也会很开心。

爱情、亲情、面包，孰重孰轻，我现在真的懒得思考，反正也不会有答案。简悦说面包最重要，空箜说爱情最重要，秦宇晴说亲情最重要。

那我呢，我不想选择。韩艺就那么消失了，这个可恶的家伙，我干吗又想起他，他根本不值得我想，让他见鬼去吧……

庄炎在父母的叫声中回过神来："我不想去，不去爸爸的公司，也不去事业单位……"

庄炎的抗议被父母新一轮的讨论淹没。关于她的未来，她的工作，父母在做详细的规划。

庄炎站起来抱着一盒饼干走向卧室，脑袋空空的、木木的。

她坐在地上，靠着大玩偶熊。庄炎的脑子失去了运转的能力，她不想转，只想停留在原地。

14

庄炎和端木见面，是在第二天上午紫荆山百货旁边的麦当劳。约的时间是10：30，庄炎9：00就到了。她需要独自坐一会，来挣脱夜里那无孔不入的疼痛和纠缠，越努力地想放下，想忘记某个人，那个人的影像就越鲜活地往上涌，就像用劲地想把一截弹簧压下去，咬牙切齿，咯得双手生疼，可一松手，弹簧却又跳起来，更富有活力，更带劲。

庄炎醒来时眼里含着泪水，夜里湿漉漉的梦，杂乱、纠结。她需要一个新的空间，来遮挡屏蔽这些东西。

庄炎坐在麦当劳靠窗的位置，她想象着端木出现的时候她应该挂上怎样的微笑。两年没见了，端木还是曾经的端木吗？还会哄着她，让着她吗？他看到她又会是怎样的神情？庄炎抱着蜂蜜柠檬茶喝了一大口。

还要不要像高中时那样，跑过去给他一个拥抱，然后捶着他的后背说："小子，你终于出现了。"现在想来，鲜活的场景隔了一段漫长的空白，一切就变成了未知数。

庄炎打开手机看了看，离约定的时间还有15分钟。15分钟后出现的如果是韩艺，那一切就臻于完美了。庄炎咬着饮料杯里的吸管，思绪飞快地追溯到有韩艺陪伴的那些日夜。

如果韩艺看到自己现在这种状态，无精打采、毫无斗志，估计他会跳起来说："炎子，你要打起精神来，你不是说热爱设计，要开工作室的吗，你看你现在软塌塌的，毫无斗志，怎么可以这样？"

庄炎拧起眉头想象着自己大声对韩艺喊："我乐意，我高兴，还有脸说我，还不是你闹的。"然后庄炎可以闹，可以哭，韩艺就会马上换一种温柔的语气哄她。可是她的韩艺失踪了，和她的大学生活一起装进了一个叫作"曾经"的袋子里。韩艺情愿待在里面，不愿往外走一步。

庄炎笑了笑，吸了一大口柠檬水，那种"酸"便漾开了，在她体内，肆无忌惮。可曾经的日子是甜的，和韩艺在一起的每一刻都是，就算韩艺毁了自己辛辛苦苦做的包装设计。

那是大三下半学期，韩艺在学校东门口的小区内租房子住，确切地说是美术系的学生大部分都搬出了宿舍。由于设计专业的需要，大部分同学都配有电脑。住宿舍，一来用电不方便，也没放电脑的地方；二来，经过大一、大二的成长，大家都成熟起来，成双结对的，在学校里卿卿我我，甚是不便，干脆脱离宿舍，撇开集体，另觅二人空间。

但韩艺租房子的动机还真不包括第二条，至于那时是他们俩傻乎乎的不开窍，还是两个人在那方面过于腼腆、羞涩，或者其他原因，倒也不必仔细推敲。

但庄炎还是出现在了韩艺的房子里，且是在晚上10点以后。之前的很多个夜晚，韩艺都会准时护送庄炎回宿舍。但那个晚上没有，因为他们要一块连夜做作业。

庄炎把买的牛皮纸、白板纸、尺子、裁纸刀、颜料等一股脑地抱到韩艺的房子。庄炎要做的是包装设计，手提袋和整套大小不一的盒子。庄炎一边计算尺寸，一边画草图，忙得不亦乐乎。韩艺坐在右边的电脑前，一边做展馆设计的3D效果图，一边听着德国新晋乐队Groove Coverage的歌曲。

庄炎不时把韩艺拉过来帮她参考图形，或者计算尺寸数据。韩艺也不时叫庄炎帮他参考一下展馆的一些细节设计。那时候的庄炎和韩艺是夜猫子型的，确切地说，夜猫子是美术系的集体代名词，从老师到学生都是如此，似乎只有在夜里灵感才会迸发。

说到具体的工作，庄炎就成了十足的急性子，她想看到美丽的成品，迫不及待。从她开始画草图，她就想象出了这一系列包装的模样，抽象的思维变成实物，是一件愉快的事。这个夜晚庄炎就急于促成这个愉快的结果。她先把牛皮纸裁成手提袋的展开结构，然后拿硫酸纸把设计好的图案拓印到上面，最后用干画法蹭出带有肌理的图案。手提袋做好后，庄炎就用细麻绳重叠着绑上当带子。

手提袋做好了，庄炎拎着在房子里跳来跳去，让韩艺一遍遍欣赏，韩艺就柔柔地笑着说："太棒了，这丫头还挺有创意的。"

但接下来做盒子就是个庞大的工程了，厚厚的版纸，庄炎拿裁纸刀，踮着脚尖，一遍遍地划下去，版纸才变成庄炎想要的形状，且显得极不情愿。

两个小时后，庄炎拍了拍手，把手提袋和包装盒在桌子上依次摆开。看着自己的杰作，心里满是愉悦，人几乎一直都在跳跃着。但韩艺这时候开始找"问题"了，他拿起最大的一个包装盒，举到庄炎面前："你看，边缘都没裁好，还有毛边呢。还有这，接口不严实，你裁的尺寸肯定有误。"

"是吗？可能吧。"庄炎依旧咧着嘴高兴。

"毁了重做吧！"韩艺说得一本正经。

"不！我不！我忙了一个晚上呢。"庄炎噘起嘴，表示抗议。

韩艺把包装盒立起来："如果用这样的盒子装衣服，牌子的那种，你买吗？"

"不买。"庄炎使劲地摇头。

"那就对了。"韩艺说着就把盒子拽开，随手扔进了垃圾桶。

"你赔我，再不好也是个盒子，可现在什么都没有了。"庄炎跺着脚，嘴噘得老高。

"做什么事都要认真，不能应付的。"韩艺伸手在庄炎鼻子上刮了一下，"小样，嘴噘的，都能拴一百头驴了。"

"你的嘴才那么大面积呢，能绑那么多牵驴的绳子。"庄炎说着又变成了哭腔，"你怎么可以这样，我明天要交作业的。"

"还有时间呀，我们重做一个。"韩艺眯着眼笑着。

"那你帮我！"

"好，我们一起做盒子。"韩艺转身去拿杯子，"我先给你热包牛奶，补充能量。"

庄炎嘿嘿地笑着，拽着他的衣角一同走向厨房。

"后来呢？"庄炎从思绪中跳出来，喃喃地问自己。

"后来，重新做了盒子呀，很漂亮的，一套盒子依次摆开，怎么看都喜欢，你和韩艺一直忙到早上5点多，然后就去东门口的铁路桥边吃了早点，这都忘记了，真笨。"庄炎以另一种语气回答了自己刚才的提问。

她抬起眼皮，她希望看见韩艺端着热牛奶和奥尔良烤翅笑眯眯地走过来，然后她就大声抗议说要喝加冰的可乐，韩艺会假装生气："太凉的，喝牛奶吧，牛奶好，牛吃了很多草，费了好大劲才产出来的。"

然后庄炎就一副勉为其难的样子说："那好吧，看在牛辛辛苦苦的份上。"

庄炎摇了摇头，露出一丝微笑，甜的记忆拉回到现在，就泛起了丝丝缕缕的酸楚。

"微笑吧，生活还得继续。"庄炎抬头让嘴角尽量上扬，她知道她绽放了一个极其失败的微笑。

好在她抬头时，看到了一个男孩笑着冲她走来。

"韩艺！"她脸上泛起一圈圈红晕，甜丝丝地绽放，男孩走过来的方向刚好背光，阳光为他勾勒了一个金色的轮廓，庄炎半张着嘴，看着这个金色的轮廓缓缓地移动，朝着她所在的方向。

15

庄炎的手机在桌子上震动了一下，一条信息，庄炎没有去看。她想，也许是昨晚群发信息的延续回复，现在才回，大抵是一个不怎么重要的人，交情一般，关系一般。

昨晚为了让自己有事可干，庄炎决定展开一项很重要的行动，就是把她新换的电话号码告诉大家，她可不想消失，也不想与朋友们彻底隔绝。

"嗨，大家好，我是庄炎，这是我的新号，旧号作废，直接替换即可，收到的回信息，不回者，哼哼，后果自负！"庄炎把电话簿上的号码挨个勾选，到韩艺的名字时，庄炎停顿了一下跳了过去。万一呢，万一韩艺给我打电话呢？庄炎想着，心里酸酸的，眼睛也开始酸涩。庄炎对着手机犹豫了片刻又重新翻过来，在韩艺的名字前打上对号。庄炎露出一丝苦笑，我是怎么了？我想干什么？都这样了，还有未来吗？真可笑。庄炎想着又把韩艺名字前的标记去掉。

庄炎不允许自己这么自作多情，用庄炎的话说就是，她渴望爱情，但从不乞求爱情。

庄炎发完短信，把手机撂到床上，跑到厨房冲了一碗鸡蛋茶，滴了几滴香油。她知道，这对她干疼的嗓子有好处。

庄炎边趴在碗边嘟着嘴吹气，边用筷子不停地搅动。油滴，金黄色，透亮，固执地漂浮在上面，无论筷子如何击打，都无法渗入。

庄炎突然觉得这油滴就是她自己，她回来了，站在这个熟悉的城市，却找不到自己的位置，大街上的每个人都在忙忙碌碌地奔走，而她找不到属于自己的地盘，真的，屁股大的地方都没有。她只是转来转去，举着手，却不知落到何处，这个社会为什么不伸出手把她拽进去，就算是强迫的，她也喜欢。

庄炎突然希望父母快点回来，他们不是说可以去事业单位吗？那就快点去吧，这样无所事事下去，会疯的，早晚而已。

庄炎的手机短信响起来，连续、紧凑，连打嗝的时间都没有，一个铃音还没结束，另一声就迫不及待铺盖上来。

庄炎边喝鸡蛋茶边满意地听着手机忙得气喘吁吁，她不需要了解那么多朋友的近况，她只是需要一种热闹，听起来热闹就行。

庄炎趴在床上，紧紧地抱着粉色的翻盖手机挨个翻阅短信，她时而微笑，时而肃穆。她在时钟滴滴答答的疾走中，寻了一块短暂的栖息之地，丰富、忙碌、热闹。

简悦：亲爱的，我现在在爱情岛（韩国的济州岛），这里的民俗村、独立岩、阵地洞窟、海水浴场都很棒，知道吗？《大长今》就是在这拍的，（伊人欲来何时归来），（伊人欲去何时离去）……

空筌：我就要背上行囊出发了，好happy的！

同学A：我的神啊，你还记得老汉啊。我现在在部队呢，震撼吧，学了四年设计，但最后连边都不沾。

同学B：炎子，最近好嘛，好怀念大学的时光啊，我在不停地碰壁，不停地找工作，郁闷，可是相当的啊，你呢，工作找得怎么样了？

庄炎看到第十条短信时看到了端木世杰的名字，这让她心里泛起一丝喜悦。

端木：炎子，什么时候出来吃饭，这么久没见了，很是想念。

庄炎：嘿嘿，没问题，反正从明天起就没人管我吃饭了，一天三顿都没有……

庄炎回完短信，露出了一丝笑意，怎么把这家伙忘记了啊，端木！

"一只聆听的耳朵。"庄炎从床上跳起来，"还有个活物呢，我咋就忘记了呢。"

庄炎又啪啪地按动手机按键：以后，你就是我的蓝颜知己啊，不许说不，不许提条件，不许偏离轨道。

"好的。"端木很快回了短信，他对庄炎跳跃性的思维丝毫不感到好奇。

庄炎合上手机，在电脑前坐下，打开博客。她决定换个头像，用自己的照片，漂亮精神的那种。她在电脑里翻来翻去，终于找到了一张，穿着白色短袖T恤的那张，后面是丁香园，大片的粉红，俨然有大片的清香飘逸而出。庄炎喜欢极了，照片上的微笑逐渐放大，映到这个时空里庄炎的脸上。

庄炎对着照片笑了笑，算是问候，接着点开了写博文的页面：

突然想写点什么，关于记忆，关于现在，还是关于未来？关于工作，关于生活，还是关于爱情？我也说不清，我只是在电脑前坐着，心中涌动着莫名的东西，什么都不想做，脑子里涌动着太多东西，却一点都记不起来，似乎所有的东西都离我远去，而渐渐清晰地只有自己……

端木又出现了，就像曾经不曾离去。也许我该现实，如果我爱的人是端木，也许会是另一个结局，但是没有如果，爱情和友情无法换算，我把自己关在一个狭小的盒子里漂泊，在阳光发白的午后，在看不清星辰的深夜，我知道我不能永远这么任自漂流，我得走出去，去寻找一个没有你的天堂。

我回来了，回到了这片土地，我属于这里，我要在这里寻找一片属于我的天空，爱情和面包都会有的，不会太远。

那个叫韩艺的男孩，你哭泣吧，我要离开你。永远。你不值得我再哭泣。

思念的藤，会在岁月中破碎，那是我主观的意愿。我没有办法，不得已。不忘记，那么破碎的就是我自己。

我亲爱的朋友，亲爱的姐妹，你们不用为我担心，近日我喜欢写忧伤的句子，发忧伤的感慨，听忧伤的歌曲，但喜欢和现实不是一回事，我依旧有明朗的微笑，我终究要飞翔，不管有没有翅膀。

如果说幸福和苦难对等，那我的苦难是否已随着清澈的泪滴飘远？我必须快乐，快乐是我呼吸的空气，我不能成为一条溺水的鱼……

"我不能成为一条溺水的鱼，生活才刚刚开始。"庄炎一字一句地念道，她把每一个字都深深地刻进心里，等待着它们发出光芒，照亮她的生活，让她有力量从这个用"过去"编织的茧里冲出去，让过去走过去吧，化作一个五彩斑斓的背景，引出庄炎前行的路。

16

庄炎常常想起简悦那极不标准的"中国式"韩语，还有她咯咯的笑声。简悦去了韩国，想来是件令人开心的事。她此刻所处的是一个自由的国度，她自己的自由国度，没有爸爸妈妈干涉，做什么都可以按自己的意愿，爽呆了。庄炎和简悦通电话是在前天上午。

简悦给庄炎打电话用的是蹩脚韩语，庄炎那时正顶着硕大的太阳睡得昏天暗地。从回家的那刻起，这种困意就肆意蔓延，并以燎原之势铺开。

醒来。窗外依旧是杂乱的汽笛声，喧嚣的人流。"人流"，庄炎躺在床上重复着这两个字，飞快地扯到了另一层含意上："人流"可以在不经意间让一个本该降临的生命消失，没有知觉没有痛苦。"这个世界为什么不在我熟睡的时候把我'流'掉？随便扔到哪个星球哪个世纪，古代也好，未来也好，只要不再是这年月。"庄炎看着天花板，看着一个巨大的气泡在空气中聚合，把她包在里面，慢慢地上升，与外界隔离，与现实隔离，不思以前，不想以后。

"喂，喂，小丫头，你怎么不说话……"电话里纯正的中国音，高分贝的呼喊，让气泡破裂，庄炎又狠狠地摔到床上，头开始昏昏沉沉、剧烈地疼痛。

"喂，简悦啊，这是哪里的号码啊？我正睡觉呢。"庄炎揉揉发胀的脑袋。

"丫头，你猜啊。"电话那头传来不可抑制的兴奋。

"大婶，你在哪个星球上呢？"庄炎懒洋洋地对着话筒问道。

"这孩子，怎么说话呢，快醒醒！"电话里传来咯咯的笑声。

"再叫我'这孩子'，我就叫你大妈。"庄炎猛地从床上坐起来，大概躺得太久，眼前忽地一片黑暗。庄炎努力地眨了眨眼睛，世界又一点点明亮起来，"你在哪呢？"

"韩国！"

"韩国？"庄炎瞪大眼睛像是听到了另一种语言，"你爸不是给你找了一个国企办公室上班去了吗？"

"是啊，去了两天，太无聊，我就开溜了。"简悦在那头嘿嘿地笑道。

"真的？妞，你好幸福啊，你怎么不把我装口袋里也带去？我一直在家睡觉，不想洗脸，不想出门，啥都不想干。"庄炎说，"你去那干吗了？去那找工作？你会说韩语吗？"

"摁钮哈塞妖！（你好）"简悦笑道，"怎么样，电视剧里学的。"

"打住！咱说母语。"庄炎笑着抖了抖身子，"满身的鸡皮疙瘩，等我抖抖。"

"告诉你吧，丫头，我现在在'梦幻岛'，刚做了'金箔'面膜，满脸都是金色，金光闪闪。现在我终于知道什么叫满脸贴金了。"简悦兴奋地叫道。

"你怎么去的呢？我也要去，你好有钱啊。"庄炎叫道。

"我找了个韩国帅哥，我准备过段时间去隆隆胸，你不知道，在这整形美容特流行，就跟我们要做头发、贴面膜一样。"简悦兴奋地说道。

"隆胸？不是吧，你已经够丰满了，你再隆胸估计就得定做

'bra'。"庄炎笑道。

"去，这叫性感，你个小丫头，还没开窍呢，说了也不懂。你说你们家韩艺傻乎乎的吧，你也傻，服了你俩了。"

提到韩艺，庄炎的心又剧烈地疼痛起来。

"算了，算了，不提那小子了，回头我给你介绍一韩国帅哥。"简悦自顾自地说着，庄炎缄默不语。

"对不起，炎子，我不是故意提到他的。不过你也要实际点，想开点，我们已经毕业了，已经过了那个纯情的年代，就像我现在这个男朋友，说不上爱不爱，但他可以给我一些实际的东西，而且恰恰是我想要的，这就叫'现实'。你不要把自己关在壳子里，你要走出来。"简悦说道。

"对了，你的工作找得怎么样了？"简悦扯到另一个话题上。

"爸妈让我去事业单位，我不喜欢，不想去。"庄炎说。

"那就别去，你一定要知道：自己想要什么样的生活，并为之去努力。不喜欢的工作，要干一辈子，多郁闷啊，你想想。"

挂了电话，庄炎突然就升腾出恍如隔世的感觉，简悦去了韩国。也许自己真的睡了一个世纪，这个世界奔跑得太快，自己是不是已经落伍了？庄炎将了将凌乱的头发，拉开门，外面的阳光刺眼夺目。她不想去任何地方，也不知道去哪里。算了，睡吧，巨大的困意袭来，庄炎梦游般地重新回到床上。她想留在这个时刻，毕业后这个时刻，不想往前走。

在学校的时候，庄炎也是嗜睡的，但那时候睡得甜畅幸福，醒来就神采奕奕，精力无穷。嗜睡是宿舍的集体爱好，没课的时候就早饭和午饭合二为一，美其名曰"为国家节省粮食"，班里的任何一个兄弟姐妹，只要经过女生宿舍的楼下，见216的窗帘紧闭，就会说："哇哦！她们竟然还在睡觉。"

庄炎说："能睡也是一种资本和能力。"

这句话得到了216宿舍女生的一致赞同。

空签说："睡觉多好，省电、省水、省粮食，充分节约可再生、不可再生的一切资源。"

"睡！多幸福啊！我好不容易有这机会了，容易嘛。"庄炎从上铺伸出脑袋，"真是苦尽甘来，要知道上高中时，天天早上5：30上早读，还要跑步，晚上22：00才下晚自习，我那时最大的愿望就是哪天能睡到早上7：00，就为这个目标，我充分'刨'出了自身潜力，学了美术。"庄炎说着又美滋滋地拉了拉枕头。

"你说，我们要是考不上大学，现在会在干吗？"秦宇晴托着下巴问。

"那还用说，一把屎一把尿地带孩子呗。"庄炎抖了抖肩膀，"想想都觉得可怕，一辈子就那么定型了。"

"你们现在最大的愿望是什么？"简悦问。

"快点毕业，走自己的路，挣自己的钱，想怎么花就怎么花，你不知道我为了买个mp4，足足和我妈申请了一个月，这老太太，太抠了。"空签靠在下面的桌子上。

"我就想着好好把专业学好，将来开自己的工作室。"庄炎直起头。

"我也是，我们一起。"秦宇晴把面孔靠到庄炎面前。

"好啊，好啊，就我俩。到时候，经理俩人，设计员俩人、业务员俩人、内勤俩人，打扫卫生的俩人。"庄炎笑道，"我俩全部包圆，绝对的'自理门户，自力更生'。"

"OK，OK。"秦宇晴拍着手笑道。

"我希望出国深造，将来做个金牌的女设计师。"简悦仰起脸看着庄炎，一脸的微笑。

那时的简悦还是小丫头，松松地扎着马尾辫，褪色的宽大T恤衫，洗不掉的彩色渍痕。简悦喜欢，喜欢这种旧旧的感觉，喜欢黏在衣服上的颜料块，用她的话说，"那叫感觉，知道吗！"

那时候她们能睡、能闹。睡上一天一夜，没问题，疯上一天一夜也没问题。用庄炎的话说就是："没办法，我们年轻啊。"

的确，那时候她们都很年轻，满脸的稚气，满脑子的梦想。她们常常会在半夜爬起来，打开充好电的LED灯，按开电脑，放着舒缓的音乐，拿出速写本画画。

画她们各种各样笑的姿态，画她们的梦，那次庄炎画的满张纸都是枝枝蔓蔓，她说："那是一个人，会生长的人，可以长成不同的形状，不同的颜色。"庄炎喜欢色彩，喜欢线条。她咯咯地笑着说："要是我能变成不同的形状和颜色多好。"

"你以为你是'变相怪杰'啊。"空筌说道。

"明晚我们去机房包夜好不好，我找到了一个网站，国外的，上面的广告巨经典，我看完都不知道广告的是些什么。"庄炎兴奋地说道。

"不会吧，那还是广告吗？"空筌捏着鼻子，饶舌地学着河南方言，"大嫂，你弄啥哩，咦，给俺哩猪买xx牌饲料……"

庄炎、简悦笑得上气不接下气。

"这叫直白，坦荡，知道吗？"庄炎拍着枕头说。

"看不懂的才是好的，什么是艺术？看不懂的才是艺术呢。"简悦道。

"说好了，明晚咱包夜去啊。"简悦又说。

"是今晚好不好！"秦宇晴探出头。

已经凌晨5：00。

庄炎打了个哈欠拉了拉被单："简悦，明天你去上操吧，我不去了，记得替我喊'到'。"

"还有我们。"秦宇晴说着也缩回床上。

216宿舍四个人，总是轮流上操，点名的时候一个人就以不同的声调喊"到"，"平"声，"扬"声，"粗"声，"细"声，一个人，活生生地变出四种腔调，还是流动性的，要跑到不同的位置，喊出来的声音才能造成四个人在场的真实感。

"空筌，下周不是该你们老乡点操了吗？交给你了，下周我们就不上操了。"简悦道。

"没问题，我下午就给他打电话，我们下周都全勤，敢不从，姑奶奶灭了他小子。"空姈理直气壮地道。

17

庄炎怎么想都觉得，她和端木本来就是同一个"色系"的两条平行线，无论是远得无法触及，还是紧密地并排前行，反正都是极其接近的色彩，有着柔软的融合，但两条线永远无法相交重叠，所以端木对于庄炎来说，就成了蓝颜知己，亲密无间，却要限制在某种范围之外。

而韩艺呢，暂且把他们当成只有一个交点的两条线吧，注定了相遇也注定了分离，这当然也是庄炎的总结，两天前的夜晚突发的感慨。

庄炎周围的景物，迅速地虚化、后退，只剩下男孩一步步走近，带着阳光镀上的金色轮廓。庄炎满心的期望，柔软的目光扯出一条条线，直奔男孩脸上，勾勒出那只属于韩艺的高挺的鼻梁，浓粗的眉毛，以及黑色框架的眼镜。

"炎子，我来晚了，让你等我，不好意思。"男孩微笑着站在庄炎面前。庄炎依旧愣愣地看着前方，陷在韩艺那张虚无、庞大、无处不在的面孔里。

"炎子！"男孩提高声音喊道。

庄炎猛地眨了一下眼睛，目光才收回到离自己50厘米远的这张面孔上。

"端木！"庄炎惊叹似的叫出了端木的名字，好像他是从地上直接冒出来的。庄炎的胸腔内站着一个小小的庄炎，兴奋地跳跃着。这是曾经那个胖乎乎的男孩吗？古铜色的面孔，棱角分明；明亮的眼睛，线条干脆利落；微微上翘的嘴唇，像极了一个负气撒娇的孩童。

"你是端木？还是他兄弟？"庄炎看着端木笑起来。

"你不是说，我们才是亲兄弟嘛。"端木笑道，"看，我给你带什么来了。"说着端木从背后拿出一个大大的棉花糖。

"你小子，在哪弄的？"庄炎兴奋地在端木肩膀上捶了一下。

"在步行街买的，你高中的时候就喜欢这个，希望时间改变了你的容貌，没改变你的口味。"端木嘿嘿地笑起来。

"你不想混了，你敢说我变老了！"庄炎皱着眉头挂上一幅委屈愤怒的模样，"小心我用三七的脚盖住你三六的脸。"

"小弟岂敢，我是说你变得更漂亮了。"端木抱拳说道。

事实上，端木比庄炎大5个月，但高中的时候，庄炎常常称呼端木为"小弟"，并以不同的方式镇压端木的反抗，比如说霸占他的凳子，拿他的作业本威胁他。

端木比庄炎成绩好，每次他教导庄炎要"Good good study，day day up"（好好学习，天天向上）的时候，庄炎就撇着嘴说："姐不怕，姐有特长，你给姐买个冰糕，姐回头给你画张头像，你挂床头，等我将来成大家了，那就是财富。"

庄炎这么说的时候，端木总是大笑着把头点得跟小鸡啄米似的。

庄炎把短暂的回忆卡住，往前探了探头，用手挡着嘴说："我都奔三的人了，抱着这么大的棉花糖，是不是很怪异。"庄炎说着转身瞥了一眼旁边一个胖嘟嘟咬着手指瞪着她看的小男孩，"你说他会不会来跟我抢？"

"不会，他是看见漂亮姐姐，傻眼了。"端木笑道。

"那我就不客气了。"说着庄炎咬了一大口拽下来，棉絮似的棉花糖粘在嘴上。

"你真不义气，回来也不打声招呼。"端木说着抽出一支烟点着。

"还打招呼呢，我特想失踪，你知不知道有一本《完全失踪手册》？回头我实践一下。"庄炎笑眯眯地说着。

"可别，我好不容易才见到你。"端木瞪大眼睛做出吃惊的模样。

"放心吧，我就说说，现在每天都是大段的空白，失踪了岂不成了白板，没钱、没工作、没去处。"

"这大好的太阳，别那么伤感，你对色彩的敏感度那么高，那就拿色彩铺满你的空白。"端木眯着眼弹了弹烟灰。

"说得容易，我现在都不知道干吗了。"庄炎托着腮帮子喃喃地说道，"我爸妈想让我去事业单位，可是我不想去，正纠结呢。"

"事业单位稳定些，对女孩子也不错。"端木说。

"你跟我爸妈一样俗。"庄炎努起了嘴，"我还是想做设计，我不想丢掉我的专业。"

"你可以业余做设计啊，有时候工作和事业是两码事。"端木笑笑。

"噢，也许，大概，可能……"庄炎喃喃地说。业余做设计，不错的主意，不受束缚，不受约束，想做什么就做什么。可是现在自己没有实战经验啊，做出来的东西冒着学生气，傻乎乎的。她觉得自己还是需要锻炼，去设计公司，接触大庭广众面对的真正的广告设计。要不自己会离这条路越来越远，业余选手，可有可无的，或者最终废弃。

端木还没来得及说话，庄炎就猛地跳起来拉着端木往外走，她突然想跳开这个话题让自己的思路得到短暂的休整："我要吃火锅，咱去吃火锅吧。"

庄炎把斜挎包塞给端木，自己戴上太阳镜，乐呵呵地在前面迈着大步。

"快点，我饿了，今天给你个机会，让我大宰你一顿。"庄炎说着转过身来倒退着走了几步。

"没问题，待会儿随便点。"端木向前跨了两步赶上庄炎。

庄炎轻轻地在端木下巴上刮了一下："哟，有工资一族，就是不一样，就是大方，我改变主意了，燕鲍鱼翅，出发！"庄炎笑着往前跑去。

"没问题，不过麻烦你回去给我妈说一声，我这月就不回家了。"端木抬高声音喊道。

"为什么？"庄炎笑嘻嘻地停下来。

"我估计得在燕鲍鱼翅店待一个月，你吃完直接走就行了，甭管我。怕只怕，我这么帅的，里面那么多女服务员，终日相伴，我会吃亏。"端木摇摇头，装出一副为难的样子。

"切！美的你。"庄炎说着又在端木胸口上捶了一拳。

"你老动手动脚的，你得对我负责，我这么一个冰清玉洁的仔。"端木说得一脸认真。

"好，好，以后你就跟姐混了，一天一个馒头，加二两白开水。"庄炎咧开嘴笑起来。

回来的这些天，今天是庄炎笑得最开心的一天。两年没见，端木虽然经过大幅度的缩水，变得更高更帅了，但他们之间那种不设防的交情没变。

庄炎看到了一个出口，明亮的出口，她心里郁积的东西，终于可以通过这个出口缓缓地流出来，心中那有限的承载物，总算可以把上面摇摇欲坠的东西卸下来一些。

庄炎在心里紧紧拥抱端木，她想："时间竟然没有冲淡我们的友情，真奇怪。也许友情真的比爱情更加牢固。"庄炎看看端木："你会是我的朋友，一生一世。"

两年的时间，庄炎似乎变得更加活泼，端木却向着稳重发展了，他用柔软的目光触摸着不停笑闹的庄炎。

至于庄炎寻找的那个出口，是端木首先打开了，还是无意间碰开了，都不重要，重要的是，她可以把忧伤断断续续、毫无规律地铺开，顺着这个为她敞开的出口。

第三章　水和空气都是咸的

18

上午10：15。庄炎从昏睡中醒来，她像是从一个混沌的世界跨入了另一个混沌的世界。她睁开眼睛，眼前一片片亮起来。她的思维蠕动了几下，才确定这张床是属于家里的，而非宿舍。她的思绪飞速地跨过一个又一个日夜，滑向身后的日子都在眨眼间变成了一堵堵高墙，高墙后的东西，无法触及，无法逾越。庄炎捶了捶发胀的脑袋，走进洗手间，冲了个澡。

她用皮筋松松地挽起湿漉漉的头发，一手拿着酸奶，一手抓着吐司片，新一天的生活开始了。父母出差了，庄炎轻松了，自由了。这160平方米的天下属于她了，至少她20平方米的卧室，她可以折腾了，随心所欲。

庄炎走进卧室，把昨天买的丙烯颜料、画笔一股脑地倒在地上，一面被绿色充斥的墙，即将诞生了。

庄炎搓了搓手，拿出硫酸纸和4B的铅笔，趴在地上开始拓印底图。风吹动窗帘，光束晃动着移到庄炎身上，恍然又回到了两年前的那个午后，丁香园内的画室——

　　秋天的阳光透过画室的窗子洒在地上，暖洋洋的。七八个同学边嘻嘻哈哈地聊天，边不停地忙碌。庄炎和秦宇晴她们几个弄了一大堆东西堆在桌子上，庄炎边把颜料、麻绳、卡纸一一分开，边抹着额头上的汗珠，嘻嘻哈哈地笑着，把一本厚厚的图案书放在桌角翻开，发黄的纸页上印着学校图书馆的红章。

　　庄炎把颜料盒打开，抽出一张黑卡纸，先用2B的铅笔画了底图，接着拿起水粉笔调出淡绿开始着色。

　　庄炎画了一笔，又画了一笔，便皱起了眉头："这卡纸上不去色！完了！"庄炎看着在黑卡纸上凝成绿色水珠的颜料，跺着脚发出一阵笑声，像是跟自己闹情绪似的，哭笑不得。

　　这次的课程是彩色装饰画。美术系的课程，每门课程都有三周的时间，第一周老师讲课，第二周、第三周学生自己创作，这是三周中的最后两天。当然也是灵感迸发，创作的高峰期。

　　这是一个不成文的现象，每门课程都要到最后两天，同学们才开始着手，风风火火地投入，那叫一个刻苦，一口气忙上48小时。所以交作业打分的前一天，多数同学都是通宵，无论你打谁的电话，那边都会传来一阵兴奋的笑声，然后很志同道合地互相问候，原来你也在熬夜啊，宛然一大帮知己，心心相通。

　　这个时段前的很多天，大家都在校园内、宿舍里或者张掖路上闲逛。大家见面就问："你的装饰画做得怎么样了？"

　　"没灵感。"另一个答，然后两个人很会意地笑笑。

　　灵感是逼出来的，只要老师一说："同学们，后天早上打分了，明天下午大家把画装好框在系里的大厅里挂好。"大家立刻灵感迸发，争先恐后地挥毫了。

　　庄炎对着黑卡纸锁着眉头。

　　"你再去买些吧。"简悦说。

"来不及了。"庄炎按开手机看了看，10：48，"明天就要装画框了，明天下午就得挂画。"

庄炎沉默了片刻，突然眼睛一亮跳起来："有了，谁有报纸？谁有报纸？"

庄炎接过裴大伟递过的几张不知过去多少个月的《兰州日报》，麻利地撕成了不规则图形，然后用白乳胶粘在黑卡纸上：既然画不成，那就拓印吧。

……

一阵清脆的铃声把庄炎拉回了现实，庄炎伸手拿起撂在床沿上的手机，放在耳边用肩膀夹着，边用笔搅着颜料。

"喂，空筌啊。我，我在画画呢。"庄炎笑道。

"好兴致啊，我正在家进行战斗呢。"空筌说。

"你又在跟谁战斗呢，咱都毕业了，你也淑女点，那么泼辣，不怕你家大伟不要你。"庄炎道。

"他敢，我灭了他。"空筌接着说道："你不知道，我妈不同意我去北京，说在本地多好，有什么事有亲戚朋友也好有个照应，外面人生地不熟的。"

"家长嘛，都那么想，好像我们就是他们的宠物，他们认为怎么好，就得怎样，否则就成了不听话，大逆不道。好像我们活着就是为了听话来着。"庄炎说着拿笔在旁边的一张白纸上点了一笔淡绿，然后满意地点了点头。

"越有困难，我越兴奋，看着吧，光明是属于我的。"空筌笑着说，"对了，你有什么打算，工作找得怎么样了？"

"没找，没打算。"庄炎有气无力地说。

"拿出点士气，怎么听着软绵绵的，这可不是你的作风啊。"

"我在家积蓄力量呢。"庄炎道。

"力量是要到社会中历练出来的，不是积蓄出来的。"

"我看不到路，无法前行，没办法。"庄炎伸手扶了扶手机。

"哪儿都看不到你，你是压根没抬眼。"空箜加大了声音的分贝。

"我抬了。"庄炎抓着手机仰起头。

"我咋没看见。"空箜在电话里傻笑着。

"看，已经抬得一片'白'了。"庄炎伸手翻起眼皮，"你顺着无线信号，穿越过来，就看到了。"

……

庄炎挂了电话，站起来拿起报纸叠了个三角形的帽子扣在头上，光着脚站在小木凳上，拿着大号的丙烯专用笔开始填色，豆绿、浅绿、苹果绿、茶绿、褐绿、墨绿，交织缠绕，枝枝蔓蔓自在蔓延，却又恰好组成了一个人的形状。

庄炎在对着电脑的另一面墙上画彩绘，满是绿色，墙上、身上，甚至额头上都被她无意间蹭上了一道浅绿。

"要是我能变成透明的绿色就好了。"庄炎抬头望了望窗外炙热的阳光想，"那我一定是清清凉凉的，外面的燥热和喧嚣，我都不用害怕。"

绿色，纯天然的，庄炎闭上眼睛露出浅浅的微笑，她在绿色的海洋，绿色的旋涡里漂流、沉溺。

19

庄炎在好友"菌迷失"的QQ空间里看到了这样一篇日志：

精神上的问题，就是精神上的问题。从哪里找到你，没有记录工具，也没有过目不忘的能力。嗯！还是不理解，胡思乱想？态度！我的态度会怎样改变！找不着方向了，在干裂的墙上抓出一道道痕迹，认真地抓着，皱起了眉头，后退了7步，经审视发现——自我陶醉的一件作品，而我，还是很难融入环境，一切都是崭新的，需要一切都接受吗？却是总会自觉不自觉地拒绝一些东西，是我的身体上有抗体？

精神上的问题，简单的世界被看得那么复杂，要专心做自己的事，回到窝里又是另一个空间，旋转的"扇"卷起思念无数，这里是自己的电影，自己才是自己的主角，干吗需要别人的左轰右炸。往事如云烟般地在脑海里忽隐忽现，却再也难以入境，如今……似乎每个人变得都很怀古，却每个人都在改变，只不过你变得冷眼旁观，我变得博古论今罢了。

不懂以前是怎样混的，也不懂以前是怎样的规矩，思想在躯壳下透过眼孔看世界，听得到的也只是身体喘嘘着发出的朦胧的呼声，还有远处的霓虹混杂成的五彩火焰。此时，人便已是黑白色的了，简单。偶尔会有几个带着金丝边眼镜的人秀出那耀人的高光，但也是从脑袋两旁匆匆滑过，可并不是这样的世界，世界还是要充满色彩……

毕业，回忆，想念从心的底弦弹奏出美丽的歌谣，又似在一片湖水寂寂的世界中，有一道光束从高空降落入水中，泛起清清的涟漪。大家安静地坐在一起，面朝着同一个方向，眼神中流露出幸福的光芒……

我这样想着……

庄炎看完日志，点了支烟，删除了自己的来访记录，然后回到自己的空间，心里的气流涌动着，变成一行行字，爬上空白的页面：

精神上的问题，对，就是精神上的问题，傻乎乎的人，做着傻乎乎的事。在现在的空间，拿着属于"过去时"的东西，一个人拿头在墙上撞，撞出一地的脑浆，飞花乱溅。可恶的是，还得拾起来，撞完了，重新塞进去。白白沾惹了一地的灰尘，一摊的泪水。你幽灵般在我面前缠绕，让我如何忘记。你这个卑鄙的家伙，带走了你的躯体，却留给我一个虚无的灵魂，无处不在。本来极其平常的日子，现在想来就成了甜蜜蜜的明朗，甜蜜蜜的明朗却在我心上割出深深浅浅的痕迹。你看看我的心，一道道纵横交错，多美的画面，我把头埋进去流着泪自顾地陶醉。我就一疯子。

精神上的问题！我把简单的事情，翻来覆去地缠绕，变成一个毫无头绪的死结，然后自己抱着这个死结，跺着脚呐喊，像一个无助的孩子。别人都抬脚跨进了自己的日子。我却躲在自己编的茧里，低声啜泣。我紧紧地拉着门，大声哭泣。我说，我找不到出口。

不知道现在是怎么混的，在自己的世界里，没出门，就混得人无人样了，天天被一种叫作记忆的东西，撕扯、纠缠，大有被生吞活剥之势。当然，那种出自我潜意识的默许，或者，那才是我本意。

可怎么会这样，我明明有自己的打算，明明揣着一个叫作梦想的东西，我愿意揣着它，高高兴兴地上路，不管是风雨兼程，还是荆棘满布，我都愿意笑嘻嘻地上路。我们说好的，不悔、不怕。朋友说，梦想很丰满，现实很骨感。可我不怕，不怕现实的骨感，现实会在我的不断奋进中长肉的，跟春天开的花一样，不仅丰满，而且很美观。梦想再遥远，也是梦想，每日追着梦想奔跑也是一种幸福，前面会是悬崖吗？不会！就算是，我也要睁大眼睛冲过去，要么变成鹰飞过去，要么就让我摔得粉身碎骨。

但梦想，说到底，还只是印在遥远的前方，但事业单位这块面包就不一样了，虽然以后的每天都是同样的大小，同样的滋味，但如朋友们所说，毕竟是实实在在的东西。工作和事业可以分离，梦想当然应该归属于事业，可工作毕竟要占去你大部分的时间，那么梦想会不会被工作挤破，事业会不会被工作掩盖，一切都是未知。母亲说，她吃过的盐比我吃过的面都多，她会为我选择最好的路，当然，我应该相信，但我就是不甘心，不确信。

说到最后，还是两块，无法缝合……

20

傍晚，大雨哗啦啦地落下来，铺天盖地，既无前奏，也无预兆。雨滴在地上，在灰色的楼房上，在焦灼的地面上跳跃着，如同紧凑的鼓点，迫不及待地想谱一曲恢宏的乐章。

庄炎靠在窗边，点燃一支烟缓缓吐出灰色的烟雾。她突然觉得陌生起来，这个城市，这个房间，还有窗边的女孩。她是庄炎，可是庄炎又是谁呢。庄炎眯着眼睛，十年、二十年、三十年或者更长的时间，她都将在这个城市里重复着同一生活轨迹，上班、下班、结婚、生子，然后依旧是上班、下班，直到变成一个老人。

庄炎突然颤抖了一下。多可怕的事情，一样的生活，一样的轨迹，毫无乐趣、乏味的工作，没有变化的未来。庄炎觉得父母就是为她选择了这样一条路，一抬眼就能看到几十年以后自己的模样。

那样活着和死去又有何区别？庄炎突然烦闷起来，她推开窗子，雨滴就欢快地涌进来，砸在她的脸上，凉丝丝的。

庄炎拉上窗户，转身到电脑前坐下，打开QQ。庄炎的QQ每天都挂着，但一直是隐身状态，她想把自己隐藏起来，就像蚕，吐出丝线把自己层层裹包起来，躲在狭小的空间品味自己的心事。

庄炎也是在这个晚上遇到"大脸晶"的，"大脸晶"原名许晶晶，除了脸大之外，人很漂亮，是那种穿什么衣服都好看的女孩子。庄炎和大脸晶是初中同桌，高中同学。就连半路出家学美术，也是一起。庄炎考了二本，大脸晶上了本省的一个专科。

庄炎和大脸晶在一起的时候经常吵架，吵到互相不联系。可没了对方的消息后，就又觉得想念，就又开始想对方的好。

大脸晶属于"早熟"型的，从初中就开始了地下恋情，一直持续到高中毕业。庄炎常常说："你肯定早婚，以后你结婚的时候，伴娘要是找别人，我就死给你看，我肯定把我打扮得比新娘子还新娘子。"

"切！随便，你再打扮也比不过我这张大脸，这是标志性建筑，知道不？"然后两人就傻呵呵地笑。

庄炎对着电脑，看着大脸晶的QQ头像，依旧是那张极具个性的大脸，手法依旧是大脸晶极其热衷的"自拍"。

庄炎记不起上次和大脸晶吵翻是什么时候了，也记不起多长时间没有联系，好像很长，又好像从来不在彼此身边离去。

庄炎点开QQ对话框，直接发送视频请求，她们之间吵架、和好，总是没有明确的界限。

大脸晶那张大脸很快出现在电脑屏幕上，庄炎刚戴上耳机，大脸晶的声音就涌了过来，连三赶四，迫不及待。

"炎子，好久没见了，想死你了，好像变漂亮了。"

"什么叫好像，本来就是。你呢，在上海怎么样？"

"还行吧。"大脸晶抿嘴笑了笑，伸手点燃一支烟吐出灰色的烟雾，"你咋和我一样不睡觉，大半夜的。"

"我在这想，到底是去事业单位，还是继续做设计呢。"庄炎说，"要不我去上海，投奔你去吧。"

"可别，我是在流浪，在流浪中被现实击得支离破碎，直到学会什么叫现实。以前很傻、很天真，真的，炎子，你听我的话，好好在家上班，事业单位多好啊。"大脸晶弹了弹烟灰，"上海的楼太高，高得让我迷失，我总在自己的世界里保持沉默，选择保护自己。也再次迷茫于自己对现实的无能为力，和无法抗拒。沉闷的节奏，茫然的心情，每天都一样。我都无法让自己哭泣。真的，现实让眼泪变成一种可笑的东西。"

"晶，我真不明白，现实到底是什么，从毕业后我听到的频率最高的词莫过于这个了，难道以前我们都生活在虚幻世界中吗？为什么要妥协，还没和现实交手，就甘拜下风？也许会赢呢。我们不是常常说要敢于挑战、突破嘛。现实难道就是毫无理想按部就班的生活吗？社会怎么了！现实怎么了！大家都怎么了！干吗拿一个虚妄的现实把自己绑得死死的？"庄炎大声地喊着，眼里蓄满了泪水。

"你不明白，炎子，不要跟现实硬顶，那样子只会头破血流。我现在多想有一份稳定的工作，不用整日这样漂泊。"大脸晶闭上眼睛，面颊干干的，没有一滴眼泪。

"我宁愿头破血流！"庄炎固执地喊道。

"你不要这么固执好不好，现实点。"大脸晶抬高声音。

"是你固执，什么现实，什么都不是。"

"你理智点，你已经毕业了，你不是小孩子。"

"毕业了怎么了？谁说毕业了就不能有理想有追求了？"

"随你，如果你放弃了事业单位，这辈子就都别想再见到我！"大脸晶的面孔随着这句话的尾音一同消失。

庄炎的身子软下来，陷在电脑椅里。连曾经没心没肺的大脸晶都和"现实"站到了一起，可以想象，"现实"的确是个狠角色，厉害无比。也许大脸晶是对的，生活就是现实，现实就是平淡，平淡就是幸福。理想好像只属于那些满腔热血的学生，毕业的人再拿出来，就显得稚嫩了。

庄炎觉得大脸晶也许说得对，自己是太固执，固执到伤了爱自己的人。庄炎开始后悔，开始后悔回家的第一个夜晚和父母之间爆发的争吵，他们千方百计、绞尽脑汁为自己的未来铺路，可自己呢？就那么伤了他们，且觉得理直气壮。

那个晚上，庄炎"啪"地甩上了门。

"炎子，你给我出来，你这什么态度！"庄母站起来喊道。

"这就是我的态度！很明确！"庄炎隔着门朝外面喊道，"什么事业单位，我不去，要去你自己去。"

"你这孩子，怎么这么不懂事。"

"我宁愿这样不懂事，也不要做你们的玩偶！"

庄母在庄炎的喊声中跌落在椅子上，小声地嘟囔："你说说，现在的孩子，要她什么用，我们容易吗？为了她绞尽脑汁，她不但不领情，还……"庄母说着抽噎起来。

庄父站起来，给庄母递过去一条毛巾："孩子嘛，你别跟她一般见识。"

庄炎坐在电脑桌前，啪啪地掉泪，我错了吗？我没有！她觉得自己只是按照自己的想法做事，只是坚持保护自己的理想。我的路，本该我自己走，父母为什么非要强迫我？

当时，庄炎还觉得理直气壮，她觉得自己是在为了真理而奋斗。但此刻，她又有些后悔，真正的对错，存在吗？也许自己是对的，但父母也没错。

21

中毒！庄炎使劲拍着电脑键盘，电脑依旧如一个挂着拐杖行走的老者，慢吞吞的，不仅耳背而且眼花，对庄炎输入的所有指令都置若罔闻。

"魔鬼波"（Backdoor/Mocbot.b）蠕虫病毒，多新鲜啊！庄炎眼睁睁地看着电脑屏幕上出现一条类似虫子的东西，胡乱吞吃屏幕上的字母并将其改形。庄炎垂着手靠在电脑椅上，无力地笑起来。蠕虫病毒，来得猛烈而迅速，那虫子柔软贪婪。庄炎闭上眼睛，觉得胸腔内也被一条虫子吞噬着，只是更加粗，更加长，更具有破坏力。

庄炎睁开眼睛的时候，电脑屏幕上恢复了那张色彩明艳、看不出所以然的抽象画桌面。

她在百度搜索栏中啪啪地敲了几下，许久字才蹦上去，一个一个的，如同打了一个漫长的嗝，好在内容还是显示出来了：

"江民公司反病毒中心发布紧急病毒警报，利用微软5天前刚刚发布的MS06-040漏洞传播的，感染该蠕虫的计算机将被黑客远程完全控制。微软在8月8日例行发布的MS06-040安全公告中称，其操作系统Server服务漏洞可能允许远程执行代码，并建议电脑用户立即升级。"

升级！庄炎摸摸自己的胸口，"升级"那一天迟早会到来，但现在她"陷落"在过去，"心甘情愿"还是"不得已"，没必要细究。

庄炎从柜子最下面抽出一个绿色的硬皮笔记本，橘色的图案，白色的密码按钮。

庄炎趴在床上，翻开日记本，手指和思绪都一同停留在一张印着粉色暗纹的纸上：

2004年5月1日　　天气：温暖异常　　心情：小怪异（只是有点）

今天我和韩艺还有几个同学相约去西部欢乐园玩，我和韩艺戴着一模一样的太阳镜，穿着深蓝色T恤衫，浅蓝色牛仔裤——情侣装！

其实这只是撞衫，除了太阳镜是昨天我俩在张掖路闲逛的时候买的外。

不过对于情侣装事件，我还真不排斥，从小到大第一次有一个男孩和我穿一样的衣服，觉得挺好玩。

我和宇晴、简悦，张着大嘴笑着、跳着追赶飞舞的柳絮，真的太美了，大片乳白色的柳絮漫天飞舞。我接在手里，用嘴一吹，它就重新回到了空中。

还有一个人——韩艺，他就在我旁边走动。他也笑，但没有我们的肢体语言丰富，然后我就把我们的票都塞给他说："你先去海盗船那排队吧，我们先看看风景。"

我们宿舍的姑娘都喜欢韩艺，别误会，只是关系好而已。我们经常一块玩，她们说韩艺细心，她们说韩艺不像其他男生一样大大咧咧，跟个爷一样。的确，我们每次跟韩艺一起吃饭都是他埋单（这是作为男士的绅士风度），还乐颠颠地把饭菜摆到我们的面前。吃完饭一抬头，韩艺就把纸巾一一递过来。当然，和韩艺关系最铁的还是我，我总是不顾他的强烈抗议，硬把他划入我姐妹的行列。

有一次空篸对我说：你家韩艺很苦恼，他说他是"带把"的，你怎么就能把他当好姐妹呢。

我想韩艺的原话肯定不是这样，最多也就拍着胸脯说："我真的和你们性别不一样！"

还是说坐海盗船吧，宇晴、简悦她俩太不够意思，撇开我的手，直接跳上中间的座位，她们说两头太刺激，受不了，害怕。

我和韩艺就跑到最前面，坐得高看得远嘛。但海盗船刚刚启动，我就开始后悔，我紧紧地抱着卡在胸前的扶手，闭着眼睛，等待着冲到高空又掉下来的感觉。

韩艺问我："害怕吗？"

我点了点头，在他面前我根本不用装，反正装了也会被他揭穿的。

他把手伸过来说：握着我的手，就不害怕了。

我丝毫没客气，紧紧地抓住他的手。开始时，我闭着眼睛大喊大叫，后来就慢慢适应了。那种忽上忽下的感觉其实挺不错，再后来我就开始大声地唱歌，再后来就有很多人跟着一起吼，这时才发现我们班的另一帮同学也在这条"船"上。

在海盗船上，在过山车上，我们一直都拉着手，当然下来后我就蹦蹦跳跳地回简悦她们身边了，省得她们说我重色轻友。

后来我们去打保龄球，去坐旋转木马，去溜冰。

我把冰刀套到脚上的时候站都站不稳，没办法，平衡能力一向不是很好。韩艺牵着我的手，再后来就小心地揽着我的腰，差不多把我抱在怀里了。我当时想他会不会突然吻我？真是的，怎么可以那么想呢，我们是好朋友，他只是教我溜冰而已。

后来，后来去玩蹦极，我正张着嘴看着空中的那个缩小的韩艺暗自担心，他会不会吐，要是五颜六色的东西从他嘴里喷射出来，岂不是跟喷泉一样！

我正想得入神，突然隔壁班的马娟把韩艺的背包和眼镜一股脑地塞到我怀里，她竟然说："你男人的衣服。"

我男人！多奇怪的词啊，难道我是女人吗？才不是呢，我是女孩！那怎么么会是我男人呢？我当时没辩解，这种事，总是经不起反复推敲的，只会越描越黑，最后还落个虚伪。

呵呵，不管了，多么愉快的一天啊，总觉得有一种软绵绵的东西在我周围流淌，还带着淡淡的香气，让人沉醉。

韩艺没有否认他是我男人，他蹦极下来后，还乐颠颠地拉着我去别的地方玩，我真是白担心了，事实证明他比我更能玩，他蹦极的时候不但没吐，而且自己在空中翻跟头。

谁要是跟他说，我俩很甜蜜，他就一脸灿烂的微笑，真是的，干吗不辩解呢？我又不是他女朋友，不过我俩天天一块的，难道真的只有友情吗？难道我真的对他没感觉吗？

……

庄炎合上日记本，躺在床上看着天花板，脸上带着一抹微红。但很快她又回到了现实中，电脑上依旧是蠕虫肆虐地侵蚀，蠕虫病毒分主机蠕虫与网络蠕虫两种，主计算机蠕虫完全包含（侵占）在它们运行的计算机中，也就是说这种病毒的感染已经入心入肺，另一种是网络蠕虫，自然是通过网络传播的。

庄炎突然咬牙切齿地恨起了韩艺，这病毒就是他传给我的，就是那个邮件，一定是。庄炎打开邮箱，狠狠地盯着那个鹅黄色的邮件，邮件里面会是什么？更加凶猛的病毒？

失踪的韩艺真的要出现了吗？以一种虚拟的形式？庄炎咬着嘴唇，点开了邮件。

22

有时候很想把自己放空，心里却越发满起来，乱七八糟的东西杂乱无序地膨胀，无孔不入。

庄炎平摊四肢躺在卧室的木地板上盯着天花板，不同的画面，不同的颜色，不同的温度，不同的思绪在她体内胡乱地纠结、翻涌，极具生命力。庄炎动了一下眼皮，眼皮也被厚厚的东西附着，眨动起来，吃力、缓慢。

庄炎想象着浑身潮湿而忧伤的细胞被一种绿茸茸的东西爬满、覆盖，毫无空隙。两天的时间自己就成了锈迹斑斑的古物，长满绿毛，庄炎闭着眼睛想象着自己缩小，缩小，不断地缩小，缩成一个微乎其微的点，然后在这个空间里破碎、消失。

事实上，庄炎还没完成抽象的缩小，就被现实抓着领子一把拽了回来。先是手机尖锐刺耳的铃音，庄炎瞥了一眼屏幕上端木的名字，伸手按断，她不想和任何人说话，她把自己放在被称作房子的封闭格子里，任凭自己被乱七八糟的东西腐蚀，直到变成一个躯壳。

手机又发出一声急促的铃音，跳出一条短信。庄炎伸手按开看了一眼，笑了笑把手机撂到旁边的地上。

端木说："对不起，炎子，我不是有意的，真的。你不要这样，我会用行动来弥补我的过错，我们是朋友，永远的，不是吗？"

庄炎苦笑了一声，摇了摇头想："这傻孩子，自作多情得很，自己只是想一个人待着，与他有屁关系。"

但端木的短信接二连三，庄炎捂着耳朵在地上翻了个身，她觉得胃剧烈地翻搅疼痛，头沉沉的。她伸手抠掉手机的电池，她讨厌来自外界的任何刺激和声响。

庄炎和端木见面是两天前的中午，硕大的太阳照得世界白花花的，庄炎和端木坐在萧记烩面靠窗的位置，他们点了一盘莲菜，一盘木耳洋葱，两碗三鲜烩面。菜端上来的时候，庄炎又要了两罐冰镇啤酒。

"我突然觉得日子满鲜亮的。"庄炎说着把面条送进了嘴里。

"呵呵，就这碗面就把你的生活点亮了，你真容易满足，看来以后很好养活。"端木笑起来。

"本来嘛，这叫知足常乐，何况寻找光亮的东西一直都是我的强项。"庄炎扬了扬头，一副骄傲的模样。

"当然，因为你的生活本来就充满光彩嘛。"

"什么呀，我还是很郁闷，事业单位这个东西，我在手里翻来覆去都看不到色彩，但愿如父母所说它是个好东西，十足的好。"庄炎停下筷子，拿起啤酒喝了一口。

"放心吧，叔叔阿姨肯定是为你好，希望你以后的日子有保障，不那么辛苦。"端木给庄炎夹了一筷子菜送到庄炎嘴边。

庄炎愣了愣，张嘴吃了："你这样，别人会误会的，你到时候找不到女朋友可别赖我啊。"庄炎低头抱着碗喝了一大口汤。

"我不怕。"端木笑道。

"我可是要结婚的，我们只是朋友。"庄炎调皮地眨眨眼睛。

"跟谁？那个叫韩艺的男孩吗？"端木停下筷子问。

"我跟谁结婚，关你什么事。"庄炎低头大口地往嘴里扒面。

"你们分手了？"端木伸长脖子小心翼翼地问道。

"你真啰唆。"庄炎把筷子扔到桌子上站起来，"我吃饱了。"

庄炎站起来走到路上，泪已经不争气地顺着脸颊流下。端木推着电动车走在旁边，不停地道歉。

庄炎在一家叫绿野仙踪的酒吧停下来，转身走了进去。他们出来的时候应经是傍晚，老天不知道什么时候，已经换了另一副面孔，灰色的天空上有大颗的液体密密麻麻地坠落。庄炎喜欢极了雨滴，凉丝丝的，一颗颗接二连三落下，一点一点地砸开一个出口，在庄炎心里。

庄炎脱掉鞋，光着脚在雨中奔跑，扑扑踏踏地踩水花，咧开嘴大笑，直到笑出眼泪，她脸上热的液体和空中清凉的液体滚在一起。庄炎在雨中蹲下，在雨幕中大声哭泣。端木轻轻地拍着庄炎的肩膀："炎子，你怎么了，你别这样，有什么事你说出来呀。"

庄炎在马路边的台阶上坐下，手里拿着凉鞋拍打着地上的雨水。端木伸手想拽庄炎起来："炎子，我们回家吧，这样会淋出病的。"

庄炎抬起头，对着端木挤出一丝微笑，然后拉着端木在旁边坐下："陪我坐会儿，我想在这里坐会儿。我答应你，以后我会快快乐乐的生活。"

庄炎把头靠在端木肩膀上，抱着端木的胳膊："你知道吗？我以为是一辈子的爱情，却只是一个虚幻的梦，他就那么走了，连最后一面都不肯见我。我无法相信，无法接受。口口声声的爱，可他连来送我的勇气都没有，他是个男人吗！我把爱情给了谁？谁又把爱情给了我？我以为是一辈子，却只是一阵子。"

庄炎抽噎着，端木把庄炎冰凉颤抖的手握在胸前："他真不是个男人！"端木轻轻地拍着庄炎的手，"炎子，你别难过，没有他，你会拥有得更多，你要相信。"

"是的，我会拥有得更多，爱情、面包我都会有的，我要让他看看我一个人活得有多滋润。"

"端木，你没觉得这个世界很奇怪吗？好像一下子变了，陌生，不可预测。跟我上学时看到的完全不一样，我觉得我突然就不了解了，不了解我生活了二十多年的这个世界，你知道吗？我一直有个愿望，希望有一个自己的工作室，一群长发飞扬的男人和一群聪明绝顶的女人在一起，过自己想要的生活，做自己想做的设计，一起出国采风，一起聊格里纳尼、保罗·兰德。我会很快乐地生活，很努力地做设计，我要做一流的设计师……"

"我的想法很'傻'吧？"

庄炎靠在端木肩膀上，雨水精心地雕刻了这对艺术品，把他们打了个通透，湿漉漉的。雨滴源源不断地落下，好像为它们的杰作在欢呼。

"不！我很佩服你，有自己的理想。现在很多人心里都有一个洞，无法填充的黑洞，他们没有理想，没有追求，他们忙碌却依旧空虚无比。"端木伸手擦去庄炎脸上的泪水。

"什么理想，大家只会笑我幼稚，不现实，现实好像就是每天早上必须吃的馒头，只有我和大家一样，只想着馒头，就是现实，就是他们所说的成熟。"庄炎绽放出一脸苦笑。

庄炎记不清他们在雨中坐了多久，只记得最后她坐在端木的电动车后面，拎着两只鞋子，在雨幕中前行，庄炎还大声唱着歌——

> 当我和世界不一样，那就让我不一样
>
> 坚持，对我来说就是以刚克刚
>
> 我如果对自己不行，如果对自己说谎
>
> 即使你不原谅，我也不能原谅
>
> 最美的愿望一定最疯狂
>
> 我就是我自己的神，在我活的地方
>
> 我和我最后的倔强，握紧双手绝对不放
>
> 下一站是不是天堂就算失望不能绝望
>
> 我和我骄傲的倔强，我在风中大声地唱

这一次为自己疯狂，就这一次我和我的倔强
……

23

庄炎冲了一杯摩卡咖啡坐在电脑前，手指按着键盘，花花绿绿的图片、娱乐新闻从她眼前闪过。在庄炎发呆的瞬间，很多事情已经由正在进行时演绎成了过去时，例如，甘宇成凭借《王的男人》获最佳男演员奖；超女沈阳7进5比赛；43届大钟奖—金雅中黑色羽毛短裙露美腿等五花八门的时尚新闻，从时间的轮盘上快速地滑过。庄炎闭上眼睛看到无数细小的线飞速地旋转，形成巨大而空洞的旋涡，把2006年7月20日的庄炎吸进去。她想，这就是时间，把不同时段的她吸进去，扯碎。这个时段中的她，就再也无法还原。这恰恰是时间的残忍，也是它的公平之处。

庄炎拿起手机拨通空签的电话，电话依旧是空签没心没肺的笑声。

"妞，干吗呢？是不是想我了啊。"空签笑着喊道。

"去，美的你。我只不过是想打发一下无聊的时间。"庄炎嘿嘿地笑着，"对了，你什么时候去北京？"

"哈，我现在就在祖国的心脏呢，怎么样？迅速吧，我这人，行动力一向很强。"

"好羡慕，我要是你就好了。"庄炎叹了口气。

"炎子，不可以这样，你要相信生活，相信未来，前面一片光明，只是我们还没走到而已。"空签说。

"我相信。'点'虽然微不足道，但顺着自己的轨迹，就能形成'线'，继而扩散成'面'，'面'就是属于我们的天空，我们的世界了，可以是明丽的蓝，也可以是金灿灿的橘黄，或者你喜欢的任意颜色。"庄炎脸上露出淡淡的笑意。

"是呀，我们会有自己的'面'，我会记住你这句话的，其实，这几天我挺郁闷的，北京的生活和我想象的差别太大了，如果真的按等级像金字塔一样分层的话，我和大伟无疑处在最底层！还不如那些装卸工！"

……

庄炎挂了电话，打开空笺的QQ空间，看到了这样一篇日记：

我是两天前到北京的，大伟没去接我，他刚好要去参加一个面试。我在车站的广场上买了份地图，研究了半天，却上了相反方向的车。车一站站地走过，始终没到达我要去的地方，都是些陌生的地名，陌生的人，我慌慌忙忙地下车，坐在地下通道里哭泣。

哎！我真脆弱。我旁边卖唱的乞讨者，还微笑着大声歌唱，我却在这个满是光明的城市里失魂落魄，大伟让我待在原地。他出现在我面前，是两个小时后的事了，我扑在他怀里号啕大哭，我说，你为什么不管我！

这个城市真大，却没有我们的地盘，大伟说先找好工作，再租房子。于是我们就寄居在大伟的一个朋友那里。五环外，且只有十几平方米的一间屋子里。

大伟的朋友和他的女人睡床上，我和大伟打地铺。我把脸埋在大伟的胸前，他把我揽在怀里，我们共同压抑克制着生理的本能，当时我就暗骂："奶奶的，真不是人过的日子，早知道去住宾馆了，一晚上也好。"

不知道过了多久，一个小时，两个小时，或者更长的时间，我听到了窸窸窣窣的声响，还有压抑的喘息声。大伟终于无法继续坚持，他翻身压在我身上，我们在黑暗中，解决相思的饥渴，咬紧牙关，小心翼翼，尽量不发出声响。

后来，我在黑暗中泪流满面，我努力挣脱父母的护佑，来寻找的却是这样的生活。大伟伸手抹去我脸上的泪水，轻拍我的后背。

我把脸贴在大伟脸上，同样的湿热。大伟上午的面试，又一次以失败告终，"没经验"——三个字，利落地把他打发了回来。

哎！真想伸手把这个让我郁闷至极的现实弄死，显然我没这个本事，但我们有本事不被现实弄死……

庄炎关掉空箜的空间，在个性签名中看到了这样一句话："生活——我跟你杠定了！"庄炎笑了笑站起来，她觉得该出去吃点东西，她也不想被"现实"弄死。

庄炎扯掉宽大的睡衣，套上T恤，穿上凉拖向楼下走去。太阳困顿地挂在楼房的斜上方，散发着最后一点余热，懒洋洋地等着"下班"。

白天的燥热，升腾、弥漫，在这个城市上方形成一个巨大的罩，闷热无比。

这个小区叫"紫竹小区"，小区里没有竹子，门口却有一小片空地，种着槐树、梧桐。一到夏天的傍晚，这里便热闹起来，各式各样的小吃在这里依次摆开，下班懒得钻进闷热厨房的小青年，晚归没有准备饭菜的家庭，都会在这随便吃上点，说说笑笑等待傍晚那微微的凉意；也有很多老人，拿着扇子，领着孙子、孙女在这里玩耍；还有出来遛狗的男女老少，博美、哈士奇、松狮等应有尽有。

庄炎刚刚走到门口，卖热豆腐的阿姨便热情地招呼起来："姑娘，还没吃吧，又香又滑的热豆腐，来一碗吧？"

"好嘞，再给我卷个馍。"庄炎冲着扎个马尾辫的阿姨笑了笑，又对旁边戴花帽的维吾尔族师傅喊道，"师傅，给我来五串羊肉串，两串板筋。"

庄炎故意把声音托得长长的，犹如在兰州，空箜她们几个嘻嘻哈哈吃烧烤的模样。就在分别前的那个晚上，她们还一块逛街、一块吃烧烤呢。

庄炎、简悦、空筌、秦宇晴，四个人说说笑笑地从学校走出去，在张掖路的夜市摊上，在花花绿绿的衣服、背包、鞋子之间钻来钻去。

"啊！亲爱的，你在这里干什么？"空筌大叫着，张开臂膀跑到一家理发店门口。庄炎她们跟过去，才看到原来是一条卡其色的松狮，拴在理发店门口，它的主人一定在里面理发。庄炎想着看了看松狮，的确可爱至极。空筌站在松狮面前张着个臂膀，站在1米之外，一副霸道的样子，却不敢再靠近，和不和空筌拥抱，松狮毕竟没说，空筌不敢擅自行动。

她们四人就站在那，歪着头用视线抚摸着松狮。

"胖嘟嘟的，好可爱啊。"庄炎叫道。

"是呀，是呀，看着可真乖。"

松狮在她们的笑声中，扭头看了看她们，一副娇羞的样子，似乎一个人被一群人围着夸奖，反倒觉得分外不好意思。这松狮倒是更谦虚，它把头埋起来，贴在理发店的窗子上。

"害羞了！空筌，你看人家，你看你，野丫头一个，都不知道'害羞'两个字怎么写的。"庄炎笑着冲空筌喊道。

"切，现在这不流行了，现在就需要像我这么有个性有魄力的女人。"空筌倒退着走去。

"快看，好看不？"简悦在路边的摊上，手刚刚拉起一条裙子，就听一声嘹亮的口哨声从身边滑过，回头见一个维吾尔族小伙，一路跑着跳着冲过去。

随着口哨声，街道陷入一片忙乱，庄炎站在中间，眼睁睁地看着路两旁热热闹闹的景象，在一瞬间消失了，干干净净。

好像一个巨大的隐形包裹，眨眼间把他们全兜了进去。两分钟后，城管的车带着喇叭，从路中间驶过，庄炎才恍然大悟，那吹口哨的男子原来是报信的。

"这也太迅速，太戏剧化了。"庄炎突然极其佩服那些摆小摊的，简直是个个手脚麻利，身手不凡。

庄炎和空筌她们互相眨了眨眼，冲对方笑了笑，继续朝前走去。

"看到了没，这就是生活，这就是社会，这就是现实。这些人多不容易啊，要是被城管抓到，估计这个月就得啃馒头了。"简悦满怀同情地说道。

"我们也是社会中地地道道的一分子了，很快。"空筌感慨地说。

"一直以为我们就活在这个社会上，现在才发现，原来我们一直游离在社会之外，这个社会的规则太多，我们所不知道的，慢慢磨吧，碰吧，但愿我们都足够坚强。"简悦甩着新买的金色挎包，喃喃地说。

"什么意思？"空筌跳起来，"好深奥。"

"社会？怎么了？都什么规则？讲讲看。"秦宇晴伸长脖子问道。

"现在说不清楚，我自己都搞不清楚，慢慢就会明白了。"简悦笑了笑，"也许很简单，没那么复杂，毕竟每个人以前、以后的经历各不相同。"

庄炎想着简悦的话，社会就是一个巨大的湖泊，以前她们都只是站在湖边，并未真正趟过这水，至于这水的深浅，表面的波纹，里面隐藏的内容、旋涡，都等待着她们去体验，不知道能否在其中找到自己的水域，但愿不会随着流沙旋涡卷进去，失去了自己。

庄炎想到了黄河，但又迅速否决了。她想那泥沙那旋涡肯定是五颜六色的，或者带着她们未知的色彩，不像她们画的景物，简单明了。

如今，她们都卷着裤腿站在这湖边，用脚点点沾沾，想试试水的深浅。社会将带给她们什么呢？

学校这片绿洲已不再属于她们。庄炎向前跨了两步，似乎要纵身跨进社会的洪流中。

"师傅，来6串羊肉串，6串板筋，多放点孜然，少放点辣椒。"空筌对着烤羊肉串的师傅喊道。

"吃羊肉面片吧。"庄炎指指隔壁。

"行，要小碗的吧。"秦宇晴说着走向旁边的清真饭馆。

"给我多放点洋芋。"简悦喊道。

"我吃炒面片，大碗的，我饿了。"空箜加大音量对着小餐馆的方向喊着。

......

庄炎拿起羊肉串咬了一口，没有兰州羊肉串的那种味。她直了直身子，突然觉得身后站着一个人，一双眼睛直直地盯着她。

24

庄炎套上黑色的分体游泳衣，一个猛子扎进去，五分钟后又游了回来，拽住端木的胳膊浮出水面，长长地吸了口气。

"你会游泳？"端木瞪大眼睛问。

"是啊。"庄炎笑嘻嘻地抹掉脸上的水珠，一纵身，坐到游泳池的沿上："我大二体育课选修的游泳，我们学校没游泳馆，教练带我们去'火车头'，那个游泳馆比这里好，两层的，地下一层是舞厅。"

"真爽，体育课还可以选修，每年都选修不同的课程？"端木坐到庄炎旁边。

"嗯，我大一选修的健美操，你不知道，考试竟然还要考劈叉，我当时就想，姑奶奶二十多年前都没劈下去过，现在竟然让我劈叉，不过最后成绩还不错，九十多分。"庄炎乐呵呵地咧开嘴。

"你全能啊。"

"哈哈，只能说潜力巨大而已。"庄炎说着一趔身子，扑通一声掉了下去。

"炎子！"端木喊着跟着跳了下去。

庄炎把端木从水里拉起来，看着大口吐水的端木，咯咯地笑个不停。

"吓死我了。"端木抹掉脸上的水，睁开眼睛说。

"你跳下来干吗？"

"我以为你掉下去了。"

"真傻，你又不会游泳。"

"对不起，看来掉海里了还得你救我。"端木挠着头说。

"切，我才不呢。"

"为啥？"

"海里有很多游泳的帅哥，肯定有技术不好的，万一那个啥了，我还能美女救帅哥，然后就成就一段佳话。"庄炎点着头窃笑。

"那我呢？"

"自救，人的潜力是无限的，那是你充分激发潜力的机会。"

"嗯，好吧。"

庄炎从水里出来，在休息区坐下，点了一支烟。

"你喜欢'菌迷失'这个名字吗？"庄炎盯着缠绕在指尖的烟雾。

"不喜欢，'菌迷失'让人觉得颓废而无力。"

"我喜欢，在迷失中彻底毁灭，他是个可恶的男人，不！他不是个男人。"庄炎狠狠地吸了一口烟。

"他是谁？"

"他是……"庄炎猛地捂住嘴，摇了摇头，"不，我不知道，我不认识他，不认识，没必要认识。"

"不说这个了，按照你的喜好说点积极向上的。"庄炎拿起可乐喝了一口，"我突然有一个想法，我觉得完全闲散的自由，是一种让人无法忍受的东西，就像我现在，无事可做。"庄炎停顿了一下继续说道，"现在看来，工作也是一种需求，跟生理需求一样重要，总之很普通，必须有，和人要吃饭睡觉一样。"

端木听到"必须有"三个字，脸腾地红了。庄炎依旧沉浸在自己的思绪中，毫无察觉。

庄炎用了两天把脑子里角角落落的东西翻出来。她想要好好整理一番，让事情变得更加明晰。她搬起角落里的东西，下面可能会是漂漂亮亮让人喜欢的东西，也可能是一堆让人浑身发毛的潮虫。

整理是一项浩大的工程，庄炎挪来挪去，只是把乱七八糟的东西翻弄得一塌糊涂罢了。没有结果，但有结论。她想快点上班，事业单位，设计公司暂且不说。她需要一个新的开始。

庄炎弹了弹烟灰说："在原地打转，真是一件郁闷的事，我需要走出去，摆脱一些东西。"

傍晚，庄炎在小区门口咬着羊肉串的时候，端木就静静地站在她后面，庄炎回头盯着端木看了半天，然后说："我想上班。"

上班这件事端木无能为力，但他有办法让庄炎快乐些，他跟着庄炎上楼，庄炎打开屋门，端木就把买的水果、酸奶、面包一一在冰箱里摆好。

庄炎把端木拽进房间，让他欣赏自己的杰作，墙上——满是枝枝蔓蔓的绿。

"怎么样，漂亮吧？"庄炎拉着端木的胳膊。

"你真厉害，太漂亮了，绿，全都是绿，这是我见过的最漂亮的色彩。"端木出神地盯着大片的绿色，似乎一下子滑入了庄炎的内心，多近啊，伸手可触，深深浅浅的色彩中蕴含着一颗不甘庸俗的心。这就是庄炎的理想。

庄炎伸手在端木面前晃了晃，端木才回过神来。庄炎拿了两罐果啤，和端木盘着腿在地板上坐下。

"你看出来我画的是什么吗？"庄炎歪着脑袋问。

"它有名字吗？"端木扭头盯着墙上的画。

"没有。"庄炎低下头，用食指点按着小腿，似乎在检测肌肉的弹性。

"缠绕·梦·未来。"端木笑道。

"理想和未来都很遥远，我现在一步都没迈出去，但不妨碍它的生长，看不见，不代表不存在。"庄炎笑了笑站起来，用手摸着自己的头，"我要做个聪明绝顶的女人。"

庄炎一个猛子扎下去，游向深水区。端木站在池子旁边，愣愣地看着庄炎向对面游去。良久，庄炎从水中探出头，笑着冲端木招招手。

端木对着庄炎露出淡淡的微笑，他想起了电脑屏幕，想起了"菌迷失"的留言，他替庄炎回复了，且清空了聊天记录。一切纯属偶然，又或者是必然。在庄炎去洗水果的时候，他看到了一个没有关闭的对话框，本来是一片空白，结果他一瞥就腾地跳出一句话……

第四章　天空　天很空

25

　　庄炎在现实和虚幻之间奔波忙碌，时而目标清晰，时而迷茫困惑，时而是一个清晰生动的实体，时而又成了虚无的幻境，似乎伸手一点，那个实体的庄炎就消失了。

　　庄炎一个人坐在餐桌前，抱着膝盖，扳着手指，一根根地数，从一到七，从七到一，好像很短，却又似乎漫长得让人窒息。庄炎想着父母临出门时撂过的那句话："炎子，工作的事，你别着急，估计还得等一两周。"

　　早起的鸟儿有虫吃，庄炎今天起了个大早，吃的豆浆、面包。可吃完呢，手脚就找不出合适的位置摆放了，床上、沙发上、地板上、大街上，每一个地方都无聊至极。现在想来匆匆忙忙地上班也是一种享受。

　　庄炎伸了个懒腰站起来，走进卧室，在电脑前坐下。庄炎的手一碰鼠标，电脑就立马精神了。

　　大脸晶　04：32：04

1388933××××

庄炎对着大脸晶的QQ对话框笑了笑，庄炎觉得她和大脸晶就是拴在一根绳上的蚂蚱，无论怎么闹，怎么吵，终究还是在一起的。五年前，她们坐在教室外面的台阶上抱着冰激凌舔的时候，庄炎就这么总结："我们是绑在一起的，你别想挣扎，死我们都得死到一起，上帝这么指示的，别动不动就和我绝交，这违反自然规律。"

当时大脸晶扬起面积广阔的面孔，皱着鼻子说："去！人和人之间是需要距离的，太近了，你要放个臭屁，岂不把我熏死。"

当时，庄炎相当配合地欠了欠屁股，放了一个响亮的屁。大脸晶一手拍着庄炎，一手捂着鼻子说："看，我说什么来着。"

庄炎嘻嘻地笑着："你应该为我高兴，这说明我身体健康，新陈代谢正常。再说了，我也就在你面前敢这么明目张胆地放屁。"

大脸晶听完，放下手，坏笑着也从下面挤出一股气流。

庄炎伸手在面前扇了扇，然后转身抱着大脸晶的手，使劲摇："臭味相同，臭味相同。"

庄炎回过神来，拿起手机，把大脸晶的名字翻出来，把下面的号码替换掉。

大脸晶和庄炎一样学的设计，专科，早毕业一年，用庄炎的话说就是早一年修成正果。可那时，庄炎不开窍，死乞白赖地想考本科，进了个二本，就仰着头傻笑了很多天。可等自己毕业之后，本科生多得跟水塘边的野草一样，用人单位都敲着桌子说，经验，经验，我们要的是经验。庄炎想，这大脸晶真不够意思，也不等等自己，都工作一年了，自己才从学校被释放了出来，没经验、没工作、没钱途，成了彻底的三无人员。

庄炎想着跑事业单位这件事，心里就更觉得堵，什么一两周，有准吗？昨天晚上父母压低声音的谈话，可是准确无误地滑进了庄炎的耳朵里，不是偷听，就是无意收集来的信息。

昨晚，庄炎父母回来的第二个晚上，庄炎拿着一袋酸奶，在卧室的电脑前卿卿我我地聊天，父母在外面看电视。

庄炎猛地就听到了自己的名字，连忙支起耳朵，拨开电视咿咿呀呀的声响，收集父母低分贝的谈话。

庄父：这事看来有点棘手。

庄母：那咋办啊，他不是说庄炎本科学历，没问题吗？

……

父母的声音低下来，嗡嗡的，听不清内容，只剩下电视里的呼喊声，灌满庄炎的耳朵，绵延不断。

庄炎把脚搭在桌子上，勾起脚趾点了一下回车键，屏幕上跳出了错误页面："没有找到您要访问的页面。"

庄炎的心高高地挂起。错误，不存在，自己的工作是不是也消失了？有点棘手，也就是说出问题了，就像网页一样找不到途径，目的地到达不了。

庄炎觉得应该高兴，自由了，解放了，自己的理想，可以去实施了。但庄炎一点也高兴不起来，就像一个人拿着糖果，执意要塞给你，你一直抗拒，吃吧，自己不喜欢，不吃吧，它是一块糖，庄炎抬起手正犹豫着要不要接的时候，拿糖的人，猛地缩回了手，声称不给你吃了，那失落感就难免了。

刚才庄炎明明想好的，要迈开步子向前走，积极乐观地生活，找回快乐，可现在……庄炎坐起来，打开博客点开刚才敲的博文，一字一句地念道：

离开原来的轨道；离开原来的朋友；离开紫藤青青的校园；离开单纯如梦的生活。

一夜之间一切都失去了颜色，剩下的只有一个灰色的城市和孤孤单单的我。

我不经意间丢失了快乐。

低头

——思索；

抬头

——寻找，

灰蒙蒙的天空没有鸟儿飞过。

奔跑

——移不动脚步；

呐喊

——听不到回语；

无力地坍塌，无助地守望，无声地哭泣。

当用手擦去眼泪的那一刻，

才发现手里握着什么，

是快乐！对，是快乐！

我破涕为笑，

想告诉全世界，我找到了，找到了

——找到了我遗失的快乐。

顿时，城市在瞬间幻化为七彩的颜色，让我忍不住去拥抱她，亲吻她。

所有的人脸上都洋溢着幸福，挂着快乐，

我愉悦地对他们点头、微笑，

抬头，湛蓝的天空，鸟儿轻快地飞过——留下一串串美丽的音符。

低头，看见紧攥在手中的快乐——弥漫了我生活的每一个角落……

26

　　一个好的开头，却拖着空洞的腹腔。庄炎在屋里走来走去，起得太早，白天就显得过于漫长，对于一个没有具体工作的人来说，就成了一种折磨。庄炎重新躺回床上，心里却急火火地翻涌。眼睛，无论如何也闭不上。庄炎翻身起来，在书架上乱翻了一通，又无力地在电脑前坐下，网页一个接一个地点开，却丝毫勾不起庄炎的兴致，庄炎捶了捶自己的头，"咚"的一下倒在桌子上。无聊，是的，怎么如此无聊之极。

　　庄炎抬头看看窗外明晃晃的世界，放弃了跨入它的想法。走出去，无非是从一个小的无聊空间，跨入一个更大更无聊的空间罢了。

　　庄炎决定晚上和父母谈谈，如果事业单位真的不行的话，就让她尽快出去找工作。

　　她害怕，她会被困死，会在未知的等待中发疯、变质、腐烂。

　　庄炎在地上、床上、沙发上急躁地跑来跑去的时候，一个电话突然而至，电话刚响了一声，庄炎就快速地按通。

　　电话里传来柔柔和和、诗歌朗诵般的声音："你会不会忽然出现在街角的咖啡店，我会带着笑脸颔首寒暄和你坐着聊聊天，我多么想和你见一面，看看你最近的改变……"

　　庄炎听着电话，脸上由惊愕变成惊喜的笑意，转身套上衣服，飞奔出门。

　　庄炎刚出门，电话又响了，她边按开手机，边笑着说："这娃娃，一会都等不上。"

　　庄炎打开短信，脸上的笑意顿时凝固、消失。发件人一栏写着："韩艺。"下面有字，这次真的有字。

　　庄炎一字一字地念着，字的每一笔都变成了柔韧的刀，划在心上，很深，却没任何意思。只有四个字：对不起，我……

　　庄炎看着"我"字后面的小黑点，一个一个的，像心里扯出来的痛，无边无际。

庄炎走在大街上，失魂落魄，一辆飞奔的汽车从庄炎面前飞驰而过。庄炎愣了愣神继续往前走，韩艺没有像以前一样冲过来，一把把庄炎拽过去，然后大喊，你怎么乱跑，都不看车。没有韩艺，没有人固执地把庄炎拽到自己的右边。

在学校的时候，庄炎和韩艺常常在张掖路，或者在兰大附近的大街上闲逛，韩艺手里常常拿得满满的，烧烤、柚子、冻梨、关东煮等花样百出，还不时地问庄炎："渴不渴，还要不要喝奶茶？"

那时美术系的学生常常去兰州大学附近的一家外贸店淘衣服，从十元到五十元，价格不等。庄炎乐呵呵地拿着不同颜色的T恤往身上套。韩艺却总是摇头，出来的时候韩艺选了两件十元钱的白T恤。

然后拉着庄炎去张掖路，在圣迪奥100多元钱给庄炎买了件T恤。

"你是女孩子，穿衣服自然要'精'，我是男孩子，穿什么都无所谓，是件衣服，不裸奔出来吓人就行。"韩艺握着庄炎的手说。

庄炎咬着嘴唇，心里涌动着暖暖的东西。

韩艺拉着庄炎的手问："乖，今晚想吃什么？"

"不知道，想不起来。"庄炎摇了摇头。

"我给你做香辣虾吧？可好吃了。"韩艺歪着脑袋问。

"你会做香辣虾？"庄炎瞪大眼睛一脸吃惊。

"是啊，你不是喜欢嘛，也不能老去火锅店吃，大夏天的，害怕不干净。"韩艺拉着庄炎的手晃了晃，"我做得可好吃了，我自己想起来都馋得流口水呢。"

庄炎笑着跳起来拉起韩艺就跑："那好，快走，去菜市场买虾喽！"

晚上，回到韩艺租的房子，韩艺把电脑打开说："乖，你在这看电影吧，我去做香辣虾，一会就好。"

庄炎倒了杯凉开水，穿着拖鞋走进厨房，看着在厨房乐呵呵忙碌的韩艺：他一边把菜掏出来在地上摆开，一边从口袋里掏出一张纸，念了一遍：姜片10克、香葱20克、大蒜片20克、熟芝麻2汤匙（30ml）……

韩艺听到脚步声，连忙把纸团了团塞进口袋里，开始找调料。

庄炎走过去从后面抱着韩艺，把脸贴在韩艺的后背上。庄炎当时想，我要嫁给这个男人，他会是我一辈子的幸福。

韩艺转身拍拍庄炎的头说："你去看电影吧，听话。"

"我要帮你洗菜。"说着庄炎往水池边走。

"不用，我自己就行，你去看电影吧，这里热。"说着韩艺拉起庄炎的手回到卧室，把pplive网络电视打开，然后从购物袋里拿出一包酸奶递给庄炎。

那个晚上，他们坐在电脑前，边看《迷失》第一季，边吃酥酥软软的香辣虾。韩艺熟练地把虾皮剥下来，把嫩嫩的虾肉塞进庄炎嘴里。

在庄炎记忆里，韩艺是不会做饭的，当然她也不会。记得第一次在韩艺房间里做饺子，她和韩艺早早地去买菜，做肉馅。回来的时候大家依旧没有来，庄炎就提议他们先做好馅，等大家来一起包饺子，于是两个人就打开电脑，把做饺子馅的方法一字不落地抄到一张纸上。

"刚打肉馅时，随便拿水冲了一下就扔进打肉机了，会不会不干净？"看着韩艺手里拎着的肉馅，庄炎猛地想起。

"那怎么办？"韩艺提着肉馅看了看。

"要不我们再洗洗。"庄炎的提议，韩艺很乐意地实施了。

结果，用了五分钟洗肉馅，用了一个小时把肉馅里的水挤出来。朋友们来的时候，韩艺还在一点点地挤肉馅里的水，满头大汗的。朋友们问明缘由后，简直笑翻了，他们说："你们两口，真厉害。洗肉馅，头一次见。"

"我们喜欢创新，不行吗？"庄炎调皮地吐了吐舌头。

然后大家就在面积不大的屋里，拉开场地，把画板支在凳子上，铺上桌布，用茶绿色的啤酒瓶子擀面皮，嘻嘻哈哈地闹腾。

热腾腾的饺子，与众不同，好吃至极。面皮包丸子，饺子馅在中间滚圆的一团，都不和饺子皮产生一点关系。

庄炎捏着圆圆的饺子馅说："收获啊，我们学会做肉丸了。"

……

手机的响声打断了庄炎的思绪，庄炎找了处阴凉在路边坐下，无论她是否忘记等在咖啡厅的人，她此刻都决定爽约了，一来没心情；二来，这么久不见，如此心神恍惚、失魂落魄地登场总不太好。

路上的车、行人来回穿梭，匆匆忙忙，庄炎在城市的喧嚣里，在布满高架线的天空，在身后音像店传出来的歌声中，失声痛哭。

> 这是一片很寂寞的天，
>
> 下着有些伤心的雨，
>
> 这是一个很在乎的我，
>
> 和一个无所谓的结局，
>
> 曾经为了爱而努力，
>
> 曾经为了爱而逃避，
>
> 逃避那熟悉的往事，
>
> 逃避那陌生的你。
>
> ……

一辆黑色的尼桑在庄炎旁边停下，端木从里面跳下来，然后冲车里的人挥了挥手，车便疾驰而去。

端木跑到庄炎身后的烟酒店，买了一个冰激凌，熟练地撕开包装纸，然后在庄炎旁边蹲下："你怎么了，炎子，出什么事了？"端木伸手擦掉庄炎脸上泪水和汗水黏糊糊的混合物，"看你，这么热的天，吃'苦咖啡'吧，这和你上学时最喜欢吃的炭烧冰激凌一样。"

庄炎一把夺过冰激凌，使劲摔在马路上："我才不要吃呢，什么苦咖啡，我要吃甜的，甜的。"

端木愣了愣，连忙点头，又飞奔过来买了甜筒。

庄炎接过来冰激凌，扑在端木怀里，捶着端木的肩膀大声哭起来：

"怎么会这样？怎么会这样？毕业前我最大的愿望，就是嫁给他，可为什么是这样？连个结局都没有。一条延伸的线，突然间就断了，毫无预兆。他为什么还要出现，为什么？为什么从朋友那找到我的电话，却什么都不说？我宁愿他说：'庄炎，我讨厌你，我不喜欢你了。'这样，起码有个结果。"

端木抓着庄炎的胳膊喊道："炎子，你醒醒，这就是结局，已经结束了，为了他，你值得吗？"

"不！我是他的，永远都是！"庄炎大喊着，推开端木踉跄地向前跑去。

端木追上去，把庄炎抱在怀里："好，好，炎子，你先冷静点。我们不说他，不想他好吗？"

"不想，我没有想啊，我很努力地忘记，可我却不放过自己，你让我拿自己怎么办？我会不会死掉，会不会？"庄炎哭喊着。

"不会！你会过得很好，你要让他看到，没有他，你依旧过得很好。"端木紧紧地握着庄炎的手说道。

庄炎在哭喊中渐渐平息下来，端木此刻更加坚定删除韩艺的QQ留言，是一项无比正确的决定，韩艺给不了庄炎幸福。

庄炎哭累后，挤出一丝难看的微笑。

她把手伸到端木面前。

"什么？"

"湿巾。"

"等一下。"端木说着又朝前面的店跑去。

回来时，一手拿着湿巾一手拿着德芙巧克力。

"你看你，都成小花猫了。"端木抽出一张湿巾递给庄炎。

庄炎看着端木认真的表情，破涕为笑："对了，你怎么跟幽灵一样，老跟着我？"

"我没跟着你，我出去送发票，在车里看见你的。"

"噢，那车是谁的？"

"公司的。"

"那车呢？怎么走的？"

端木伸手在庄炎鼻子上刮了一下："傻丫头，车当然是人开走了啊。"

"还有人，那你有没有告诉他，我是谁。"

"没有。"

"那就好，要不人家一看，大白天的我在这下雨，多丢人啊。"庄炎自顾地点了点头。

"炎子，有些事该放下就得放下，你天天背那么多东西，怎么前行啊，调整好状态，好好准备上班。"端木说。

"嗯，多谢了，唐僧哥哥，我知道了。"庄炎此刻觉得心情好多了，好像经历了一场大雨的洗刷，轻松了很多。

庄炎站起来，冲端木招招手，往回走："我走了，拜拜! 你回去上班吧。"

"你去哪里？"端木睁大眼睛问。

"回家，制订个方案，和父母谈判。"庄炎跨出两步又回头补充道，"关于工作的事。"

27

庄炎觉得有必要整理一下自己的思绪，比如说，晚上怎么开口，庄炎以一种温和的语调说："爸妈，我的工作怎么样了，什么时候去上班啊？"

说完，庄炎摇了摇头，挺直脊背，换了一种略微强硬的口气："昨天，你们说的我都听见了，你们也别着急，不行了我就去找个设计公司。"

庄炎伸开胳膊转身倒在床上，弹着腿喊道："到底还行不行啊，事业单位不行了早说，我在家，都放臭了。"

庄炎正沉浸在自己的演习中，庄母冷不防地推开门站在了庄炎面前。庄炎嘴里的喊声戛然而止，腿以不同的高度停留在半空中，庄炎直起头愣愣地看着门口站着的庄母。

"先说好，好好的，别打算闹啊。"庄母伸出一根指头在面前晃了晃。

"你也不小了，赶明都30岁了，是大人了，得理解父母的苦心。"

"我没，我24岁，离30岁还很远。"庄炎仰起头说。

"好好，24岁也不小了，我像你这么大都有你了。"

"不是啊，你从哪来的？"庄炎顿了顿又连忙补充道，"我是说你从哪进来的。"

"当然从门口。"

"怎么进来的？"

"用钥匙。"庄母没好气地回道。

"噢，那怎么没声音，我都没听见防盗门响。"

庄母拍了拍脑门，哭笑不得："看来还真得赶快给你找点事做，要不真傻了。"

"好了，你起来自己弄点吃的，要不去小区门口吃点也行，我和你爸去说你工作的事。"庄母刚拉上门又推开，"你说为了你，我们操了多大的心啊。"

随着防盗门"啪"的一声响，庄炎才把悬在半空中的腿缓慢地放下。

庄炎打开QQ，看见大脸晶亮着那张大脸，就拉出对话框：

炎子 19：52：03

去不去？

大脸晶19：53：13

嘛？

炎子　19：53：16

工作

大脸晶 19：53：17

当然去，说好了？什么时候上班？

炎子　19：53：25

没，不知道。我爸妈去找人了，希望能尽快定下来，我现在就像被钢丝勒着悬在半空中一样，不着天，不着地，还勒得难受。

大脸晶 19：54：26

甭急，好事多磨。

炎子 19：55：02

你说，要是说成了呢？

大脸晶 19：55：04

那就去！

炎子 19：55：11

那要是不成呢？

大脸晶 19：55：13

倒！那就不去！

大脸晶 19：55：25

你脑子今天是不是进水了！

炎子　19：56：11

嗯，大幅度的。

庄炎边和大脸晶聊天，边支起耳朵听外面的动静，她希望庄父和庄母快点回来，无论结果如何，她都急于知道。

大脸晶今天相当不义气，她跑掉了，说是加班作图，反正她不会陪庄炎消磨这难熬的时光了。

庄炎这次很大度地给大脸晶招了招手说："去，忙去。"

"什么日子，大半夜的还得加班。"大脸晶留下最后一句话在线上消失。

"什么日子！"庄炎也狠狠地骂了一句。庄炎在屋里走来走去，每走一圈都看一下手机上的时间，庄炎走得太快，时间太慢，庄炎在屋里来来回回转了3圈才过了2分钟。

庄炎立马调整战术，脚跟贴着脚尖，一点点地挪动，挪了几圈之后看了看表才8：10。庄炎恨不得把时间扯掉一块，咣当一声摞进街边的垃圾桶。

庄炎长长地吐了一口气，转身进屋，趴在床上，拿起新买的《××服饰》翻起来。

去事业单位上班穿什么衣服呢？该是很正规的那种吧，白色短袖衬衣，蓝西裤。庄炎想着摇了摇头，丑死了。

"咦！这个不错。"庄炎用手指按着韩版的彩色渐变的吊带裙装。

"这个，上班穿肯定不行。又不是让你去度假呢，穿那么彩干吗？"庄炎自言自语着合上书，又翻身起来。

庄炎啪啪啪地按开十几个网页，目光在上面匆匆地滑过，内容一个字也看不进去。

庄炎又打开QQ游戏，玩斗地主，庄炎怎么都觉得慢，出牌慢，网络慢，庄炎"啪啪"地点着鼠标——快点吧，我等到花儿都谢了，这句话连三赶四地往外蹦。

此刻，庄炎享受的不是过程，她要的就是结果。

庄炎在对方考虑下一步出牌的时候，按了关闭键，强行退出了游戏。

庄炎点开空间，在日志中这样写道：

　　这一天，丰富无比！一个期待之中，意料之外的短信，扯出了一场局部的人工降雨——自造的，用来洗刷自己，洗刷自己的无知和幼稚。

　　本以为，爱情是我生命的全部，现在却发现，什么也不是。我真傻，抱着一件毫无结果的事，要结果。实际上，我可以打电话把他狠狠地骂一顿，但我害怕之后我会痛得无法呼吸，我宁愿假装忘掉，假装毫不在意。你不爱我，我又何尝爱过你。如果爱情只是一场游戏，那么结局就只是游戏无意义的延续。深呼吸——然后——忘记！

　　没什么了不起。

　　我还有更重要的事——工作。

　　欲罢不能，欲说还休。好像怎么形容都不合适，我伸长脖子，它依旧是个虚幻的东西，近得伸手可及，却从未触到过。爸妈总是说——我们是为了你。那我是否可以高喊，我也是为了你们？中国父母和孩子的关系，总是温暖、温暖、温暖，温暖到哀伤，用爱，把彼此牢牢地拴死。当然，这也许只是借口，我看不懂我的心，它总是飘来飘去。我把"心"拉出来训过话，它说："不怪我，我只是看不清前方的路。"

　　再过半个小时，一个小时，父母就会把结果，端到我面前，无论是什么，都会有一个结束或一个开始。这就是我期待的。

　　庄炎关掉空间，看了看表——9：25，庄炎支起耳朵听了听，外面依旧没有任何动静。她托着腮帮子望着天花板，从左到右，从右到左，外面的防盗门一直沉默着。她伸手捶着桌子大叫了两声，推开凳子倒在地上。

　　庄炎四肢伸展着躺在地板上，一只苍蝇在庄炎眼前飞来飞去，好像在侦察地上这个巨大生物的状态。庄炎挥手，它就暂时躲避，庄炎放下手它就回来，不依不饶。庄炎从地上翻起来，伸手拉了件T恤，挥舞着满屋子追赶着这个挑衅者，一个小时后，庄炎用一个透明的杯子把苍蝇扣在地上。

庄炎托着腮帮子趴在地上看着苍蝇忙乱地在里面撞来撞去。

28

学生时代，她们的生活随意且快乐。

这是一个周末，很普通。庄炎靠在墙上看着校园电视台的节目，秦宇晴戴着耳机听着音乐，简悦抱着电话狂侃。

"我想吃瓜子。"空篓喊道。

"我想吃牛板筋。"庄炎直起身子。她在空篓的喊声中，体会到自己也需要些零食，抚慰一下自己的味觉。

然后大家就派谁出去买这个问题，进入了讨论。这阵，谁都不想出门，还得换衣服、洗脸，麻烦得很，何况外面阴沉沉的天气，冷飕飕的风。

"有了。"庄炎突然笑着从床上跳下来，利索地从门后面的袋子里拽出一根彩色的拉花。

这是班里举办元旦晚会用的拉花，取下来后，庄炎塞进袋子拿回了宿舍，庄炎想，也许有用。

庄炎在空篓她们惊奇的目光中，把拉花接成一根绳子，然后把白色的塑料袋绑在下面。

空篓她们笑着从床上下来，大家开始计算要买的东西，还有具体的价钱。然后把钱装进袋子里，从窗户垂下去。

宿舍的对面是一排平房，除了一家照相馆外，都是商店，因为学校里回族学生很多，很多商店都挂着清真的牌子。宿舍窗户正对面就是一家清真商店，当然是正宗的。

商店店主是一位回族大叔，很热情，为人很好，庄炎她们常常去他店里买零食，不想去食堂吃饭的时候，就在清真商店，买个热乎乎的烧饼夹一包海带丝，或者豆腐条和鸡蛋。还有在电饭锅里煮得热乎乎的牛奶和饮料。

庄炎把袋子顺着窗户垂下去，空箜她们挤过来，对着对面一同喊道："回族叔叔！回族叔叔！"

回族叔叔的确很好，他很快就应着跑了过来。仰着头听着庄炎她们几个把要买的东西报了一遍，然后转身跑回去拿。

庄炎她们又在上面大声喊道："回族叔叔，钱在袋子里。"

回族叔叔就又跑着折回来，拿起钱，很快把食物装了一袋子，把找的零钱也塞进去。

庄炎她们一边笑嘻嘻地往上拉袋子，一边对着回族叔叔的背影喊谢谢。回族叔叔扬起他戴着白帽的脑袋很友善地冲她们又招了招手，他说："姑娘们，需要什么东西尽管叫我。"

她们正分着零食，感慨着回族叔叔真好，空箜无意中抬头瞥了一眼电视，接着一声惊叫。

庄炎抬头，看着她和空箜正在电视屏幕上起劲地打着羽毛球，一副得意忘形的模样。

解说员是这么说的："上周一晚上，我们对全校学生的晚自习情况进行了突击检查，大部分学生都能够自觉遵守纪律，极个别同学在晚自习期间，在教室外面进行娱乐活动，严重影响校风校纪，望大家以此为戒……"

庄炎瞪着电视屏幕说："my god（我的神），怎么会这样，我们没晚自习，我们美术系的，我们那不是娱乐，是体育活动。"

"不是吧，我当时见一帮人扛个摄像机，还以为是学校摄影学会的，我还摆了个造型。"空箜说着就看到屏幕上的自己，猛地伸出手做了个胜利的手势。

"太突然了，上电视，我一点思想准备都没有。"庄炎对着电视喊道。

"他们是不是把我们当外语系的了，我们当时就在外语系教室前面打球，他们在上晚自习。"空箜喊道。

"挺不错啊！唉！就是有一点遗憾。"庄炎低头看了看自己的衣服，"早知道，我当时换换衣服，设计个造型。咋说也是上电视呢，全校范围内的，那么多帅哥看着呢，说不定能增加一个军团的Secret admirer（暗恋者）。"

简悦大声笑道："唉，现在都不流行暗恋了，现在流行挖墙脚。"简悦摇着头换了种语调，"只要锄头舞得好，没有墙角挖不到。所以说，你现在得赶快确定一个下来，才更具魅力和吸引力。"

"我去哪确定一个？"庄炎应道。

"现成的不就有一个嘛。"空签、简悦、秦宇晴嘻嘻哈哈地笑成一团。

过了这个上午，大家突然发现了一个问题，这个月的另一个时期来临了。庄炎她们那时每个月都有两个阶段，上半月当富人，去麦当劳、大盘鸡、好食多，下半月就窝在学校里吃牛肉面（相对比较便宜）、烧饼夹菜。

庄炎她们准备晚上出去，热乎乎的吃顿火锅的时候，才发现囊中羞涩。一想，原来已经25号了，最后在庄炎的提议下，四个人到学校西门口买了一个大锅盔，回到宿舍一切四瓣，一人拿着一块乐呵呵地往嘴里送。

"一会，我们上楼顶的天台上吧。"庄炎啃着锅盔说。

"很冷的。"秦宇晴接道。

"不会，我们穿厚点，我们上去看看夜景，空签带上你那破吉他，也让它见见兰州的夜景。"

庄炎套上外套，空签抱着吉他拉着简悦，秦宇晴拿着随身听。蜂拥出门。

女生的宿舍楼，五层，可以上到天台上，上面是广阔的天地，天气好的时候她们常常在天台上晾衣服，晒被子，或者偷偷地看对面男生宿舍楼上倚着护栏吸烟的男生。

庄炎趴在护栏上，吹着凉丝丝的风，看着霓虹组成的兰州夜景，空箜吹着口哨拨着吉他，简悦跳起了刚学的新疆舞，秦宇晴轻轻拍着手，打着拍子。

　　下面的灯一层层地亮起来，像是决心要点亮她们夜空里的梦。

　　庄炎翻了个身，在玻璃杯与地面的碰撞声中惊醒，庄炎揉了揉眼睛坐起来，看着玻璃杯滚倒在旁边，苍蝇在地上无声无息，变成了一具尸体，让人厌恶的尸体。

　　"勒色（垃圾）！"庄炎嘟囔着，抽了一张纸垫着把苍蝇扔进了垃圾桶。

　　"怎么样，死掉了吧，我说会闷死吧。"庄炎自言自语站起来，"不祥之兆。"

　　"哪会啊，苍蝇，让人恶心的玩意儿，它死掉了，说明坏的运气死掉了，一定会有好消息的。"庄炎拿起手机看了看表，已经凌晨4点。

　　"怎么就睡着了呢？"庄炎挠了挠头，那种梦境或者叫回忆的东西从脑海中沉下去，蛰伏到一个角落。

　　庄炎拉开屋门，打开灯，门口的鞋架上整齐地摆放着父母的鞋子。

　　"他们怎么可以睡着了呢。悄无声息，带着的那个结果，我迫切需要知道的。"庄炎关了灯，去冰箱里拿出一罐冰镇可乐在沙发上坐下。

　　庄炎喝了几口可乐，站起来走到父母的卧室门口，父亲的呼噜声此起彼伏。

　　"他们都睡着了，可是他们还没告诉我结果呢。"庄炎在客厅里走来走去。庄炎又一次走到父母房间门口的时候，门猛地拉开了。

　　庄炎和母亲撞了个满怀。

　　"大半夜的，你不睡觉，干吗呢，怪吓人的。"庄母拍着胸口大口地喘着气。

　　"我渴，起来喝水，渴……"庄炎结结巴巴地说道。

　　庄母走到饮水机前接了杯水，往回走的时候，庄炎连忙问了一句："工作的事，怎么说的？"

"再等等……"庄母打着哈欠，"砰"地关上了门。

29

"再等等，再等等，再等等是个什么玩意。"庄炎对着镜子自言自语道。

庄炎觉得自己跟在生活后面，看着生活巨大的屁股来回摆动，硕大、充实，却又说不出个所以然。庄炎抡起腿，想赶上生活看个究竟，却依旧是一个背影，模糊、不确定。

硕大的屁股，还时不时地放出一股气流，酸辣咸淡让人无法区分。庄炎在气流的冲击下，跌坐在路上，嗅觉、味觉、视觉，齐上阵也分辨不出端倪。

庄炎在后面踢着腿，气急败坏地喊，滚吧，老子不稀罕，总有一天你会撞进老子手里。

庄炎对着镜子龇了龇牙，然后转身一屁股坐在沙发上。

"摊牌，一定得摊牌，再等下去，会疯的。"庄炎嘟囔着从冰箱里拿了一块西瓜大口吃起来。

庄炎盘腿坐在沙发上看着钟表的指针一格一格地滑过，一丝不苟。时间冗长而无味。庄炎从茶几上拿起电话，找出秦宇晴的名字拨了出去，依旧是停机。庄炎摇了摇头自言自语道："这丫头，玩失踪呢，也不知道工作找好了没。"

庄炎顺着电话记录找到空签的名字，按了发射键："签，最近好着没？"

"乖，正上班呢，回头我打给你。"空签压低声音说道。

都上班了，都在上班，那我呢。庄炎仰面靠在沙发上，张着嘴。

"简悦，对啊，简悦，估计那丫头在韩国已经变成韩妞了。"庄炎想象着简悦爆炸似的胸部乐呵起来，庄炎想象着自己伸手一点，简悦的胸部就会吱吱作响，里面填充的东西会不会在压力下变形。庄炎还恶作剧地想象着简悦用手托着被她按得变形的胸部哭喊："你赔我。"

庄炎刚打通电话，那边就传来简悦亲昵昵的呼喊："炎子，好想你啊，想死你了。"

"去，你一个人在外面逍遥的，连个电话都不打，太没义气。"庄炎假装生气。

"我错了，我错了，以后坚决改正。"

"这还差不多。"庄炎笑起来，"对了，你怎么不跟我说韩语，我也体验一下异国风情。你不知道，你现在都是我的骄傲，我前几天还跟端木说，我一姐们在韩国呢，回头我就投奔她去。"

"还骄傲呢，还韩语呢，我觉得还是汉语好。我在国内就是群体，在这就变成了个体，我成外国人了，就我们在韩剧里学的那几句韩语，啥都用不了，没法畅畅快快的说话，你不知道多郁闷。"简悦突然又转了话题，"端木是谁？你男人？"

"什么呀，哪跟哪，我一个同学。"

"噢，有合适的别放过啊，机会要抓紧，别太天真，找的时候要问清楚，工作、收入、家庭情况，你这丫头老是傻乎乎的，一定要找个真心对自己好的男人。"

"我当前第一任务是找工作，那事，还早呢，没兴趣。"

"你没性趣？"

"去，你又乱说。"

"好了，不逗你了，知道你是个乖乖女。"

"好了，我要收拾收拾去工作了。"简悦笑道。

"你也上班了，你们真不义气，就把我一个人撇下了。"

"我这哪叫上班啊，是生活所迫，没办法。"

"你找的设计公司？"

"是设计公司就好了，我连语言都不通，怎么找工作啊。"简悦以一种无所谓的语气说道，"我在一家个人办的绘画协会，当人体模特，其实也说不上是协会，就是几个落魄的画家，自己聚到一块，画画，发泄。"

"一帮变态，都以为自己很了不起，一副怀才不遇的样子，实际上都是一肚子草，一帮变态，他们要是画家，就折了画家的名字。"简悦恨恨地骂道。

"那你为什么还在那？你男朋友呢，他不管你？"庄炎问道。

"那臭男人，猪狗都不如，他又找了个美国货。"简悦的声音颤抖起来。

"死男人，姑奶奶回头弄死他，敢欺负我们家简悦，不想混了。悦，你回来吧，咱不要他，两条腿的男人多的是，记得你唱的那首歌吗？"庄炎顿了顿，唱了起来，"男人不过是一种消遣的东西没什么了不起，爱情不过是一种消遣的东西没什么了不起……"

简悦在电话那头发出一阵苦笑："我会回去的，但我不能便宜了他，他答应带我去做整形手术的，我现在就让他鬼混去，等我做了整容手术，变成一美女，立马把他踹了。"简悦狠狠地说。

"还要做整容？简悦，回来吧，最真实的才是最美的，真的，你很漂亮。"

"我没事炎子，你放心吧，我身经百战，不会折在这个男人手里。再说了，漂亮是女人最大的资本，你不明白。"简悦笑着和庄炎道别，高喊着让庄炎记得快快乐乐地生活。

但庄炎在简悦的笑声中觉得浑身冰凉，简悦的笑声分明就是哭声，这丫头在伪装坚强。

庄炎抱着膝盖重新陷在沙发里，每个人都有不同的轨迹，谁也抓不住谁，谁也救不了谁。庄炎抬头看向前方，有好多东西，影影绰绰，又好像什么都没有。

第五章　一场绮丽的梦魇

30

一天过去了，庄炎不知道自己都做了什么，火热的心里放着一块冰，棱角分明，无论怎么揉搓，都没有丝毫融化的迹象，庄炎就揣着这块异物，扯着自己的思绪兜圈子，忽左忽右。

手机又一次响起是在12个小时以后，话筒里依旧是诗一般的语言："一起笑，一起醉。我们是好姐妹，要为这友情干杯，这一路上有你多么可贵，我们是好姐妹，这感情多可贵。看这世界会下雨，受了伤会哭泣。生命，有高有低，可是我从没想过要放弃。"

"name（名字）？"庄炎笑嘻嘻地对着电话问。

"《好姐妹》。"

"我喜欢这个歌名，very good。"庄炎突然又想起了上次咖啡厅的爽约，"亲爱的，实在不好意思，上次害你在咖啡厅等，我临时有点急事……"

"没事，没事，跟我还这么客气。"电话那头笑笑说，"晚上五点，老地方，不见不散啊。"

晚上五点，哈哈。许久不见，这丫头现在处于何种状态呢，虽然不知道她的改变，发展态势，但有一点可以肯定，这丫头对歌词的狂爱，有增无减。庄炎想着笑了笑抬头看了看表，9：25。

庄炎像空布袋一样松软下来，恢复了悬空状态。到晚上5点还有7个小时35分钟。

庄炎在房间里转来转去，手和脚都找不到合适的位置停留。

庄炎在大玩偶熊对面坐下，光着脚丫子蹬着玩偶熊肥厚的脚掌，回头看了看窗外，对着玩偶熊说道："外面的阳光很亮，是不是？亮得成了一团模糊的白，什么都看不清，你能看清吗？"

"你干吗不理我？你牛！你拽！行了吧？"庄炎冲着大玩偶熊，努了努嘴，"算了，是我自己无聊。"

庄炎枕着大玩偶熊的腿躺下，她想起前天晚上的情景："怎么可以这样呢，真是的。"庄炎说着抬手来拍了拍大玩偶熊的脑袋："我说我自己呢。"

庄炎把思绪拉回到前天晚上。

庄炎蜷着腿坐在沙发上看电视，庄父出去应酬还没回来。庄母一边在厨房洗刷，一边不停地喊庄炎。

"炎子，拿个抹布把桌子擦擦。"

"炎子，把扫把拿过来，我把厨房扫一下。"

"炎子，你喝绿豆茶不？我给你煮点放到冰箱里。"

……

"别喊了，烦死了，什么时候让我去上班啊，说好的一个月，马上就月底了。"庄炎拉长声音喊道。

"跑工作得需要时间，哪那么容易啊。"庄母从厨房探出头说道。

"工作说不成就算了，我出去另找，现在这算什么事。"庄炎喊道。

"找什么找，出去打小工，工作今天有，明天没的。再等等吧，我和你爸比你更急。"

庄母说道。

"事业单位才是工作吗？那按你们的说法，其他人都不活了。"庄炎说。

"行了，你别闹了。你看看你，一天到晚窝在家里，没一点朝气，也不说收拾房间。你看看你的屋里，乱七八糟的，哪像个女孩的屋子。"庄母边把没吃完的菜放进冰箱边嘟囔。

"我就没朝气，没朝气怎么了，还不是你们，非得让我去什么事业单位，你们就把我绑到事业单位上吧。"庄炎站起来大声喊着，泪啪啪地往下掉。

庄母张口正准备说话，防盗门响了，庄父打开门走了进来，问明情况后，转身厉声对庄炎说："哭什么哭，就这点事都承受不了，你以后还能干什么，不就多等几天吗？"

"我愿意哭，我高兴哭。我就这么脆弱，怎么了，我愿意。"庄炎哭喊着。

"炎子，你别闹了，我们天天为了你的事已经够闹心了，你就不能理解理解大人。"

"那你们理解我吗？"庄炎站起来转身走进卧室。

门外传来庄父重重的叹息声。

……

庄炎打开博客，"裸行女子"几个字便映入眼帘。庄炎想"裸"，却无论如何都无法达到目的，庄炎觉得自己的心上裹着一层厚厚的东西，和水锈一样的乳白色，短短一个多月，就把"心"包裹得面目全非，庄炎拿着剪子、螺丝刀，又敲又钻的，却终究看不到"心"的本色。

庄炎哼着歌曲，把博客的背景由茶绿色换成了粉色，上面布满了抽象的线形花纹。庄炎用手扣着脚趾，盯着电脑屏幕上愣了半天，才打开一个空白的文档：

　　打开博客，折腾了半天，换了新的背景，本来打算写点什么，脑子却如打开的空白文档一样干净，幸福但却过于平淡又夹杂着些许迷茫的生活，让人失去了激情。

　　这也许是客观原因，主观自然是由于本人自身的懒惰，嘿嘿。记得前年暑假的时候替我嫂看了几天小孩（其实已经九岁了），女孩虽然很听话，也很静，但依旧觉得有个人时时跟在身边挺郁闷，最重要的是我不知道该带她干吗，最后决定，干脆我干什么她就干什么，于是硬拉了大脸晶带上她出去逛街，足足逛了一下午。走得我脚都疼了，更别说小孩了。以至于第二天怎么叫她都不愿意出去，宁可一个人躲在家里看动画片。我又不能把她一个人扔在家，只好出去了一会就匆匆回来，心想：带小孩真麻烦，以后再也不带了。再想想，把小孩从那么一点点养大还真是恐怖，真不知道我爸妈怎么把我养大的，太不容易了。可是前天自己还对着父母发脾气。我也不知道怎么了，当时自己完全没有意识，无法控制，我是不是很不孝？怎么说他们也是为了我。

　　感叹之余，我又恢复了平淡如水、浑浑噩噩的生活。感觉自己仿佛置身于一个浓雾缠绕的十字路口，左边放着一份看似很好稳定的生活，却被一扇铁门拦着，右边是一条自己奋斗的路，我想向右走，却放弃不了左边的安定，于是就蹲在门口，傻傻地发呆，傻傻地苦恼，傻傻地等待，同时过着某种幸福的生活。

庄炎抬头看了看表，刚刚10：30，她又忽地瘫到椅子上，如猛然间漏了气的气球。

庄炎想起了小学时自己表演过的一个话剧《卖时间的小男孩》，如果可以，庄炎宁愿把此刻的时间卖掉，就几个小时，没关系，自己不会变成小老太太。

31

庄炎用了整整一个下午，把柜子里的衣服拉出来试了个遍，好像突然找到了一件事情可以填补空白。

庄炎用大量的时间选了身非常随意的衣服，军绿色的背带短裤，没有明显的腰线，哈韩的那种，上面套了件白色T恤衫。

庄炎坐62路车，大约20分钟到了约定地点，这是一家串串香的小店。串串香和火锅很相似，不同的是，串串香的菜是用竹签穿起来的，两个人吃的时候就可以吃很多品种的菜（不像火锅店一种菜就得要一盘，两个人点上两三盘菜就够了）。最后服务员只要数你桌子上的竹签数就OK了，庄炎进了店，笑嘻嘻地和老板娘打了招呼，找个靠窗的位置坐下，一个胖胖的服务员拎过来一壶菊花茶。

"现在点锅底吗？有鸳鸯锅、香辣的，还有清汤的、自制锅底，要哪个？"服务员肥胖的脸上挤出一个酒窝。

老板娘也从吧台后探出头来："庄炎，好长时间没见你了，最近忙啥呢？"

庄炎笑嘻嘻地站起来："这不刚回来嘛，早就想来了，想起串串香，做梦都流口水呢。"

"你看，今天都准备吃啥，刚采购的菜，新鲜着呢。"老板娘说着扬了扬苍蝇拍，赶走了一只盘旋在她胸前的苍蝇。

"自制的吧，自己动手弄出来的总觉得香。"庄炎边说边跟着老板娘进了厨房。

庄炎高中的时候经常和朋友来这里吃饭，虽然远点，但也乐意。这家餐馆有特色，锅底可以自己调制，菜也可以自己洗，自己串（当然这只限于人少的时候）。

庄炎走进厨房，乐呵呵地忙起来，她洗了一把枸杞，两个红枣，又拿了一袋纯奶倒进锅里，然后又加了点辣椒油，把调料挨个放了点，然后从旁边的锅里舀了点热乎乎的鸡汤倒进去。

庄炎伸着头使劲吸了吸鼻子，一个字——香。

庄炎洗完菜串好，放在不锈钢的金属盘子里摆在桌上，然后让服务员把火打开。

刚把餐具摆好，一个留着沙宣头的女孩走过来，笑嘻嘻地和庄炎打招呼。女孩稀疏发黄的头发沾染着汗水，乖巧地贴在面颊上。

女孩就是那个具有歌词狂爱症的密友——水墨墨，庄炎高中同学。庄炎、大脸晶、水墨墨和端木那时候自称"狂不要脸四人帮"。

水墨墨一看就是那种标准的文静秀气型，可一和庄炎他们在一起，话就多起来，淑女形象也就有了突破。

庄炎和水墨墨在餐桌旁来了个拥抱，庄炎拍着水墨墨的背："想死你了，想死你了。"

"去，没良心，竟敢忽视我的存在。回来这么久都不和我联系，还是那天碰到端木才知道的。"水墨墨假装生气，推着庄炎，然后两个人笑嘻嘻地坐下。

"好香啊，你都弄好了。算了，看着这么多好吃的份上，饶了你。"水墨墨笑着冲庄炎挤挤眼，抓起几串菜放进锅里。

"你穿得好淑女啊。"庄炎看着水墨墨及膝的白色雪纺连衣裙，米色的高跟凉鞋。

"本来就是淑女。"水墨墨边倒水边说。

"去，在我面前少装。"庄炎咧开嘴笑道，"对了，你现在哪上班呢？"

"×报社，记者，不过还没混上记者证。"水墨墨笑着从锅里捞出一串脆皮肠递给庄炎。

"记者！记者！你怎么成记者了？"庄炎张大嘴巴，"好意外，难以想象。"

"我自己也觉得挺悬乎的，你说我一学美术的，咋就成了记者了？"水墨墨喝了口水做思考状，"我本来说是去网络部的，结果来报道那天社长直接说，你去记者部吧。"

"人生真是不可思议。"庄炎一边感慨一边想象着，自己以后的人生会不会也冒出许多意想不到的东西，可能是光环闪闪的天使，也可能是无形的怪物，总之可能是庄炎想不出来的东西。

"你呢，有什么打算？"水墨墨问。

"不知道，爸妈正在跑事业单位，也不知道什么时候能跑好。"庄炎夹出一串蘑菇放进盘子里，"你学了那么久设计，一下子丢了，不觉得可惜吗？"

"开始觉得没法接受，不过后来就觉得无所谓了，无非是工作嘛，我们同学改行的人可多了，干什么的都有，五花八门。"

"哦——"庄炎哦了一声，"我现在就觉得很迷茫，不知道干什么。"

"在蓝蓝的天空下面，望着曾经的过往，心里徘徊和失落，未来的去路不知道在何方……"水墨墨用诗一般的语言不紧不慢地说道。

"我觉得你应该去参加'我爱记歌词'，准拿奖。"庄炎笑道。

"还真不一定，我是选择性记忆，好的、有感触的歌词我才记得，倒是一些大街上天天吼的，我怎么都记不住。"水墨墨笑道。

"对了，大脸晶，你俩联系了没，她现在在上海呢。"庄炎说。

"偶尔在网上见过，很少打电话，大家都很穷，没办法。好像在上海不怎么好。"水墨墨拿了几串海带放进锅里。

"是呀，那么个疯癫癫的丫头，现在也变得多愁善感了。"庄炎感叹着想起了昨晚看到大脸晶的一篇QQ空间日志——

感到心烦，感到懊恼，感到疲惫，感到沮丧……

想要自己放声哭泣，竟是没有一滴眼泪流得出来。

好似心在流血，好似噩梦一场，却是再也没有梦醒时分。

黯然失色的生活，总要去选择背叛自己……

要自己孤独，要自己无助……

庄炎叹道："我看大脸晶的日志写得很伤感，不知道她到底发生了什么事。"

"没事的，每个人都会遇到很多事情，伤痛会让我们更快地成长，很多人都喜欢写感伤的文字，那是一种发泄。快乐的时候是不需要发泄的。"水墨墨说道。

庄炎笑起来："我倒觉得你现在很好，开朗健谈了许多。"

"逼出来的，没办法，我得说话，得写字。我毕业一年了，真的发生了很多事，但是没办法，我只能自己坚强地走过。开始我老哭，后来就觉得眼泪没有任何意义。"水墨墨淡淡的笑里藏着一丝忧郁。

"对了，你现在住哪？"庄炎问道。

"都市村庄，租了一间房子，总不能老赖在我姨家。"

庄炎点头，水墨墨家是外地的，高中的时候跟着她姨在郑州上学，现在搬出来倒也没什么不对。

"唉，对了，这家的老板娘竟然还认识我。"庄炎探头用手挡在嘴旁边低声说。

"那是，那时候的她，估计看我们几个腿都发颤呢。"

庄炎记得高中的时候，这家店叫"面无限"。

老板娘为了招揽生意，烩面是送的，随便吃，不计量。庄炎就充分给了老板娘"面子"。

每次吃完，庄炎总是给她们下了些面带回去。

那时班里有一半多的学生住校，"面无限"的大名很快波及全班。庄炎往回带面也由开始的一份，两份，发展到最后来一次，差不多要解决全班一半的口粮。估计这店改名字，庄炎他们也起了很大的推动力。

每次庄炎在这一坐下，电话就响，不同的语气，不同的声音，说的都是同一个内容——据说你在"面无限"呢，回来给我带份面。

有一次庄炎装了满满的六袋子，正准备走，电话又响了，庄炎就又一次坐下，冲老板喊："老板，添点汤，再给下两批面。"

老板娘跑过来带着一张笑容极其复杂的面孔说："没烩面了，挂面行不？"

……

32

庄炎开着电脑听着"菌迷失"空间里的背景音乐，是一首英文歌曲：

I call your number, the line ain't free .我拨了你的电话，线路不通。

I like to tell you come to me .我想叫你过来我身边。

A night without you seems like a lost dream.没有你的夜就像失落的梦。

Love I can't tell you how I feel.吾爱，我无法说出我的感受。

Always somewhere.总是在某个地方。

Miss you where I've been.在我抵达的地方想着你。

I'll be back to love you again .我会回去再好好爱你。

……

庄炎听着听着眼里就热起来，庄炎刚把头转向电脑，门外就传来了敲门声，是庄父的声音。

庄炎吸了口气，用手背抹了一下眼，站起来拉开门。

"前天说的学车的事，我已经给你报过名了，你明天拿着发票去体检，还得照几张一寸的照片，驾校门口就有照相馆。"庄父说完又回头补充了一句，"去的时候带两盒烟。"

庄炎关上门，偷笑着蹑手蹑脚地走到桌子旁，从抽屉里拿出一盒女士香烟，抽出一支点燃。

庄炎吸了一口，烟雾还没来得及吐出，敲门声就又响起了，庄炎连忙把拿烟的手背在身后，把吸到嘴里的烟雾，咽到了肚子里，一丝不留。

"记得穿平底鞋。"庄父的声音从拉开的门缝传进来。

"好的，爸爸。"庄炎伸手敬了个军礼。

关上门，庄炎长长地舒了一口气。

她不知道父亲如果看到她身后的烟，会有怎样的举动，暴跳如雷，然后是一个耳光？或者更激烈些。

她不是坏女孩，也不是街上的小太妹，她想起那天她对水墨墨说，我吸的是情调，是寂寞。

她和水墨墨吃完串香，拍了拍圆鼓鼓的肚子，用纸巾擦了擦油乎乎的嘴，慢悠悠地往回走。

水墨墨租房子的都市村庄就在附近，里面的街道很窄，路两旁的小摊摆得满满的，豆粥、凉皮、烧烤、混沌、热干面，应有尽有。男男女女在路边的小摊子坐着，一边说说笑笑，一边填充肚子，地上油腻的纸巾，散落的饭菜，各种饭菜味，与闷热的空气中酸臭的汗味混杂在一起，可谓"五味"俱全。

"好热闹啊，卖啥的都有。"庄炎看看街道旁边的一家日杂店，从日杂百货，到电视、煤气灶、电扇等小家电应有尽有，新的、二手的，品种齐全。商店的老板娘穿着大红花朵的绵绸睡衣，一手叉着腰，一手拿着西瓜，站在门口"噗""噗"地往地上吐瓜子。六七岁的孩子，趴在门口的一张方凳子上，极不情愿地写着作业，不时地冲路边跑来跑去的一只脏兮兮的小狗弄眉挤眼。

拐过一个弯，是一家计生用品店，门边的红砖墙上歪歪扭扭地写着几个字："吃一粒，硬十天。"

庄炎睁大眼睛问："什么硬十天？"

水墨墨扬起嘴角笑了笑："你说呢？"

然后两个人同时笑起来："硬十天，估计那玩意都变成'金刚'的了。"

庄炎和水墨墨在门口的水果摊上买了二十块钱的荔枝，又拐进旁边的小超市买了几瓶啤酒和一堆零食，晃晃悠悠拐进一个胡同。

都市村庄的过道很窄，每家的楼基本上都在六七层左右，楼与楼恨不得贴在一起，以充分利用土地资源。

水墨墨住在三楼，楼梯过道都很窄，就庄炎和水墨墨这体型都难以并肩而行。

旁边端着洗脸盆、头发湿漉漉的妇人；牵着手蹦蹦跳跳下楼的小情侣；斜对角天天上夜班的黑框眼镜男，天天都从这楼里出入。

"我很喜欢你这里，很有味道，我也想搬过来。" 庄炎说着在水墨墨的床上坐下来。

"那你直接搬我这里吧，还有味道呢，乱哄哄的，什么人都有，上班的、做生意的、卖耗子药的，搞传销的一应俱全，我要是有钱才不窝在这呢。"水墨墨嘟嘟嘴说道。

"你想住哪？"庄炎问道。

"青年公寓，标间，环境好，都是年轻人，还有人天天给你收拾房间，你早上睡起来，一洗脸，拎个手提电脑，穿上高跟鞋就出门，感觉忒带劲。"水墨墨说着伸手从桌子上拿起收音机，在刺啦刺啦的响声中开始搜台，不是"延长时效，祝你性福"，就是女人极其造作的羞涩，什么"我老公那个不行了，他在外面好像有了"，要么就是肾病、高血压的特效药。

水墨墨好不容易才找到一个播放歌曲的频道，收音机却唱了两声停了下来，水墨墨拿起来嘣嘣地在桌子上磕了两下，收音机才又传出了声响。

"好丫头，从哪穿越来的，还带回来个古董。"庄炎盘着腿坐在床边，边剥荔枝边说。

"没办法，买不起电视，这个玩意起码能听听新闻，不至于和社会脱节。"

水墨墨的屋子极其简单，说是标间，其实是房东拿一间房子改造出来的，在一间屋子用玻璃的推拉门和三合板隔出了小格子的卫生间和厨房。

水墨墨屋里除了一张吱吱呀呀乱响的破旧大木床，还有一张简易衣柜，一个折叠桌子，一台电风扇，一个电动开水壶，再就是那个不拍不响的收音机了，还有一个现代化的电器———一个二手的笔记本电脑，没有网线。

电扇直对着庄炎和水墨墨卖力地吹，呼呼地撩拨着她们的发丝。

"对了，当记者是不是特好玩，很爽吧？"庄炎笑道。

"还可以吧，就是觉得压力有点大，现在记者部是计分制，不同长短的稿子分值不一样，我们每月都要写够200分，写不够扣工资，连续三个月不达标的话，就清退了。"水墨墨站起来接了一壶水摁亮开关。

"你已经很牛了，还能写稿子，我大学四年估计就毕业论文写了5000字。"庄炎说道。

"是呀，是呀，我也是的，我看小说，只看言情，从来不动笔。第一次我跟部门一个老师出去采访，回来让我写稿子，我第一个问题就是写多少字。"水墨墨兴奋起来，"你猜他说什么，他说先写5000字吧，我当时差点晕过去，我毕业论文就写了4999个字，还是网上、图书馆翻了一大堆资料凑出来的。"

庄炎大笑："那后来呢？"

"后来，我周六、周日在家窝了两天，才挤出3000多字，我从凳子上坐到床上，从床上蹲到凳子上，然后再翻倒在床上，写一行统计一下字数，快崩溃了。最后我就又打电话，我说××老师，这篇稿子要写多少字？对方说5000，我说3000行不？我就写了3000，他说行，你能弄多少就弄多少吧。他说完就把电话挂了。"水墨墨站起来在杯子里放了红枣、菊花、枸杞，然后把开水冲进去。

"他是挂了，我就彻底挂不住了，我用了好长时间想，这是真的让我能弄多少字就弄多少字呢，还是说反话呢？"

"说实话，我可羡慕你，这样的生活才有滋有味，充实。"庄炎笑起来。

"还充实呢，你都不知道，第三次，我自己写了个小稿子，被打回来了六次，不是让改这里，就是让改那里，我都崩溃了。"水墨墨又在庄炎的对面坐下来。

"对了，去年过年的时候，我们报社开什么会，要请省里的领导，选了编辑部和记者部的几个女孩当礼仪，让我去花园路上的舞蹈服饰店租衣服。当时特搞笑，我们都选的长袖旗袍，裙摆也很长，从脖直接到脚。大冬天的，谁也不傻，这样包裹严实的衣服里面还能套进去线衣线裤，但当时我们里面一个比我小四岁的女孩就说，不露大腿，领导肯定不喜欢，回头领导肯定不愿意。我们当时就狂笑，她还一个劲地说：'真的，真的。'结果回去，我们主任真的说：'这咋包得严实的跟粽子一样？'我们说：'这样显得庄重。'主任就笑了。后来让我们在电梯那里接省里的领导，我们就有问题了，我们说：'领导什么样啊，我们不认识。'主任就想出来了极其简单的方法：'你们看，有报社领导陪着的就是。'结果电梯一开，我们一看，都是陌生的面孔，就没管，都走出来后才看到，我们社长屁颠屁颠地跟在后面，原来他海拔不够，没能进入我们的视线。"水墨墨讲得绘声绘色，庄炎在旁边狂笑不止。

"你们真搞笑。"庄炎笑着说。

"我说话是不是跳跃幅度大了点，怎么说写稿子，一下子就扯到这上面了。"水墨墨笑着把水递给庄炎。

"习惯了，习惯了。"庄炎接过水依旧在笑。

"谢谢你，炎子。"水墨墨的语气伤感起来，"谢谢你听我说这么多话，我很长时间没这么畅快地说话了，单位不像学校，很难有可以倾心、赤诚相见的朋友，一切都是表面功夫，都是利益，真的。"

庄炎突然羡慕起水墨墨，她是在社会中，体验社会五花八门的事，而自己依旧游离在社会之外，社会中也许真的有很多无奈、不如意，甚至疼痛，但那都是实实在在的生活，都是生活的色彩，就因为五花八门，生活才会显得充实。

夜晚22：00，庄炎应水墨墨的邀请很爽快地答应留下来，庄炎拨通电话，庄母厉声在里面喊："庄炎，你去哪了？不看看几点了，还不回来。"

庄炎把电话举到半米以外，等母亲尖厉的声音停下来，庄炎才重新把电话贴回耳边："我在墨墨家呢，今晚不回去了。"

庄炎说完不等庄母发作，就立马把电话举到水墨墨嘴边。

"阿姨，您好！我是墨墨，今天我叫庄炎来玩，太晚了，我想着就让庄炎别回去了。"水墨墨用柔柔甜甜的声音说。

"哎呀，墨墨呀。好的，好的，你俩只管玩去。你没事了跟庄炎来家玩，阿姨给你们做好吃的。"庄母立刻换成了慈祥喜悦的语气。

"嗯，好的，谢谢阿姨。"挂电话前水墨墨又补充了一句，"阿姨，代问叔叔好，有空了我去看你们。"

挂了电话，水墨墨把手机塞回到庄炎手里，做了个胜利的手势。

庄炎接过手机，对水墨墨皱了皱鼻子："我真怀疑，你才是我妈的亲生闺女，你看看，我妈对我一种语气，对你又是一种语气，简直180度大转弯，不止，起码有320度。"水墨墨脱掉拖鞋跳上床："行了，我都羡慕死你了，你爸妈天天围着你转，幸福的。"

"是啊，可我害怕他们转得太快，形成了笼子……"庄炎说着用手抱着头也在床上躺下来，晃了晃脚，甩掉了脚上的拖鞋。

……

33

这个夏天，庄炎的工作不咸不淡，影影绰绰地悬在远方。阳光倒更加真实，更加肆虐起来，热情洋溢，且铺天盖地。

庄炎换了三次车，才到了驾校的门口。传说中，占地60多亩的驾校新校区，就是用砖头围起来的一个大型操场，墙上喷着红色白色的字："好不好，快不快，试过就知道！××驾校，您'飞驰'前程的起点。"

下面是电话号码0371-6933××××，1393717××××，巨大而醒目。

再下面就是各种黑色的小字，歪歪扭扭、毫无章法。什么办证快通车，有需要请拨打139332×××××；长年替考1378223××××；私人陪练，各种类型均有，任君选择……

庄炎抹了把汗，走进这个围墙内，庄炎前天刚刚考过科目一。理论对庄炎来说，毫无难度，学生的特长是什么，看书呗。庄炎窝在家里把书翻来覆去地看了三遍就顺利通过了考试。庄炎拿着单子，来这练习科目二的课程。

庄炎走进靠左的一排平房中间的办公室，把单子递给办公室里一个光头的中年男子后，中年男子伸手拿起手边盛着大半杯茶叶的水杯，喝了一口，然后慢悠悠地翻出一个破旧的本子，登记了一下庄炎的报名号、身份证号，还有电话号码，就站起来，冲着被太阳照得白花花的院子喊："老黑，过来一下。"

不一会，一个带着红鸭舌帽，面膛红黑的方脸教练晃晃悠悠地走了进来。

"新来的学员，分到你车上吧。"光头说。

"靠，你分到老花车上呗，我那都快30个人了。"黑瘦的男人拍了拍大腿喊道。

"你技术好，学生出师快。"光头又拿起水杯咕咚咚地喝起来。

"行，再有学员来可别往我车上分了。"红鸭舌帽转过头来问，"你叫什么名字？"

"庄炎。"庄炎大声答道，生怕教练听不清楚。

"庄严，跟国徽有关系没？"教练开了个并不可笑的玩笑。庄炎愣了愣，"啊"了一声。

教练已经迈开大步走进白花花的阳光里。庄炎只能快步跟上去，像一只流浪的小猫，被一个并不十分乐意领养它的主人带走了。

这个院子都是土路，除了倒库移库的几个固定场地外，周围的一圈像跑道，是用来练习科目二下的，什么侧方停车，单边桥什么的。院子里都是细细的树苗，在阳光下蔫哩吧唧的。

大操场右边的一棵梧桐，跟沙漠里的绿洲一样，让人觉得格外亲切，看到它就像找到了活着的希望一样，当然很多人都已经聚集在了这片希望下面。

庄炎分到的这个教练的车是16号，破旧的白色皮卡，教练指指车上贴的红色号码："记住了，16号，以后过来直接找这辆车就行了。"

庄炎看着教练红黑的脸，使劲点头。

教练跨上车，坐在一个胡子拉碴的男人旁边。

"走吧，松手刹，挂挡。"教练面无表情地说。

庄炎往后退了退，把手挡在额前遮挡热辣辣的阳光，她开始后悔没戴太阳帽，觉得刺痛的肌肤似乎要在光亮的阳光下层层剥落。

教练伸出头说："你先去那边歇会吧，前面还有七八个人呢，到了叫你。"然后又厉声冲车里的男人喊道："你怎么倒的，让你慢点、慢点，就是不听！下去！"

男人悻悻地拉开车门跳下来，站在旁边的一个三十多岁的女人又跳上去，塞给教练一瓶冰镇绿茶说："您辛苦了，这大热天的，喝点茶凉快凉快。"

"我就不喜欢喝饮料，饮料含糖。"教练说着拧开了盖子，咕咚咚地灌了两口。

庄炎冲教练点头微笑致谢，教练根本没看，庄炎转身先冲到门口的商店要了一瓶冰镇雪碧，然后用手遮着阳光，快步走到绿洲下面。

树下还真聚集了一个丰富的群体，有五十多岁的老太太，有穿着时髦的少妇，有成熟历尽沧桑的男人，还有学生模样的男孩女孩。

他们有的坐在报纸上，有的坐在塑料袋上，有的坐在施工留下来的废弃的砖头上。

庄炎正观察，电话响了，是水墨墨。

"妞，你在哪呢？"水墨墨不紧不慢地说。

"在沙漠里。"庄炎抬起胳膊抹了把头上的汗，"我都快晒成肉干了。"

"日光浴？"

"有那个情调就好了，我在驾校学车呢。人很多，我前面还有七八个，你来陪我吧。"庄炎对着电话说。

"OK，等我飞过去。"水墨墨在那边笑嘻嘻地说。

"不跟你说了，你又不来，忒没义气，我找个地方坐会。"庄炎挂了电话，在墙边拾了个半截砖回来，冲旁边的人笑了笑，坐了下来。

庄炎托着下巴，想起在水墨墨家留宿的那个晚上，她们几乎聊了通宵。

庄炎和水墨墨靠墙坐着。

"我想快点上班，快点踏入这个社会，无论里面会有什么颜色，我都能找到自己，我在家等工作，快崩溃了。"庄炎点燃了一支烟。

"你是这么想的，你不知道你现在多幸福，有大把的时间可以做些自己想做的事，不用被天天绑在工作上，我现在好希望放个长假，逍遥逍遥。"水墨墨伸出手，"也给我一支。"

"你会抽烟？"庄炎睁大眼睛问。

"不会，可以学，总觉得女孩子抽烟看起来特别有味道。"水墨墨笑着接过庄炎递过来的烟。

"我是有大把的时间，可惜我想不起来做什么，也什么都不想做。"庄炎嘟起嘴吐了口烟雾。

水墨墨夹起烟吸了一口，便剧烈地咳嗽起来，满眼都是泪。

"我开始觉得特不能接受身边的一切，单位的每个人都在笑，就算暗地里是仇人，互相打小报告，见面也跟亲姐妹、亲兄弟一样，特虚伪。

动不动你就掉到别人的圈子里，连关系好的，晚上约吃个饭，面对面坐着都要发短信，生怕别人说我们搞小团体。真不明白，为什么人就不能坦诚些呢，他们不累吗？"

"真不知道，人进了社会就变得越来越圆滑，脑子里沟沟壑壑越来越多，是大家的幸运还是悲伤。"庄炎直起身子问水墨墨，"困吗？"

水墨墨摇了摇头。

"我们不是买了几瓶啤酒嘛。"

水墨墨翻身下床拿出两瓶啤酒递给庄炎："没起盖器。"

"不用。"说着庄炎用牙把瓶盖咬下来，"噗"地吐到地上。

"总觉得和你在一起特轻松。"庄炎把开了盖的啤酒递给水墨墨。

水墨墨跪在床上，拎着啤酒瓶，笑眯眯地说："我们会是彼此的星探，也许是你笑的弧度跟我很像，也许是因为守护的星座和我一样，也许是漫长的黑夜特别孤单，才会背靠着背一起等天亮。黑夜如果不黑暗，美梦又何必向往，破晓会是坚持的人最后获得的奖赏。"

"你这丫头真可爱，我要是男人，就娶了你。"庄炎看着模样乖巧的水墨墨说。

"你要是男人我还真嫁。"然后两个人嘻嘻哈哈地笑成一团。

然后各自讲起了自己的心事。

水墨墨的讲述——

我刚进报社那会，特傻，还处在学生时代特别幼稚的思维上，我逮谁都叫老师，后来报社的一个老师，跟我提起他媳妇时，说："你嫂子怎么怎么样。"我当时就愣了，怎么能叫嫂子呢，我觉得不叫他老师的话，我就得叫他叔叔，叫他媳妇阿姨。那个老师也不是特老，四十出头。

但那时我老觉得自己就是一小孩，小女孩。

但不久后的一天，我就发现了一个问题，我的思维和他们的想法不一样。

那天我帮一个长相很龌龊的老师加班打表格，我总觉得别人张口了，我拒绝不太好，何况刚来不久，得和同事处好关系。

打完后，他说请我吃饭，我就一个劲地拒绝，我不喜欢和陌生人吃饭，觉得没话说，特别扭。

他见我不愿意去，就非要拉上报社的另一个女孩一块去，那女孩也一直叫我去，我就不好推辞了。

但下楼后她说叫我们先去点菜，她有个朋友在附近，她去打个招呼就回来。我当时还很认真地答应着。

结果到最后她都没出现，她溜了。

然后我俩在那吃饭，他给我要了瓶饮料，他说："我喝点酒，你介意吗？"

我说："不介意。"

我当时觉得我没理由介意啊，他是老师，我是学生，我好像找不出一点理由去干涉他。

结果，他喝醉了，醉了的老男人真可怕，眼球突兀，满是血丝，确切地说还有其他东西。

他的眼睛真的特别可怕，大夏天的，让我坐在那浑身冰凉，不停地发抖。

我要走，他不让，最后非得说让我搬到他家里的另一套房子里去，说还可以省房租。

我最后真的怕了，我站起来就往外跑，他就伸手拉我，他说他那有很多关于新闻写作方面的书，带我去看。

我跑出来，伸手拦了辆出租，跳了上去，他没办法，只能跟我招手告别了。

我当时没哭，我忍着，我不想让出租车司机想着像怎么了一样。我只是直直地坐着，身体不停地打战。

回到家，我蜷在墙角里，抱着毯子哭了一夜，我真的吓坏了。你别说我装，这种场景我在电视电影里见得多了，可不是没亲身实践过嘛，一下子就吓蒙了。

我早上四点多睡了，早上六点起来，拿凉水不停地敷眼睛。

我不能不去上班，我不能让同事想着，昨天跟他去吃饭了，今天就不来，跟发生了什么事一样。

我觉得自己特牛，我是笑着去的，我在心里对自己说："水墨墨，你很了不起的。"谁都看不出来，我哭了一夜。我很成功地把自己包裹了起来，他们看到的只有笑脸。

其实现在想来，那天根本没什么大事，喝醉酒的男人发情，你聪明点，躲开就是了，当时却把我吓得要命，天塌下来一样。

庄炎的讲述：

男人不过是一种消遣的东西，没什么了不起。这是我们宿舍的经典口号。

可韩艺不是，他肯定没尝过女人的味道，要不他怎么能那么理智地看着一个鲜活的女人在他面前晃来晃去呢？错了，我是女孩，而且不是那种"让人下不去手"的女孩，我自己觉得没那么糟糕。

可我们家韩艺偏偏就没下手，大概他是真的爱我，他说他一定要等到可以给我幸福的那一天。

他是个"异物"，他还有个和他以类相聚的好哥们，文学系的。那天他那哥们很郁闷地对我说："我真的想不通，也接受不了，我们班的男生竟然去找鸡，更不能让人接受的是，两个人同一天，不同的时段，上的却是同一个小姐。崩溃！"

我们家韩艺和他那兄弟都是纯洁的，装的也好，真实的也罢，现在说来还真没什么意义。

毕业了，韩艺丢下我，消失了。也许是我们同时在彼此的世界里消失了，我不联系他，是因为我恨，我气。怎么可以这样呢？说消失就消失。

我宁愿他说，他不爱我了，也不愿意这样。

刚回来的那礼拜，我每天晚上都含着泪睡去，早上含着泪醒来。我特别惧怕夜晚，夜晚总是把疼痛从我身体深处揪扯出来，还拿着在我面前抖抖，说："你看看这是什么？"

我整夜地拿着手机，却咬着牙不拨通那个电话号码。

我也有忍不住的时候，我拨通了，心怦怦乱跳着等待那个熟悉的声音。结果里面是个女人的声音，别误会，是移动的自动语音回复，说您拨打的电话已关机。

我郁闷坏了，发誓再也不给他打电话。

我打了，我违背了誓言，不过没关系，誓言本来就是用来违背的，就像曾经他说爱我一生一世。

电话通了，他好像喝了酒，在大街上，他说："炎子你好着没？"我没吭声，我难受，我说不出话来，然后他就一直说："对不起！"说着说着就哽咽了。

我在干吗？我在电话这边抽噎，泪流满面的。我已经很努力地忍着了，否则我一定会放声大哭。

最后两个人就抱着各自的电话流泪，谁也不说话，我挂了电话，有意思吗？我想哭，一个人怎么哭都行，干吗非哭给他听。

没有人知道我打过这个电话，我让自己也忘记了，我只让自己记住，我们分开后就再没联系过。

但我真的爱他，我想我这辈子就是他的女人，矛盾、异想天开的想法，是吧。

但我就是想，就算我们不能在一起，不能结婚，我也要把第一次给他，他是我的初恋，我爱他。

我这人晚熟（思想上的），我要是把初恋放在初中或者高中，也许现在就不会这么难过。

那个晚上，庄炎和水墨墨似乎都说了很多，她们抱着啤酒瓶，靠着墙，一直聊到天亮，都泪流满面。后面都说了什么，她们也记不清了，只记得最后水墨墨大声念着一首庄炎说不出名字的歌曲里的一段歌词：

凌晨的窗口，失眠整夜以后
看着黎明从云里抬起了头
日落是沉潜，日出是成熟
只要是光，一定会灿烂的
海阔天空，狂风暴雨以后
转过头，对旧心酸一笑而过
最懂我的人
谢谢一路默默地陪着我
让我拥有好故事可以说
看未来一步步来了
……

庄炎的思绪被一阵铃声唤醒："我不想我不想不想长大，长大后世界就没有花。我不想我不想不想长大，我宁愿永远都又笨又傻……"

庄炎循声望去，见那个五六十岁的老太太拨通电话说："喂，喂，我呀，我在驾校学车呢。"

庄炎猛地打了个激灵，看了看表，17：25。庄炎拔腿朝16号车飞奔而去。

34

城市像被罩在一个巨大的玻璃罐里，用加厚的塑料膜封口，火辣辣的阳光照耀着，里面的楼房，柏油路在明晃晃的光线中，都有了溶化的意象。庄炎想象着，拿一个生鸡蛋在地上滚两圈，里面就成了固体，热乎乎的。

天气预报说，室外温度39℃；据网友爆料，地表温度已达45℃。

庄炎从这个大的容器里，躲进叫作房子的小容器里，成千上万的人都躲在里面，庄炎把新换的绿色窗帘拉得严严实实，然后把空调的气温调到19℃。庄炎蹲在凳子上，边看电脑边用吸管喝着冰镇雪碧。

可凉气无法渗透，庄炎觉得心里的气体，热乎乎地膨胀，大概是为了和外部的世界保持平衡。

庄炎胸腔里没有阳光，也没有任何光源，总之就成了黑乎乎、潮腻腻的热，比外面发酵般的热，更让人不能忍受。

终日围绕在庄炎耳边嗡嗡作响的"工作"，好像突然间远了，像一艘小船，漂流在未知的纬度，庄炎拿着望远镜，踮着脚，都无法看清小船具体的构造，船大概是钢板的构造，太重了，太牢固，故而漂流的速度可以忽略不计。要么就是纸折的，还未飘到，就成了一堆松散纸沫。

其实，工作就是有事可做；事业就是在有事可做上拔高一个层面，有了精神的东西；理想就有些金光闪闪了。

记得小学初中时，每次谈到理想，感觉头顶上就悬着一个巨大的金光闪闪的城堡，激动不已，觉得自己立马就变得雄伟了许多，像巨型雕塑一般。

小学时，庄炎的理想是当个画家或者作家。初中的时候就成了考清华大学。那时候清华就像一座神明的伊甸园一样，是高高竖在云端的，是很多学生心中的梦想，高中的时候就成了上大学。

大学毕业的时候，很多人就忘记了自己曾经有过的理想，理想就彻底演变成了幻想，无聊的时候拉出来溜达。

庄炎把乱飞的思绪抓回来，咔嚓一声折断它的翅膀，脑子里沟沟壑壑的褶皱就像迷宫，在里面转的圈数越多，时间越长，就越容易迷糊。

目光重新回到电脑屏幕上。就像猛地看到了一件真实的东西，尽管方形的屏幕后是更大的虚幻世界。

庄炎点开大脸晶的空间，看到了大脸晶自拍的特写，阳光下金黄的头发，不够高挺的鼻梁上架着一副红框太阳镜，足足遮去了半张脸。

小脸秘籍！庄炎在下面的评论栏里打下这句话。

庄炎笑了笑，又打开大脸晶新更新的日志：

在青浦，只是知道我待的这片地儿好像是江南水乡。

也确实，在我居住的附近也全是大小运河如网般密集。

这么长时间了，实在惭愧得很，自己还没有在居住地周围了解一下地形。

这两天上班实在郁闷。

今天请假，睡到13：00。

直到出了一身很奇怪的汗把自己给湿醒！

煮了点面条先把自己的肚子伺候了，忽然觉得该出去转转了。

听着音乐沿着这条我每天走好多次，却一直没有走到尽头的马路一直前行。

一路走马观花的，

真是有许多不错的东西，

看了会儿我这里最漂亮的建筑物和一个旧楼改建工程。

最后是被汽车的喇叭声给赶走。

继续前行，

繁华的街道并不是真正吸引我的，

很自然地拐进了旁边的一条小巷，

这又是一条古巷，

地上是湿漉漉的青石板路，

两边是典型的南方的青砖白墙黑瓦，上面生着苔藓。

不宽的巷子里人流拥塞，

路旁小贩的吆喝声、叫卖声不绝于耳。

在上海，这样的古巷，其实到处都是，

也最容易让人感受到环境的跳跃，

穿行人群中继续前行，

渐渐的，人开始稀少，

路旁是一些倒塌了的白墙残垣，

还有苔藓。

一种不知道叫什么名字的笔直如针的树在这里生长着，

只知道是松树的一种。

这种两层的民居，在无人居住倒塌后，

露出了它的木梁结构。

虽为废弃的，整个建筑雄厚有力，

加上潮湿的空气，

石灰混凝土上有着岁月冲刷的痕迹，

青色变黑的砖瓦更有种沧桑的美。

有人敲我的肩膀，我取下耳机。

那人推着辆自行车说要锁门

我正奇怪呢，

原来真的不知道什么时候走到人家院子里面来了。

再往前就又就看到了马路，

一条很宽的运河，

碧水荡漾在大石砖上。

因为在城区，

很大的运船悄悄地滑在水中，

感觉很搞笑。

好几条河在这里汇合，
30米开外中间的夹岛上直直地矗立着一圈墙泡在水中，
合围着一个院子，
院内伸出参天的古树。
有座很奇怪的旧塔露出了它苍老的额头，
说它奇怪是因为它只有额头没有头顶，
依稀的可以看出它原来的颜色应该是白色，
塔老了，真的老了。
这里到处都是古镇与古巷。
我是路盲，这里距住所不过一站多路，都罕以至此。
想着前些日子，
带着初来我这里的同学转转，
本来就不是很自信，
果然把人家带着走了小会儿，
过了几座桥、几个路口，
居然又回到了原地。
当时后脑勺就只有一个动画片中常看到的大水珠，
今天一样不敢走得太远，
怕找不到"回家的路"
……

庄炎正看得津津有味，不料大脸晶腾地一下从QQ界面上跳出来，发了一个小锤敲打脑袋的头像。

炎子 15：03：01
你怎么变得这么暴力！
大脸晶 15：04：05

😁为了让你更重视我的存在。

炎子15：04：08

过度重视，就成对立的了

大脸晶 15：04：13

想对立？你得问问我愿不愿意，要不你先写个申请，就说炎子想和大脸晶对立，然后交给我审核。

炎子 15：04：15

凭什么？

大脸晶 15：04：16

咱俩的事，你提了议案，当然是我审核了，难道还能报到国务院审批。

炎子15：04：18

🗡

大脸晶 15：04：20

看，又动粗，不文明了不是。

大脸晶 15：04：22

对了说点正事，周四下午2：06到火车站接我！

炎子15：04：26

？你要回来。

大脸晶 15：04：38

废话！我下了，回聊。

炎子15：04：39

探亲？还是长住？

……

庄炎看了看暗下去的头像，吐了吐舌头满是疑惑：矛盾啊！这么个丫头，咋能坐下来写这么长的日志呢。

结论：生活就是层层叠叠的矛盾，矛盾越多就越有味道。

35

庄炎从包里拽出一条帝豪，塞给教练："这么热的天，教练您辛苦了。"

庄炎说着抬胳膊抹了抹额头的汗珠，然后把装备统统卸下来塞进大大的帆布背包。

庄炎是第三次来驾校，每次都要拿出大部分的时间在这晒太阳补钙，以至于庄炎不得不把自己包裹起来，宽边的遮阳帽，茶色的太阳镜，宽大的长袖棉衬衣，而衣服下边，咸酸的液体更加肆虐地往外冒。

烟，庄炎又想起了这个字。脑子里立刻跳出不同的面孔，皮笑肉不笑地往教练手里塞烟，一盒两盒的都有。庄炎想，不就是烟嘛，我一步到位，弄一条。

庄父昨晚说："一次一两盒，细水长流，大家验证出来的经验。"

是件麻烦的事，庄炎觉得。你想啊，每次到驾校都先跑到商店买两盒烟，多郁闷啊。不知道用不用备个打火机，再给教练点上？庄炎想象着，自己点头哈腰地把烟给教练点上，"呼"的一声，教练就成了黑人，口里还冒着烟，多好玩啊。

庄炎嘻嘻地笑起来，还是决定走不同于常人的路线，肯定有震撼力。

庄炎想着教练抱着烟笑眯眯的模样，然后对她说："来一次不容易，你今天就多练几把。然后教练转头对阳光下对车行注目礼的学员说，你们先回去，明天再来排队。"

"你是学生吧？"教练拿着烟，又大声重复了一遍自己的问题，庄炎才回过神来。

"噢，是，不是。"庄炎结结巴巴地回答。

"什么是，不是的，待会儿把烟拿去给我退了。"教练说："学员都一样，我就希望你们把本事学扎实，别出去当马路杀手，再说了，你们学生也没什么收入。"

"我不是学生，真的，我毕业了。"庄炎睁大眼睛说。

"行了，你把烟拿着就行了，别给我说那么多，我就不明白了，现在的学生咋就都喜欢装成熟。"教练说着把烟扔到后座庄炎的包上。

"我真不是，我……"庄炎还没说完就被教练打断了。

"行了，不说这了，摘手刹，挂倒挡。"教练从口袋里掏出一张名片："你要想练，回头给我打电话，咱等下班了，学员都走了再练。"

庄炎立马张大嘴巴满是感激，庄炎想象着自己跪在沙漠般的院子中央，满脸泪痕地大喊："好人啊，好人。"

庄炎一个劲地说谢谢，接过名片的手颤抖着，真有点感激涕零。

"别紧张，车呢，你摸熟悉了就好了，看后面，慢松离合。"教练说着回头看了看后面。

庄炎练了三把后，跳下车，揉了揉浑身紧绷的肌肉，豆大的汗珠，在衣服的掩盖下，顺畅地流下来。

庄炎走出驾校就拨通了水墨墨和端木的电话。

庄炎见到端木和水墨墨的时候依旧保持着上扬的嘴角。

"丫头，遇到什么好事了，这么高兴。"端木拍拍庄炎的头说。

"你再叫我丫头，我就叫你叔叔。"庄炎喊道。

"噢，那我直接长了一辈啊，不是，你不用对我这么客气，叫名字就行。"端木笑嘻嘻地说。

庄炎追着端木打，水墨墨捂着嘴狂笑："我看你俩成为一对，倒蛮合适。"

"什么呀，这臭小子，小屁孩一个。"庄炎喊道。

"唉，不能乱了辈分啊。"端木抬起胳膊挡住庄炎落下的拳头。

"我要吃饭，我饿。"水墨墨喊着做了一个暂停的手势，便拉着庄炎走进了旁边的一家刨冰吧，里面当然不止有刨冰，还有饭菜。

庄炎要了一份牛肉咖喱饭，水墨墨要了一份扬州炒饭，端木要了一份回锅肉盖饭。然后又要了三份冰粥。

"你最近学车学得怎么样了？"水墨墨拿起勺子舀了一口冰粥。

"很好呀，我们教练可好了，今天还说什么时候我想学了，等下班教我呢。"庄炎扬起脑袋说。

"不是吧，你是不是对你们教练媚笑了一下，把他电晕了。"端木笑道。

"去死，谁跟你一样，思想那么龌龊。"庄炎喊道。

"那就不对了，那这么热的天，你们教练留下来教你，想挣外快呢吧。"端木伸手又要了一杯冰镇啤酒。

"才不呢，我们教练可好了。"庄炎一把抢过端木抱在手里的啤酒，咕咚咕咚喝了两口。

"问个问题，"庄炎抬头看看端木，看看水墨墨，"我像学生吗？"

端木和水墨墨盯着庄炎，使劲点头。

"不会吧，这么肯定，要不要考虑一下？"庄炎咧开嘴问。

端木和水墨墨拼命地摇头。

"一点都不配合！哪像嘛！"庄炎大声喊道。

"我见你的第一面，我就觉得你穿得特青春。"水墨墨笑道，"你该换换行头了，毕业了，得打扮得成熟点。"

庄炎低头拉拉军绿色的背带短裤，心想："干吗穿着这件短裤呢，多傻啊。"庄炎拿着勺子一下一下地敲击着盘子的边缘。

毕业前的日子就在这轻轻的敲击声中，一层层亮起来。

庄炎也记不清是哪一天，同学们突然都鲜亮起来，高跟鞋，及膝的短裙，各种各样的化妆品，亮晶晶的手包，淡雅的香水，呼啦一声涌进了宿舍，大家一边忙着准备毕业论文，一边忙着找工作。

简悦是最先跳出来的，一下子就变得巨像个女人。好像也不是一下子，大四的上学期简悦买了第一双高跟鞋，金色的细鞋跟。

大家把那双鞋摆在桌子上，翻来覆去地观赏。

"简悦，你真的要穿吗？这么高！"庄炎用手比了一下。

"等等，我测量一下尺寸。"空筌翻出尺子，测量后空筌伸手在自己脖子上比画了一下，吐着舌头翻着眼倒在床上，"80毫米！"

简悦把鞋子从桌子上拿下来，套到脚上："高跟鞋就是女人这辈子的另一双脚，你想，要是一个女人一辈子没穿过高跟鞋，她就没享受过踮着脚尖看人生的气场，多遗憾啊，你们早晚也得穿，只不过我比你们先行一步罢了。"

简悦说着扶着桌子颤颤巍巍地站起来。

"咱能不能有个过程，从这么高到这么高，再到这么高。"庄炎用拇指和食指比画着不断增高的高度。

"我喜欢一步到位。"简悦说着往前迈了一步。

"你不像穿高跟鞋，倒像踩高跷，练习平衡能力的。"空筌摸着下巴摇了摇头。

简悦猛地一转身，一个趔趄，庄炎和秦宇晴，连忙上去扶住。

第二天，简悦就穿着这双高跟鞋摇摇晃晃地出门了。晚上回来的时候，是拎着鞋光着脚，一瘸一拐走进宿舍的。

在简悦的一段努力后，终于修成了正果，有了女人特有的妩媚与气场。

秦宇晴是第二个穿高跟鞋的，那时候大家已经在疯狂地蜕变了，扯掉满身的学生气，寻找更成熟、更坚定、更广阔的未来。

秦宇晴穿的是小后跟的凉鞋，没费多大劲，就能行走自如了。

到了空筌就成坡跟的休闲款了。

大家奔跑于教室、人才市场，和大街小巷的公司之间。

所有的色彩在校园里噼里啪啦地绽放，好像沉寂了多年的火种一下子被点燃了。

简悦穿着奶色的蕾丝低领上衣，紧紧包裹臀部的宝蓝短裙，蹬着10厘米高的高跟鞋，拎着金色的小挎包，来来回回地奔波忙碌。

就在庄炎她们对简悦时尚的装扮瞠目结舌时，空筌就带来另外一个消息。

"贝多芬，贝多芬，就咱们班那个贝多芬。"空箜冲进宿舍气喘吁吁地说。

"贝多芬怎么了？"庄炎和秦宇晴异口同声地问。

"你猜他刚穿的什么？"空箜抱着水杯喝了一大口。

"白衬衣，黑西裤，还有皮鞋，竟然是尖尖，时装的那种，再配上他那头刚刚修理过的卷发，简直就一大变活人。"

贝多芬，性别：男，因满头天然的卷发而得名，平时喜欢穿带着颜料的黑色T恤，和宽大的及膝短裤，短裤还是由一条长裤改造而来，天热了，直接一剪子下去，春装就成了夏装。

大家几乎都干过这样的事，庄炎就曾经在画画时，突然觉得热，觉得袖子在前面碍眼，就拿了个剪子，剪了个口，然后刺啦一声，撤掉了两只袖子，继续画画。

但现在，大家都鲜亮起来，迈着大步一排排地往前赶，迎接社会这扇即将开启的大门。就连空箜也收起了她手绘着巨大卡通图案的红色T恤衫。

庄炎呢？她也改变了，她跟着韩艺一起更深地沉浸在学生时代的美好时光中。周围发生了什么，丝毫没有察觉，她依然和韩艺手牵着手，校园里、教室内、张掖路、黄河边，不停地晃荡。

她什么都看不到，只看到韩艺的笑脸，和两个甜甜的酒窝。当然她也像大家一样急着买新衣服。

她和韩艺一块，在张掖路的小专卖店，买了这条军绿色的背带短裤，又配了件白T恤，还配了一双白色的运动鞋。

然后两个人挺满意，拉着手在校园里晃荡，庄炎俨然觉得自己是个蹦蹦跳跳的小女孩了，除了开心，还是开心。

那五颜六色的裙子从焦点变成了大众群体，庄炎突然一跃成了新的焦点。

有一天，简悦实在忍不住了说："炎子，我就特别想不通，为啥大家都越打扮越成熟了，你怎么就越打扮越发年轻了。"

"年轻，多好呀！"庄炎说着又蹦蹦跳跳地找她们家韩艺去了。

庄炎现在想来觉得自己真傻，拿了毕业证，才看到了分离，看到了结束，随着火车的轰鸣声，一切都结束了，不，根本连一个正儿八经的结束都没有，最后一面都没见，一切就都消失了。

……

庄炎在水墨墨的喊声中回过神来。把放在背带上的手拿下来："我真傻，穿这么件傻傻的衣服，整日做着傻傻的事。"

"炎子，你生气了？我没什么意思，其实你这件衣服挺好的，只是我觉得你应该改变一下风格了。"水墨墨看着庄炎说道。

"没心情，工作还没消息呢，我干吗要打扮得成熟起来，我又不用上班。"庄炎舀了一大勺米饭送进嘴里，"蛮好吃的，你尝尝。"

36

庄炎一边在大街上快速地移动，一边拿着电话，脸上的表情随着越来越强劲的"啊"字，变得更加丰富。

"啊？你说什么，再说一遍？"庄炎把手机移了移，紧密地贴合在耳侧。

"我有了。"空筌嬉皮笑脸地说。

"不是，你有什么了，工作？房子？还是和简悦一样上部更有内容了？"庄炎咯咯地笑起来。

"不是，是我真的有了！"空筌语气变得暗淡。

"有什么了？"庄炎轻声问。

"哎呀，就是肚子里有了，但我没处放，现在有处放，长大了就没处放了，怎么办？"空筌的声音又降下去一个音阶。

"啊？空筌，你没事吧？你去医院检查了没？不对，是要尽快治疗，把它斩杀在萌芽状态。"庄炎焦虑地说，"筌，你别难过，你要照顾好自己。"

"你也这么认为？"空筌停顿了一下，"可是我怕疼。"

"乖，不怕，不怕，有麻药一会就过去了，再说了肿瘤这东西，小的时候好处理，长大了就更麻烦了。"庄炎哄孩子般温柔地说。

"崩溃！疯了！我说的不是肿瘤！是娃！"空筌提高了音调，在最后两个字上又"突"地落下来。

"啊！你真有了？"庄炎叫道，"那怎么办？"

"我也不知道，我自己这个生命体活得还不够畅快，我肚子里却诞生了另外一个生命，我才刚刚找了份工作，怎么会这样。"空筌说着在电话那头抽噎起来。

"你怎么那么不小心呢？"庄炎像突然想起了什么似的问道，"谁的？"

"靠，我又不露眠草宿那个什么的，当然是死大伟的。"空筌又在抽噎中挤出一丝平时惯有的幽默。

"筌，那怎么办，你自己想清楚，和大伟好好沟通沟通，这事，我也没经历过，我也不知道该怎么给你说，好像蛮复杂的。"

庄炎极其认真的语气让空筌突然破涕为笑："你没这经验，那你有啥经验？"

"去，死丫头，还有心思在这说涮话，你自己想清楚了，这事可不是闹着玩呢。"

"我知道，我昨天整晚都没睡着，我心里堵得厉害。我正睡着就突然坐起来放声大哭，大伟刚说了一句，我就对他又捶又抓的，今天早上一看，他背上胸前都是伤，我就后悔，其实也不能全怪他，他这几天好像突然间老了，也不爱说话了，也不笑了，每天还回来很晚，我知道他不是躲我，是想躲着这事实。"空筌在电话那头啜泣起来，"炎子，你说我该怎么办？我们什么都没有，我们租的还是地下室，满屋子都是

'小强（蟑螂）'，你知道我最怕那东西，我常常在屋里被突然冒出来的小强，吓得心惊肉跳。

"我本以为，生活就是阳光大道，花团锦簇，我和大伟可以手拉着手走向更广阔的人生，走出来才发现，我们就跟开着车跑在弯弯曲曲的羊肠小道上一样，满是荆棘，谁也不知道下一个路口在哪，不知道什么地方会突然出现个180度的大转弯，也不知道这辆破车什么时候会把我们撂到路上。也许，父母说得对，我留在家里什么事都有照应，毕竟是'自己'的地盘。"

庄炎挂了电话愣在路边，半张着嘴，脑子像突然卡了壳，一片空白。

庄炎在洒水车滴滴答答的音乐声中，回过神来。

她摸着肚子喃喃地嘟囔道："要是我也有了，韩艺是不是就不会跑掉？"庄炎想象着自己披着洁白的婚纱抱着个小娃娃，走进婚礼殿堂的模样，韩艺在她脸颊上轻轻地亲了一口，然后俯身亲吻他们的孩子。

庄炎高高兴兴地抓起孩子举到头顶："朋友们，这就是我们比戒指更重要的信物，我们是幸福的。"

庄炎想象着庄母突然暴跳起来，从台子边抓起几只花砸向庄炎："死妮子，还有脸说，还没结婚就有了这么大的娃，不知道害羞。"庄母说着跳上台子，抢过庄炎手里像包袱一样举起来的娃抱在怀里，"这不是玩具。"庄母说完就抱着娃娃心疼地晃起来。

庄炎想着想着，就笑起来，笑得满眼是泪，为什么该有的东西没有，不该有的却常常突兀地出现？

庄炎觉得自己就像裹了小脚的女人，一点一寸地行走，走了好久，还是在同一个地段，同一片风景里，虽然这不是出自主观意愿。

空筌和简悦呢，跳跃着前进，风景和地段都变化得太快。

"太快和太慢，都很容易失控。"庄炎念叨着，拿起电话拨通秦宇晴的号码，依旧是关机，好像她伸手关掉了与这个世界的联系按钮，秦宇晴在她厚重的挡板下过着怎样的生活，成了一个触不着的谜团。庄炎突然难过起来，这么好的姐妹，突然间就没了任何消息，和韩艺一样，被飞速扯掉的日历带走了。

庄炎脑子里正涌动着莫名其妙、乱七八糟的东西，电话在口袋里尖叫起来。

庄炎拿出电话，看到屏幕上的名字——好人啊，好人。

庄炎拿起话筒对着电话说："喂，好人……"

37

庄炎挺直脊背扶着方向盘，按教练的指示，踩下离合器，挂一挡，然后小心翼翼地松离合，把车从里往外开，准备再重新倒一次。

庄炎精神高度紧张的时候，手机却猛地响了，吱吱哇哇，带着不满。庄炎第一个想到了大脸晶，凭直觉，只有大脸晶才会这么霸道，庄炎有点郁闷，觉得大脸晶这电话来得不是时候。

庄炎腾出左手按断，电话却更加固执、喧嚣地响起来，以至于庄炎不得不把电话按通。

"喂，庄炎，你不想混了，你看看几点了？"大脸晶在电话里带着笑意装出愤怒的声音喊道。

"两点多啊，怎么了？"

"今天周几？"

"不知道！"庄炎看了看教练黑下来的脸说，"喂，我不跟你说了，回头……"

庄炎还没说完就被大脸晶打断了："死庄炎，你说来接我的，你又忽视我的存在！我抗议！"庄炎猛地想起，就是啊，周四，火车站："好的，好的，我马上去啊！"

庄炎一着急，脚下一用力，就忽地踩下了油门，车以一种难听的声音飞驰而去。庄炎张大嘴巴惊叫着看着车载着自己冲出去，脚却在慌乱中一下一下地猛踩油门。

庄炎惊恐地抓着方向盘，看着车直直朝院子红色的砖墙冲去。

教练猛地拉住手刹，没有丝毫反应，手刹失灵。

"踩刹车，踩刹车！"教练冲庄炎喊道。

庄炎惊慌地看看教练，抬头，那堵墙已经近在眼前了，庄炎猛地转动方向盘，车头猛地掉转，车屁股忽地甩了出去，处于悬空状态，庄炎握着方向盘大声尖叫，脑子一片空白。

车猛地停下来了，教练又使劲拽起了手刹。

庄炎坐在车里瞪着眼睛，大口地喘着气，汗不停地往下滚。

"你干吗呢？下去！"教练气呼呼地对庄炎喊道。

半个小时之后，庄炎在火车站的麦当劳握着大脸晶的手说："你都不知道，我当时下来腿抖跟筛糠一样，软绵绵的。"

"其实速度也不是很快，现在想想没什么怕的，点一下刹车就行了，主要当时我脑子在你这儿呢。"庄炎嘿嘿地笑着。

"你怎么这么早就开始练车了，不是三点才上班吗？"大脸晶用吸管吸了一口冰镇可乐，一伸脖子咽了进去。

"我开小灶！"庄炎嘻嘻地笑道，"对了，你怎么突然回来了？"

"我把老板炒了，上海的楼太高，我太渺小，我总是很努力地把头仰得老高，才能看清楚楼顶，或者从未看清楚过，你明白吗？"大脸晶伸长脖子问。

"嗯，明白，你回来了真好，就有人陪我了。"

"对了，你的工作怎么样了？什么时候上班？"大脸晶问。

"别提了，说好一个月，好不容易等到一个月了，又成了无期限，飘飘忽忽的。"庄炎张开嘴打了个哈欠，"说起这件事，我就觉得困，但无法入睡，心里焦灼，就跟夏天的蝉一样，吱吱哇哇地叫个不停，可你又阻止不了。"

庄炎想起了煮青蛙的实验，无论凉水还是开水，无论活着还是死去，反正都有个结果。但庄炎这锅水没有。

庄炎想象着自己蹲在一口大锅里，当然还穿着背带短裤，打着小蝴蝶结。

庄炎瞪大眼睛瞅着锅里的水，一天、两天没有丝毫变化，不温不火，不凉不热。庄炎眼瞪得都开始出现幻觉了，水却依旧纹丝不动。

庄炎开始伸出手指头，脚趾头一块数，一，二，三，四，五，六，七，八，九……

庄炎伸手拍打着锅里的水：“玩我呢，干吗不动，加热也好，冰冻也好，就算拿根筷子在里面搅搅也好，再加点调料，总之不要这么不咸不淡。”

庄炎托着腮帮子在水里蹲下：“等，等到胡子白了？”

庄炎显然不具备这项功能，那就粘上点胡子，庄炎想象着自己撕了几条白纸粘在下巴上，然后兴奋地大喊：“时间到！”

……

“时间什么时候才到？我会在这锅水里泡得浑身肿胀溃烂的。”庄炎抬头像是问大脸晶又像是在自言自语。

“什么时间？什么锅呀，水的。”大脸晶仰着一张大饼脸莫名其妙。

“没什么，我感慨工作的事呢。”庄炎咧着嘴笑起来。

“神经！”大脸晶说着拿掉可乐杯上的白盖子，用吸管搅着里面的冰块，呼啦呼啦的。

“早晚的事，我早晚被这工作折磨得抑郁而终。”庄炎也扔掉盖子，拿起杯子，把一块冰倒进嘴里。

庄炎正郁闷，一个学生模样留着飘逸长发的男孩塞给庄炎一张黑白的传单。

上面写着美术系油画班长期招聘肖像模特和人体模特，然后是联系电话，黑粗的手绘美术字。

“你是大几的？”庄炎问。

“大二。”男孩挠挠后脑勺问，“师姐是大几的？”

"我毕业了好不好？"庄炎叫道。

大脸晶捂着嘴狂笑。

男孩正准备走，被大脸晶叫住了："你们学校宿舍有没有出租床铺的？"

"有啊，可多了。"男孩一脸懵懂，"干吗？"

"我想租，你帮姐问问，回头姐请你吃饭。"大脸晶说着掏出便笺纸写下电话递给男孩。

"你干吗要去学校租床铺？"庄炎睁大眼睛问。

"没找到工作前，先找个可以安心把自己放平的地方住。"大脸晶说着从庄炎手里接过传单。

"干吗不回家？"

"我爸妈不知道我辞职回来了，我找好工作再回去，省得他们唠叨。"

"晕！"

"对了，你们上学时画过人体没？我们设计班一次都没画过，整天就见油画班拉着个金属灰的厚窗帘，据说是在画人体。"

"哪是据说啊，根本就是，我们那油画班也那样。"庄炎想到大学时仅有一次的人体写生课。

据老师说那是他费了相当的口舌，才说通院长给平面设计班开一次人体写生课，那天外面还飘着细小的雪粒，庄炎他们都穿着厚厚的羽绒服，教室内放着暖气，还从油画班借了两个电暖气。

同学们围了一圈，支着画架，满是兴奋和新奇，人体画见了不少，但从来没画过。

庄炎他们班找的人体模特是个丰满的女人，好像很不敬业，在同学们都准备好了，拿着画笔、蓄势待发的时候，她才穿着玫红色的羽绒服慢悠悠地进教室。庄炎他们的目光都齐刷刷地集中在她脸上，好像在看一件稀罕物。

她一点都不在意，把羽绒服脱了，穿着丝质的睡衣慢悠悠走到中间，在老师的指挥下在凳子上坐下摆好姿势。

这个女人，有的同学见过，据说是下面一小区开小卖部的老板娘，是个寡妇，兼职还做些男人的生意。

庄炎他们都激动地拿起画笔，准备落笔，有的拿着铅笔比画着角度。

谁知那女人哗啦一下，把丝质的睡衣一脱，随手扔到了旁边的凳子上。

当时，大家都愣了，这女人睡衣下什么都没穿，雪白略显臃肿的皮肤呈现在这么多年轻的学生面前，让所有人都有些懵。庄炎当时就愣了一下，猛地倒吸了口气。别想歪，庄炎他们只是没想到。

空箜凑在庄炎耳边小声说："妈呀，吓死我了，这女人真豪放，我以为她就穿着睡衣我们就该画了，谁知道脱光了。"

"人体都这样。"庄炎装出一副镇定的样子。

"我们班男生是不是赚了，估计眼珠子都快掉下来了。"空箜边说边扫描了一下班里的男性学生。

老师很镇定，见多识广："这算什么，这是艺术，你看书上画的女人体，有穿衣服的吗？"

庄炎他们听着老师用很平缓的语气给大家又简略地讲了一遍人体素描的注意事项。

大家便很快进入了角色，在纸上开始打大的轮廓，不时地举起笔，目测一下外形的轮廓线。

中间休息的时候，女人套上丝质睡衣，走到老师面前说："老师，我能抽根烟吗？"

"外面抽去！"老师的语气很生硬，显然他很讨厌这个女人。

女人就转身去包里掏烟。

"穿好衣服，再出去！"老师又在后面厉声喊道。

女人像老师预料的那样，相当不敬业，就画了半天，这个模特就没了踪影。大概真的觉得没男人的钱好赚。

庄炎接着重新给大脸晶讲了后面的事。

"你不知道，后来，我们班一个被大家称作兔子的女孩，自荐说她能给大家找模特，果然速度很快，找来一男的，和我们年龄相仿，据说是她男人。"庄炎低头拿着可乐喝了一口。

"快点，快点，她男人帅不，这下你们饱眼福了吧？"大脸晶一脸兴奋。

"这叫艺术，思想纯洁点好不好。"庄炎冲大脸晶努努嘴继续讲道，"画男模特是要穿三角内裤的，我当时觉得很不公平，凭啥女人就得全裸，男人就不用？我觉得不平等，但很快我就想明白了，男女的生理构造不同。那天那个男孩穿的平角的，结果在老师的指挥下自己动手撕成了极不规则的三角形。"

"怎么样？那男人的身材帅不？"大脸晶奋力地伸着她那张大脸。

"帅什么啊，我们快郁闷致死了，肥嘟嘟的，满身都是白花花的肉，找不到一点骨感和结构，屁股后面撕得不成形的内裤，还飘着一缕，让人觉得反胃，我们宿舍的空签当时回到宿舍奋力地捶着床，她说她以后对男人再也没兴趣了，她说她那个角度，刚好侧面，还能清楚地看到男人下部跑出来的几根毛，忒恶心。简悦更惨，直接就在背面，肉感的背部和臀部在她面前晃的，她都想吐。"庄炎讲得绘声绘色。

大脸晶在旁边狂笑不已。

"我们当时还有一个问题特想不通，我们班那个兔子，怎么就能想起把她男朋友拉来呢，帅点吧，拉出来显摆显摆也行，就这样，还敢，真想不通，强人就是强人。"

庄炎一副无奈的表情摇了摇头："后来我觉得吧，兔子是故意整那男人的，因为没多久兔子就把那男人踹了，换了一个研究生，是她爸妈给她请的家教。"

"真是的，说这干吗呢，没意思的，说点正事，你给我分析分析我的工作还有希望不？"庄炎突然跳转了话题。

"什么工作呀，先说这个，人体写生这个。"

"没了。"

"这就没了，我不，我还要听。"大脸晶一副要赖的样子，"你再讲点，我晚上再好好给你分析这个工作的事。"

"其实，真没了。再说一点，就是后来我们画半身像的时候，一个收废品的老头来当的模特，画完，他跟我们老师说，老师，你们还画人体不？画了，我来给你们当模特。我们当时差点吐血，老头刚走出去，我们立马纷纷表示，他要是来当人体模特，我们就请假，集体请假。"

"哈哈，看，你们思想不纯洁了不是，那是艺术，不分男女老幼的，老人体也是艺术。"大脸晶张着大嘴狂笑不止。

"你晚上去我家住吧。"庄炎看着笑得快岔气的大脸晶说。

"我不去，脸皮薄，怕见家长。"大脸晶在笑声中断断续续地说。

"去，少装！你还答应给我分析工作的事呢，一会就变卦。"庄炎假装生气嘟起嘴。

"真的，真的，我一去你家，你爸妈万一哪天碰到我爸妈，不就暴露了嘛。"

"那你今晚住哪？"庄炎问。

"墨墨那里，我给她打过电话了。"大脸晶说。

"我也要去，你俩休想抛弃我。"庄炎咧开嘴笑道，"这下有两个人帮我分析工作这个事情了，三个臭皮匠抵过一个诸葛亮，今晚我们就给工作画张裸体素描，非要看清楚它的结构不行。"

38

庄炎坐在客厅的沙发上，抱着头哭笑不得。庄母却说得兴致勃勃。

"我觉得还行，是公务员，正式的。"庄母说着从包里掏出一张纸，展开，递给庄炎，你看看，我都给你问清楚了。

庄炎是被庄母叫回来的，她和水墨墨、大脸晶，在易初莲花超市买了一大包零食，正往回走，电话就响了，庄炎正准备利用上次的战术请假，不料庄母在电话里急匆匆地说："你在哪呢？快回来！有重要的事！"

庄炎还没来得及应声，电话已经断了，庄炎把东西塞给大脸晶，乘出租车飞奔回家。一路上庄炎都在反复地推敲，重要的事，那一定是工作，莫非有了眉目，或者是彻底黄了？或者是家里出了别的极其紧急的事情，进小偷了，还是怎么了？庄炎的脑子里乱七八糟的东西涌动着，心里一紧一紧的。下了出租车，庄炎一路狂奔，直冲到家里。

庄炎一开门，屋里满是祥和的气氛，一丁点有事的迹象都没有，庄父不在家，庄母正开着DVD放着自己刚刚买回来的大众广场健身舞的光盘。

庄母看见庄炎进来，又跟着音乐甩了两下胳膊，停下来。庄母边按了暂停键，边说："我新买的碟，怎么样？吃完饭活动活动有助于身体健康。"

庄炎从冰箱拿出一罐杏仁露，边喝边在沙发上坐下来："出什么事了，妈。是不是工作有信了？"

"不是，是另外的一件大事！"庄母一脸神秘。

"工作，现在就是我的头等大事。"庄炎说着仰起脖子一口气把杏仁露喝完，然后抬手擦了一下嘴。

庄母指着纸上自己写的字说："你看看！公务员！多稳定！"

庄炎托着腮帮子，眯着眼，一副困顿的模样："妈，我真服了你了，这也叫重要的事啊。"

"当然重要了，这可是我闺女的头等事。"庄母兴致勃勃，"你看年龄，26岁，符合吧，身高175厘米，不算太高，但马马虎虎，学历本科，也符合，听说人品也好，有事业心，有上进心。"庄母说着笑眯眯地抬起头看着远方。

庄炎也抬头望向窗外，外面，掺杂着各种灯光的透明黑幕，有些轻飘，没有纯黑色的那种稳重与肃穆。

庄炎突然看到外面有两只手，一只手举着牌子，一只手轻轻地一勾，庄炎就"噌"的一声冲了过去。庄炎撞在了玻璃上，"啪"的一声，摔到地上，庄炎想象着自己在地上站起来，揉着撞得变了形、生痛的脸说，真没出息，不就是个公务员嘛。

这个身高175厘米，太矮！庄炎想了想韩艺，182厘米。

公务员，稳定，但在事业上有大的突破很难，就像省长、国家主席，谁都想当，想归想，但99%的人还是在自己的岗位混一辈子，很难有光鲜的出头之日。

庄炎觉得庄母嘴里说出的公务员这三个字，具有很大的强制性，生命力也极其旺盛，或者说庄炎自己的想法不够坚定，总之不知不觉，就被这三个字腐蚀了，无意中这三个字就成了工作的代名词。

庄炎突然觉得自己不但可悲还可恨，庄炎瞄了瞄庄母塞给自己的那张纸，彻底崩溃了，还有张一寸的照片，显然是庄母贴上去的。

"妈，这咋整得跟简历似的，还有照片，旁边还有学历，毕业学校，年龄，生日……"

庄炎拿着那张纸晃动着说。

"是呀，你阿姨说的，我记下来了，然后要了张小照片，又给你整理了一下，我自己坐这看了很久，我替你把过关了，人一看就老实，没那么多花花肠子。"庄母在庄炎左边的沙发上坐下。

"人不可貌相。"庄炎说。

"什么呀，我看人可准了。"庄母端起杯子喝了口水，继续说，"这是你一个阿姨给你介绍的，说人不错，你毕业了，也该朝这方面考虑了……"

庄炎听着庄母的长篇大论，低着头不停地点头，身体和脑子都处在一种模糊的困顿状态。庄炎只想让这谈话快点结束，她不辩解，不提意见，她知道，她一张嘴，会激发庄母更加强烈的说话欲望。

不知道过了多久，庄炎在庄母的喊声中清醒过来，庄炎站起来，拿起那张贴着照片的纸说："我知道了，我考虑一下，明天再说，我困了，先睡了，妈咪，晚安啊。"庄炎不等庄母说话就飞快地跑进了房间，反锁上屋门。

庄炎走进屋里拨通大脸晶的电话："我快晕死了，我还以为工作有着落了，谁知道是人家给我介绍男朋友呢，崩溃，是个公务员。"

"公务员好啊，怎么样，帅不？"大脸晶笑道。

"拎出来让我俩看看。"水墨墨笑嘻嘻地凑近电话喊。

"照片，一寸的，长的武普通，看完，一转头就忘了，我看我妈是死了心，要把我跟公务员扯上关系，我的工作没信，她女儿当不了公务员，她就给自己找个公务员的女婿。"庄炎摇了摇头说。

"你的工作怎么了，出什么事了？"大脸晶关切地问。

"没啊，如果真的有事，那就是一直都这样，没事，没消息。这才是最要命的事，现在成了彻底的无期限，不知道什么时候才有消息，估计得等到我彻底疯掉那天。"庄炎说着靠在椅子上，长长地吐了口气："我可郁闷！"

"那你出来，给你治治。"大脸晶说。

"那你俩得来接我，我一个人太孤单。"庄炎嬉笑着。

"切！想让去接你就直说，还找个不成形的理由，有意思没？等着，我们到了，给你信号，你就飞奔下来。"大脸晶说。

庄炎对着电话使劲点头。

"怎么不说话？"大脸晶高分贝的喊声，震得庄炎眯着眼睛，连忙把电话拉离耳朵远一些，等里面安静下来，庄炎才对着电话喊道："知道了！"

第六章 荒芜了 轮回的时光

39

过了4320分钟后，事情出现了戏剧性的变化。

庄炎一下子忙碌起来，毫无色泽直线前进的日子，突然就鲜亮丰富起来。庄炎临出门的时候又把头探回去笑嘻嘻地问："妈，上次介绍那个公务员还见不？"

"回头再说，你这个丫头咋分不清轻重呢。"庄母放下手中的东西，"你这么早出去啊？"

庄母还没说完，庄炎就冲门缝里吐了吐舌头蹦蹦跳跳地下楼了，看来工作才是她生活的主旋律，庄炎抬头看了看外面金黄色的阳光，她知道一切都将开始了，她总算要从写着"零"的这个地界跳出去了。

庄炎拨通大脸晶的电话："快点起床！积极向上点好不好！"

"疯子，你个疯子，这才七点多点，服了你了，等着。"大脸晶喊着"啪"地挂了电话。

庄炎毫不在意，依旧笑嘻嘻地往前走。

庄炎走着就又想到了水墨墨，她觉得水墨墨应该有经验，就又给水墨墨发了个短信："下班，速联系！急事！"

庄炎走了没两步，又拨通了端木的电话："中午聚聚，有事，需要你的意见。"说完不等端木回答就"啪"地挂了电话。

庄炎咧开嘴露出满嘴洁白的牙齿，她突然觉得这个世界可爱起来，五彩斑斓，连脸上的汗珠都变得温润可爱，晶莹剔透的。

但前几天一切都还乱糟糟的。

庄炎拿着那张纸，就像工作这个恶毒的家伙跟她开的玩笑一样，工作龇着牙笑着说："看，我就在你看不见的地方，离你很近。你瞅瞅，我给你弄了个男人，也是公务员，我时时刻刻围绕在你周围，我就是不让你看见我，躲猫猫，对呀，我就喜欢这样。"

庄炎又念了念男孩照片旁边的三个字——公务员。那三个字就在庄炎的瞳孔里迅速地扩大又缩小，变成三维的立体框架，又突的支离破碎，庄炎晃了晃头，把那张纸撕得粉碎，扔进了垃圾桶。

大脸晶打电话来的时候，庄父和庄母已经睡了，庄炎蹑手蹑脚地溜了出去。

庄炎见到大脸晶和水墨墨，眼里的泪就大颗地滚落，水墨墨连忙帮庄炎擦泪："怎么了，乖，刚还好好的，出什么事了？"

"我的工作，肯定不成了，我爸妈现在都不提。"庄炎吸了吸鼻子说道。

"去，哭什么哭，看你那点出息，不成就不成了呗，大不了找别的，什么大不了的事。"大脸晶大声地说。

"我还真希望它不成呢，起码不会像现在，天天吊在那，没个结果。"庄炎冲着大脸晶叫道。

大脸晶正准备张嘴，被水墨墨一把拉住，水墨墨冲大脸晶使了个眼色。

"没结果，就再等等，好事多磨，放心吧，早晚的事。"水墨墨拉着庄炎的手柔声说。

"我就是想要个结果，无论结果是什么都行，我没事，就是今晚心情特别不好而已，对不起。”

“切，咱之间还说这个。心情不好啊，早说嘛，你俩等着。”大脸晶说着转身跑到一家24hrs（小时）shop（商店），要了三瓶啤酒。

庄炎和大脸晶、水墨墨在路边上坐下，大脸晶从包里掏出一盒柠檬味的DJ（女士香烟）。“棒棒糖！这哪是烟啊。”庄炎吸了一口喊道。

“果味的，心情不好的时候，吸这样的烟会觉得好点，柔柔的，淡淡的，像一点一点地燃烧着忧伤，带着某种颓废的美，你静下心来吸一口试试。”大脸晶说着弹了弹烟灰，“把糟糕的心情也变成灰色的粉末，丢掉。”

“真的？我也要！”水墨墨甜甜地喊道。

“对了，有人给我介绍对象来着，公务员。”庄炎做出一副轻描淡写的样子。

“公务员，可以啊，见见呗。”水墨墨抠着手指说。

“有照片没？来，我俩先给你把把关。”大脸晶边说边接过庄炎咬开的啤酒。

“有。”庄炎说。

大脸晶和水墨墨立刻凑上来。

“我撕了。”庄炎停顿了一下说。

“晕，白激动了，那你形容一下，说一下大致情况。”大脸晶拿起啤酒瓶吸了口烟，嘟着嘴吐出不成形的烟雾。

“模糊，不确定，虚无缥缈的，看的时候还记得，一转头就忘了，跟我的工作一样，好像有，在那；又好像没有，只是幻觉。”庄炎边说边摇着头，手慢慢地在空气中划动：“公务员，明明是我等待的工作，他干吗冒出来，还顶着那三个字，耀武扬威的样子。”

“傻了，这娃娃真傻了。”大脸晶叹道。

庄炎抱着啤酒瓶，突然大声哭起来，她是故意的。她就是想坐在马路边放声哭泣，像迷路的小女孩一样，哭得惊天动地，故意张大嘴巴来显示自己的孤单无助。父母所说的工作成了一道虚无缥缈的水晶屏障，被每个人都形容得闪闪发光，却不知道设在何处，庄炎急于找到它，哪怕事实上只是碎了一地的玻璃碴。不，不能是玻璃碴，最少得是一扇不错的玻璃门。有时候庄炎都怀疑自己有自虐倾向，好像自己把自己罩进了一个锈迹斑斑的大铁锅里，然后试图用手指抠出一个洞，来获得阳光，而这一切似乎都是工作的事闹的，如果可以早一点去上班，就会有很多新鲜的事物，一切就都会重新开始。

水墨墨、大脸晶的声音混杂着绕在庄炎耳边。

"想哭就哭吧，哭出来就会好受些，其实大家都不容易。"水墨墨说着眨了眨眼睛，眼圈就红了。

大脸晶仰起脖子一口气把啤酒灌完："你现在好多了，你都不知道我一个人在上海过得多郁闷，感觉自己像勤劳的蚂蚁，努力地寻找食物，搬运东西，结果一场大风，或者几滴雨就什么都没有了。"

庄炎觉得在这哭声中胸口浓稠沉闷的东西，得到了一丝释放。

"炎子，打住了，你再哭，我们陪你一块哭。"大脸晶说完，便张开嘴发出响亮的声音，随着那声音的延续，眼里的液体还真溢了满脸。

庄炎停下来，抢起胳膊擦了一下脸上的泪，抬头"啵"地打了个口哨："小妞们，来，给爷笑一个。"

庄炎舔了舔嘴角残余的咸涩的液体，又把嘴角上翘到了一个弧度，露出了一排牙齿，还发出一阵带着泪珠的潮气的笑。

"去！没意思的，我们刚入戏，正准备配合一下你，你却猛地跳出来了。"大脸晶吸了口气说。

"生命就像一条大河，时而宁静，时而疯狂，现实就像一把枷锁，把我捆住，无法挣脱，这谜样的生活锋利如刀，一次次将我弄成重伤，我知道我要的那种幸福，就在那片更高的天空……"水墨墨把双手合十，用诗一样的语言念道。

"歌是用来唱的，不是用来念的。"庄炎用手轻轻在水墨墨头上拍了一下，然后声嘶力竭地吼道，"我要飞得更高，飞得更高。狂风一样舞蹈，挣脱怀抱。我要飞得更高，飞得更高。翅膀卷起风暴，心生呼啸……"

庄炎闭着眼睛吼了两声停下来："我有个重要决定！"

大脸晶和水墨墨一起转过头来，盯着庄炎。

"我要打耳洞，六个！"庄炎伸手比画着。

"两个就够了，干吗打那么多？"水墨墨说。

"多了好！可以让更多的阳光穿透我！"庄炎说着想象着自己灰色的影子最上面有六个光斑，巨大得足以撑破影子的黑暗。

"你就一疯子。"大脸晶拿出口香糖，递给水墨墨一条，自己又抽出一条塞进嘴里："我知道哪有打耳洞的，明天我带你去。"

庄炎脸上的皮肉扭曲着傻笑，同时用力地点了点头。

庄炎回过神来捏了捏耳朵，黏糊糊的。她出门时去掉了耳钉，涂了红霉素软膏，她不需要了，不需要耳洞，不需要透光，她现在满脸满身都是光亮，公务员大概是不允许戴耳坠的，何况是六个。

庄炎站在大街上明晃晃的太阳底下，伸了个懒腰，大喊了一声，周围行人的目光刷地一下扫过来，庄炎冲他们咧开嘴自顾地笑笑，庄炎在心里呼喊："我就要上班了，你们知道不！"

40

庄炎见到了大脸晶，不由分说就抱住，啵地就亲了一口。

"你怎么可以这样，这是留给我老公的。"大脸晶揉着被太阳烤得通红的脸说。

"反正你现在也没有老公，闲着也是闲着。"庄炎笑嘻嘻地说。

"也是。"大脸晶点点头，"我还不是为了等你，和你步伐保持一致。"

"快走吧，今天任务艰巨，我要买衣服、鞋子、包，还要修理修理头上这堆乱糟糟的草。"庄炎说着就拉着大脸晶冲进西单商场。

"唉，你的工作，真的跑好了？什么时候的事？"大脸晶被庄炎拽着边往里跑边问。

"昨天晚上，我爸说的，让我准备准备，最多后天就定下来了。"庄炎扭过头一个劲地笑。

庄炎也觉得事情挺突然的，虽然是自己一直等待的，但依旧觉得像天上猛地掉下来的一块巨大馅饼，这馅饼可以吃，无毒无害，且味道鲜美，是在父母的努力下，人工操作掉下来的。这块巨大的馅饼就在庄炎前上方，后天它就会落到庄炎面前，准确无误。

庄炎忙乱地把柜子里所有的衣服都拽出来，呼呼啦啦地扔了一地。后天穿什么？庄炎把衣服拉来拉去却觉得哪件都不合适。直到母亲塞过800块钱让她明天去买身衣服时，庄炎才拍着脑袋恍然大悟，新的开始，自然要新的形象。庄炎笑嘻嘻蹦蹦跳跳地把钱塞进钱包，然后，把地上的衣服团成一团，抱起来，塞进柜子里，啪地关上了柜门，像是把自己对工作的期待，终日惶惶不安的心关了进去。

庄炎手忙脚乱地在卧室和客厅之间来回穿梭，像是有许多事等着忙碌，却又不知道如何着手一般，庄父和庄母脸上露出了久违的笑意，他们说："这孩子，高兴傻了。"

高兴！多好的状态呀！傻了我也愿意！庄炎想着转头跑进屋打开电脑，啪啪地在百度搜索栏里输入了上班第一天穿什么这几个字。

搜索出来的结果竟然有104万条。庄炎越发感慨，这是一个共性的问题，大家都在想都在讨论，只不过自己起步晚了些。简悦、秦宇晴、空篓她们早在毕业前几个月就已经深入对这个问题进行研究了。

古语云，人不可貌相；古语又云，人靠衣服马靠鞍。简悦说古人说话总是很矛盾。简悦进行了理性的比较之后，侧重于古人的第二条言论，于是就开始在宿舍强调职场第一印象的重要性。

简悦说："不管是上班，还是去应聘，你往那一站，人家先看什么啊？就看你的衣着打扮，这叫第一印象，你还没说话，人家把你上上下下这么一扫，是骡子是马就给你初步定论了。"

"管他是骡子是马呢，反正我们都是雌性动物。"庄炎说完，大家哄的一声笑了。

"工作会有的，面包会有的，什么都会有的。"庄炎嬉笑着就又穿上和韩艺一块买的军绿色背带短裤出门了。

那时候这个问题庄炎没注意到，她的精力都放在和韩艺你情我侬上面了。简悦她们也拉着庄炎去商场试衣服，试完后就去张掖路的小店或者地下商场买仿版的，不想出门的时候就在网上淘。庄炎也热衷买衣服，但买回来的依旧是"学生装"，酷酷的，带着不羁，一看就是美术系的风格。

庄炎觉得自己在这方面反应迟钝了，但迟钝也没什么不好，时间短，效率高啊，庄炎决定利用晚上查一下资料，明天实战，24小时内彻底搞定简悦她们讨论了几个月的问题。

"哦，噢。"庄炎对大脸晶的喊声没头没脑地应着。

"你听到我说话了没？"大脸晶极不满意地把脸扭向一旁，嘴噘得老高。

"没听明白，好了，不生气了，我昨晚查查上班穿什么衣服查了一晚上，今天有点走神，你再说一遍，保证不走神。"庄炎伸出一根手指笑嘻嘻地晃了晃。

"我也找到工作了，一家设计室，新开的，我就给他们传了几张在上海做的设计图，他们立马就同意用我了，都不用面试，叫我下周一去上班。"大脸晶眼睛眯得跟月牙一样。

"哈，太好了，看来咱还真是一根绳上的蚂蚱。"庄炎笑道。

"去，从今以后咱分道扬镳，你是事业单位工作人员，仅次于公务员，我是设计员，以后是设计师。"大脸晶比画着。

"耶！以后我们就是有工资一族了。"庄炎咧开嘴露出一排牙齿。

大脸晶拉着庄炎的手："今天是个好日子，来咱记录一下这个幸福的时刻。"

说着大脸晶掏出手机，拿到前面，对准庄炎和自己，"咔嚓"一声，庄炎夸张地嘟着嘴满脸笑意，大脸晶大张着嘴做狂笑状的面部特写就定格到了手机屏幕上。

庄炎接过手机看了看："构图不错，以后拍大头贴就找你了。"

"那是，我天天拿手机自拍来着。"

"自恋狂！"

"这叫自我欣赏，自我肯定，敢于面对真实的自我。"大脸晶皱了皱鼻子。

庄炎一把把臭美的大脸晶拽上了电梯。

庄炎从楼下到楼上，满腔热情地跑了两遍后，大脸晶忍无可忍地甩开了庄炎的手。

"你到底要买什么？"

"衣服、鞋子啊。"庄炎满脸无辜地笑。

"没你看上的吗？你这么跑来跑去，走马观花，什么时候能买到！"大脸晶说。

"不是，我觉得有点贵，你看一件T恤都二三百，要不我们还是去银基（批发零售为一体的中档市场）吧。"庄炎说着拉着大脸晶就往外走。

"去什么银基啊，你要去上班，得买身像样的衣服，我现在总结了，衣服要少买，要买得精，不能像我现在这样，满柜子衣服，每次出来都不知道穿什么。"大脸晶边说便拉着庄炎走向一楼西区，"我们先买鞋，我们还没挣那么多钱，当然不能太奢侈，商场里也是需要淘的。你看，这些新款的，都很贵，四五百，但这些去年的款，也有很多好看的，款式变来变去也都差不多，但这些打完折就二百多块钱，很划算。"大脸晶很老到的样子。

庄炎拼命在旁边点头，庄炎眼前一亮，突然松开大脸晶跑到前面的专柜，拿起一双炫紫色的运动鞋对大脸晶喊："快看，这双鞋太帅了，搞活动的，二百多。"

大脸晶一步跨过去，夺过庄炎手里的鞋子放回原位："你不会打算穿运动鞋、运动裤去上班吧？"

"噢，差点忘了，我要买高跟鞋来着。"庄炎说着和大脸晶走向Caerphilly（卡芙琳）专柜。

41

这是愉快、充实，又疲累无比的一天，像是积蓄了很久的精力和热情突然间爆发了，庄炎像彩色的陀螺一样，欢快地旋转。

在今天之前的很多很多天，庄炎都处在昏昏沉沉的状态，用她的话说就是脑子里满是糨糊，用手指搅搅，就更加黏稠了。庄母说庄炎目光呆滞，行动迟缓。

呆滞就呆滞，迟缓就迟缓，庄炎拿起电话，对着电话那头的人，大声宣布："我大概要加入老年痴呆症的行列了，我不停地想起某些东西，又不停地忘记。"

接着庄炎先对电话那头的人讲述了那个陌生的电话。

电话是在中午打进来的，庄炎正以一种极不淑女的姿势平摊在床上呼呼大睡。处在振动状态的手机在庄炎脚边嗡嗡地振动了一阵后，绝望地安静下来。

庄炎一脚把手机踢到地上，随着啪的一声响，庄炎才从说不清是美梦还是梦魇中醒过来。

庄炎又眯了十分钟，确定无法继续入睡后，懒洋洋地坐起来，揉着眼睛拾起地上的手机把电池重新装好，按了下开机键，手机打了个嗝，就恢复了正常的工作状态。庄炎拿着手机翻弄着，在感叹它生命力顽强的时候，发现了那个电话号码。

庄炎打开电脑查了一下区号，觉得应该是秦宇晴打来的，就回了过去。接电话的是带着浓重的西北口音的妇女，不是秦宇晴的妈妈，秦宇晴的妈妈常年处在精神恍惚状态，不可能这么清晰地告诉庄炎："对不起，秦宇晴是谁，我不认识。对了，你找她有事? 你打她手机吧。"

庄炎挂了电话一边感叹西北大婶的热情，一边苦笑："我要能打通她的手机，会拨这个莫名其妙的号码?"

庄炎对许久以前自己梦中，秦宇晴披头散发、满脸泪痕的样子依旧心有余悸。每次想起庄炎就拍着自己的胸口说："没事的，没事的，都工作了、挣钱了，这些东西惹的祸，大不了秦宇晴像我一样郁闷，但不会是一天24小时，她有具体的目标，出去找工作，可我只能被动地等，终日坐在这。"

接着庄炎就想起用各种办法和秦宇晴取得联系，但常常还没实施就忘却了；可能是一场对工作毫无意义的讨论；可能是沉浸在博客里，为毫无头绪的等待烦闷，却终究敲不出一个字；也可能仅仅是因为一只苍蝇或者蚊子的加入，就让她忘却了先前的事。

庄炎讲完，对着电话说："你最近和秦宇晴联系了吗? 我老担心这丫头出了什么事，这么长时间了，手机就没开过。"

电话那头打了个哈欠，懒洋洋地说："秦宇晴是谁啊?"

"你怎么是男的?"庄炎听到对方的回应惊讶地问。

"废话，我本来就是男的!"

"你谁啊?"庄炎对着电话问。

"你怎么了炎子，我是端木啊。"

"端木，怎么是你，疯了，我说我要得老年痴呆了吧，我不是打给你的，我是打给简悦的。"庄炎说着挂了电话，又拨通简悦的电话，把秦宇晴的事说了一遍。

简悦慌慌忙忙地告诉庄炎，她是一个小时前接到秦宇晴的电话的，那丫头在电话那头什么都不说，最后就开始哭，哭了一会又笑，说是想大家了。末了简悦补充了一句："那丫头，真让人担心，我总觉得有什么事要发生，或者是已经发生了什么事。"简悦的声音黯淡下去，她翻出手机把号码给庄炎念了一遍，同一个号码，简悦自言自语道："我打的时候占线，可能你正在打，原来是公用电话，那怎么办呢？"

"没事，你别担心，应该没事的，她可能是遇到了什么苦恼的事，或者那根本不是她，是她妈妈也说不定。"庄炎在简悦的疑问中说，"她妈妈有神经病，不定什么时候就犯了，她和她妈妈声音很像，可能是她妈妈拿了她的电话本也说不定。"

庄炎挂了电话，长长地吐了口气，拨秦宇晴的手机，依旧是关机，庄炎挠着头想："难道这丫头真的出事了！不会是病情加重了吧。"庄炎想到这又飞快地摇摇头："不会的，不会的，我又瞎想，大家都好好的，怎么会呢。"

庄炎把思绪又扯回到工作上，这件事像是原点，无论庄炎的思绪绕多大圈，一停下来就停到工作这个问题上。这让庄炎觉得无比抓狂，怎么就这么复杂呢，庄炎想不明白。她只能下意识把思绪扯开，去寻找一些彩色的、明亮的记忆。

庄炎想起大三上包装课的时候，除了要做商品的盒子、手提袋之类的东西外，每个人还得用石膏做出几个瓶子的模型。

庄炎和简悦、秦宇晴还有班里的几个男生女生，凑到一起买了半袋大白粉做原料，大家把收集来的各式各样的瓶子，玻璃的、塑料的都拿出来摆在南边教室外的水泥地上，然后由女生提水，男生调制大白粉。

几次失败之后，终于调到了合适的比例。大家把调好的大白粉灌进瓶子里，等石膏凝固后，就拿美工刀小心翼翼地把外面的塑料瓶划开，剥下来。玻璃的瓶子就拿小块的石头一点一点地敲碎，然后再用细纱布，把石膏模型磨得光滑无比，接着大家就在上面雕雕刻刻开始塑形。

依旧是一个下午，大家正嘻嘻闹闹地做模型，庄炎灵感突发，建议大家做个手模当作纪念。

于是大家就开始着手，庄炎是第一个实验者，"贝多芬"先把高浓度的大白粉拍在地上，堆出一定的厚度，然后庄炎把手压进去，"贝多芬"再把调好的大白粉铺一层在庄炎的手上。等石膏基本上凝固的时候，庄炎把手抽出来，本来是想先做模具，再灌石膏做模型的，但庄炎一抽手，上面的石膏就裂了，这一点都不影响大家对做手模高涨的热情。

庄炎嬉笑着把红红的手，按进旁边的水桶里："烧死了，再晚会，估计我就坚持不住了。"

"没事吧，手不会烧坏吧？"秦宇晴她们关切地凑过来。

"哪会啊，就是有点热。"庄炎猛地从水桶里抽出双手，洒了秦宇晴她们一脸水花。

大家嬉闹着，把刚做的手模上面的碎石膏抹掉，然后按凹下去的形状把模型刻下来，手的形状，纹路都清晰可鉴，庄炎抱着自己的手模对抢着观看的同学不停地喊："慢点，慢点，别弄掉了，这是我的'手'"。

接着便兴起了做手模的热潮，一周后美术系平面班的同学几乎都捧着一个，每个人都笑嘻嘻地说："看，这是我的手。"

手纹、手型，在易经八卦里可是人命运的密码，当然，庄炎她们没想这些，她们只是喜欢印下的手上那种天然却又独一无二的纹路。

但现在想来，也不是没有道理，三百多万的毕业生都在为了共同的几个问题奋斗、烦恼，但细看下来，却各有各的路子，各有各的方式。

庄炎把思绪从学校里扯回来，就又掉到了工作上，庄炎用手指敲着桌子喊道："我没有路，也没有方式，我只能等，等工作，等未来。"

庄炎"啪"地在桌子上拍了一下站起来，她突然觉得自己可悲至极，只能等，或者说是她选择了等待，不管是无意识，还是蓄意。

42

庄炎和大脸晶逛了整整一个上午，庄炎就买了双小跟凉鞋，白色的。庄炎伸着脚左看右看，脚趾头在里面转来转去，怎么都觉得别扭：

"晶，我怎么都觉得这双鞋没那双平底的牛皮色的好看，这不像我的风格。"

"照你的风格发展下去，你下步都可以进幼儿园了。"大脸晶打着呵欠一副筋疲力尽的样子。

"真的，我真的那么青春？"庄炎笑着跳起来，结果滑了一个趔趄。

"稳住，稳住，别去单位了也这么蹦蹦跳跳、活力无限的。"大脸晶连忙伸手挽住庄炎。

"有活力不好吗？难道要整天死气沉沉的。"庄炎笑道。

"服了你了，你要外表稳重，内心怎么蹦，怎么跳，随你。"大脸晶翻了翻眼做出一副无奈的样子。

"就这鞋，我不稳重都不行，我可不想躺下量地。"庄炎正说着话电话响了，是水墨墨，二十分钟之后她们在二七广场附近的王三米皮店坐下。

"我想吃火锅！"大脸晶喊道。

"先吃凉皮吧。"庄炎看了看表，"还有很多东西要买呢，时间紧任务重。"

大脸晶耸了耸肩，扑哧一声笑了："怎么觉得你上个班，跟打仗一样。"

"我等了这么久就等这一天了，端木这家伙真不够义气，竟然临时出差了。"庄炎边说边站起来买了三瓶酸奶回来。

"恭喜你啊，终于'休'成正果了，不用整天郁闷了。"水墨墨笑道。

"那是，那是，我好不容易才等到这一天，我容易嘛我。"庄炎说着，低头看了看脚上的白色凉鞋嘿嘿地傻笑起来。

"美吧？"大脸晶冲庄炎抛了个媚眼。

"美！"

"甜吧？"

"甜！"庄炎一个劲地点头，庄炎停下来又伸手摸摸脚踝，"就是这鞋子……"

"鞋子挺好的呀，怎么了？"水墨墨低头朝庄炎的脚看去。

"太高了！走着不习惯，脚疼。"庄炎说着伸手揉了揉脚脖。

"这还高，也就三厘米，再低就没了。"大脸晶笑道，"我们挑了一上午，从这么高最后降到这么高，最后就挑了这双不是高跟鞋的高跟鞋了。"

大脸晶正说着声音没了，一眨眼的工夫人也没影了，庄炎正准备张口骂这丫头又犯神经了，没想另一个声音响起了。

"庄炎，在这吃饭呢。"

"啊，啊，是啊。"庄炎抬头一看猛地愣住了，大脸晶的母亲大人笑眯眯地站在庄炎背后。

"你和谁一块吃饭呢？"说着大脸晶的母亲四下张望了一通。

"同，同学。"庄炎笑眯眯地指指水墨墨。

"你最近见我们家晶晶了没，我怎么老觉得这丫头最近不对劲呢。"

"没，没见，她不是在上海嘛。"庄炎挠了挠头笑道。

大脸晶的母亲走出去二十分钟以后，大脸晶才探头探脑地回来。

"吓死我了，幸亏我溜得快。"大脸晶拍着胸口说，"太危险了，差点被我妈抓到。"

"可不是嘛，太突然了。"庄炎也拍着胸口，"你工作不是找好了吗，该回去了。"

"过一段时间再说。"大脸晶转过身来指着庄炎说，"你可不能出卖我啊。"

"我知道你不会的。"大脸晶还没等庄炎说话，就一把拽起庄炎，"走吧，买衣服去，速战速决。"

"哎哟！"庄炎喊叫着，又一个趔趄，大脸晶和水墨墨只好冲上去架住庄炎的胳膊。

"你慢点！走走，习惯了就好。"水墨墨说。

"要不，咱换双高跟的，明天墨墨我俩就这么搀着你去上班，多拽啊，跟慈禧太后一样。"大脸晶笑道。

"才不呢，她是老太太，我还小女孩。"庄炎说着快速地眨了几下眼睛，妩媚地一笑。

"去，臭美吧。"大脸晶和水墨墨松开庄炎笑着大步朝门外走去。

"等等我。"庄炎小心地移着碎步追去。

庄炎和大脸晶、水墨墨又转了整个下午，到晚上21：00，才拖着疲累的身子推开屋门，上午的兴奋和愉悦好像突然被掺进去了什么东西，庄炎突然又恍惚起来，觉得那种幸福有些缥缈和不确定。

庄炎在商场里，一件件地试衣服，从T恤、小衬衫，到连衣裙，庄炎觉得镜子中的人越来越不像自己，好像她和大脸晶、水墨墨一块很努力很投入地把她打扮成另一人，虽然那个人也叫庄炎。

庄炎觉得自己的感伤毫无缘由，每个人都要向前走，每个人都要成长。庄炎抬起头吸了口气，绽放满脸的笑意。

庄炎推开门，庄母正坐在沙发上看电视。

"妈，我回来了。"庄炎笑着喊道。

庄母连忙站起来接过庄炎手里大包小包的东西："这么晚，累了吧，快，冰箱里有西瓜。"

庄母边说着边把衣服一件一件抖开："不错，不错，我还担心呢，害怕你又买一堆大T恤，娃娃衫类的东西回来。"

庄炎抱着茶几上的杯子，咕咕咚咚一口气把水倒进肚子里，然后从冰箱里拿出一块西瓜，狼吞虎咽地塞进嘴里，庄炎摊开四肢靠在沙发上。

庄母拿着衣服左看右看满是欢喜："快穿上，让妈看看。"

"哎呀，妈，不穿了，累的。对了，我爸呢，什么时候回来？我是明天一早去呢，还是什么时候去？"庄炎问道。

"你爸呀，又不知道晕哪去了，你说女儿这么大的事他都不操心。"庄母说着拨通庄父的电话，"你哪去了，怎么还不回来？你女儿等着你说工作的事呢。"庄母说完"啪"地挂了电话。

庄父是半个小时后回来的，说是和一个重要的客户吃饭，谈生意。

"明天我什么时候去？"庄炎又把刚才的问题重复了一遍。

"他说等他的电话，你做好准备就行，在家等我电话。"庄父点了支烟。

"去什么单位？什么部门呢？"庄炎接着问。

"还不清楚，明天就知道了，你今晚好好睡一觉，明天估计还得办手续，很多事呢。"庄父弹了弹烟灰说。

庄炎点着头，转身回了卧室。

43

手机是晚上23：30响的，庄炎正穿着白天买的米白色蕾丝开衫和浅绿色的吊带在卧室站也不是坐也不是，好像猛地套上了盔甲，整个人都绷得紧紧的。

庄炎是22：00多上床睡觉的，谁知本来困顿的神经一沾床反而精神起来。她索性从床上跳下来，把袋子里的衣服翻出来套到身上。庄炎套上衣服就开始笑，笑着在电脑前规规整整地坐下，她想从明天起她就要在一间办公室里，规整地坐在电脑前，虽然她也不知道坐在电脑前干什么，但就是觉得起码得有电脑，有网络，否则就像世界被砍去了大半，变得无趣了许多。

庄炎打开博客，觉得应该给博客换个名字，不知道事业单位的人玩博客不，万一玩，进来一看，这名字，就太酷了，庄炎害怕那些人接受不了。但转念一想，这与他们也没什么关系，总不能因为上班，庄炎就不是庄炎了吧？

庄炎把衣服脱下，套上宽大的T恤衫，顿时觉得舒服了很多，于是便盘着腿坐在椅子上开始写博文，这么重要的一天，当然要记录下来：

愉快充实的一天。（累是必须的，累我也愿意）。

大脸晶辛苦了，陪我转了一天，回头我请她和水墨墨吃火锅，要一大桌子菜，让她们吃得肚子圆鼓鼓的，嫁不出去，这辈子都陪着我。嘿嘿。

衣服穿上好像很周正，都不像我了，好像一个壳子猛地卡在了身上，不过墨墨说，很快我就会适应的。

看来上班真不是件容易的事！

其实我常常想起我梦想中的设计室，聪明绝顶的女人和长发飘飘的男人，还有那些一流的设计图稿。每每想起这些，我就为现在的状态和处境脸红，大家都说现在的才是现实，我便索性往前走，不去想那么多了。

新的生活开始了，"以前"会越来越远，之前的东西只属于之前……

庄炎正敲着字，手机响了，是空签那种惯有的笑声，无拘无束。

"妞，我要结婚了！"空签笑着说。

"结婚？！"庄炎把嘴张成O形。

庄炎想过结婚，和韩艺。但随着火车开启，这个词离庄炎越来越远了，好像在她生命很远很远的地方，现在没必要记起，也没必要提起。

"是呀，我们刚刚决定的。"空签依旧笑嘻嘻的。

"大伟说的？"庄炎问。

"不是，我刚想出来的。大伟服从我的指令，敢不服从，我灭了他。"

"那是，你一向都很强悍，可是才刚毕业，我们都没稳定住，你想好了？"庄炎小心翼翼地问。

庄炎觉得心里有说不清的滋味，孩子、婚姻，这么快就跟空签扯上了关系，庄炎觉得特别不可思议。

"想好了，我们刚好利用这件事改善一下生活，你想啊，要结婚双方家长肯定都得给钱啊，给彩礼啊，这样我们就可以在北京租个小点的房子，不用整天窝在地下室里和蟑螂打交道了。"空箜笑嘻嘻的满是憧憬。

"那孩子呢，养一个孩子很花钱的，你和大伟还都要上班。"庄炎不解地挠了挠耳朵。

"没事，扔给我妈，他们老两口正在家无聊呢，给他们个孩子养着，多好玩啊，会哭会笑的，长大了还会说话，比养小猫小狗好玩多了。"空箜依旧张着嘴笑得没心没肺。

庄炎想说，让空箜再考虑考虑，但终究没说出口，感觉阻止别人结婚，就像阻止别人幸福似的，庄炎生怕自己的这句话是出于嫉妒。

只要两个人在一起就什么都会有的，什么都不怕，如果是她和韩艺，她也不会在乎，不在乎房子，不在乎吃苦，只需要有韩艺。

现在也依然会有，就像她的工作，那么虚无缥缈的事，一下子不就落到实处了嘛，但似乎正是她期盼的工作，要彻底断绝她和韩艺未来的一切幻想。

他们将在不同的城市，走完各自的人生轨迹。庄炎是这么想的，她要找个工作好、有房、有车的男朋友，她就是要让韩艺看看，她没有他，生活依旧五彩斑斓。

庄炎回过神来，却听见空箜在电话里哭了。

"我很聪明吧，能想出这种办法。可我真的不知道怎么办，我要是有份收入不错的工作就好了，我们就不会活得这么辛苦，我和大伟每天都在为生活挣扎。他每次回来都是一肚子的委屈，我们互相埋怨，好像都不够关心了解对方。我们常常争吵，有时候只为一顿饭，我害怕，真的害怕，我怕失去大伟。我们有了孩子，我们结婚，我们用父母给的结婚的钱租房子，可能一切就会好点，难关就会过去。真的，我们的爱，被一种魔力巨大的东西，考验着，侵袭着。"

庄炎也不记得自己说了什么，总之说了很多安慰空篁的话，但每句听起来都像在安慰自己。

挂了电话，庄炎依旧坐在电脑前喋喋不休地自言自语：

炎子，你知足吧，你看看你多幸福，有父母围着你，有大脸晶和水墨墨还有端木。明天就会有一份别人美慕的工作，你什么都不愁，你老了还有退休金。不像空篁他们什么都没有，就有个孩子。你以后再找个有房有车的公务员，你还想要什么，你看看菌迷失的日志，他不是上班了嘛，设计公司，可他快乐吗？他整天都在加班，整天都在喊累，整天都在说没有休息日，整天都在说那么少的工资，他跟机械牛一样整日忙碌。他什么都没有，是的，他应该什么都没有。可是炎子，你有啊，起码你马上就要有一份正式的工作，那是一份保障，知道吗……

庄炎说着说着便泪流满面。

钟声响了十二下，庄炎才猛地惊醒，她伸手抹了把脸上的泪，笑了笑："你傻啊，哭什么哭，应该高兴啊，明天就是一个新的开始。"

庄炎想着吸了吸鼻子，挤出一丝笑容。去洗手间洗了把脸，回来关了灯躺在床上。她突然想起一个问题，庄炎拿起电话拨通水墨墨的号码："你说明天我去单位了，见同事叫什么？叫老师吗？"

……

44

庄炎穿得整整齐齐，直着身子坐在沙发上，手里紧攥着手机，心不在焉地看着电视屏幕上一个人在表演魔术，银色的金属环，你明明看着它们连在一起的时候却是各自单独的，等你确定它们单独存在的时候，却又哗地连在了一起。

庄炎站起来伸了个懒腰，看了看表，9：32。庄炎是早上6：00起来的，她洗漱完，按照大脸晶教她的方法涂了点粉底液和眼影，然后扎了个马尾辫，换上衣服，精精神神地等待着跨越性的时刻。

庄父临出门的时候还对她这番装扮大加赞扬了一番，然后说他一会就去找××，让庄炎等他电话。

庄炎坐在沙发上，一会儿看看，一会儿跑到洗手间照照自己的衣服是否得体。

一个小时，两个小时，三个小时，庄炎手里渗出一层细密的汗珠，电话依旧纹丝不动。庄炎刚想站起来，手机就一阵振动，庄炎连忙抓起手机，按下通话键，却是一声短信的铃音，庄炎拿下电话看着那则广告扮了个鬼脸。

大脸晶打电话来的时候是下午14：00，庄炎正歪在沙发上一次次挣扎着从困顿中醒来，分分秒秒的时间就跟细小的针，缓慢地刺进庄炎的皮肤，刺刺痒痒的。

庄炎正处在昏昏沉沉的状态，手机嘹亮地响起，庄炎猛地跳起来，按通电话："喂，怎么说了？"

"什么怎么说了？我打电话问问你上班的情况，怎么样，还可以吧？"大脸晶笑嘻嘻的。

"唉，回头再给你说吧，我这会在等电话啊。"庄炎没等大脸晶说话就按断了，她想："万一爸爸打电话占线，打不进来，岂不耽误事。"

又一个小时过去了，依旧没有任何动静，庄炎拨通庄父的电话。庄父抛下了一句："手机没电了，回头再说。"便挂掉了。

"没事的，没事的，爸爸换了电池很快会和我联系的。"庄炎拍着胸口把沸腾起来的焦躁按下去。

庄炎搬出颜料、画笔，又看了看墙上那枝枝蔓蔓的绿，庄炎觉得该开花了，该结果了。

于是庄炎又搬来凳子站到上面，让红色、橘色、粉色、紫色等妖娆地在墙上绽放。

"我的世界将是五彩斑斓的。"庄炎喃喃地念叨着。

庄炎看着屋里物体的影子在太阳的照耀下慢慢偏移，直到成了模糊的一片，屋子里的东西都变得陌生而冷漠。

庄炎从凳子上下来一屁股跌坐在地上，心里黑色石头样的东西成倍地增长，满满胀胀。用线条勾勒的花朵，时而发霉般的污浊，时而单薄得鲜亮，时而怪异地伸展，似乎要把庄炎连同她的整个世界都吞进去。

电话又响起，是简悦的声音："喂，空莹那个丫头疯了，她连自己都养不活，却要生孩子！脑子彻底浸水了！"

庄炎张着嘴，听着简悦在那边喊叫，木木地应着。

此刻庄炎所有的希望都随着太阳的下落，下坠了。天黑了，就那么黑了，没有电话，什么都没说。

庄炎扯掉衣服扔在地上，抓起睡裙走进洗手间，从里面扣上门，打开水龙头冲了一池子水，然后挤了半瓶的沐浴露把自己扔进去。

庄炎瞪着眼睛，大颗的泪掉进浴缸白色的泡沫里，外面的火车轰隆隆地驶过，隔壁的电视机叽叽喳喳地响个不停，冗繁絮叨的广告，高分贝的民族歌曲，还有母亲的呵斥，孩子顽皮的嬉笑。

庄炎苦笑了一声，一切都在继续，只有自己的世界成了断裂、停滞的碎片。

庄炎嘟起嘴吹着口哨，把泡沫抓起来放在自己的胳膊上。

庄炎含着泪在浴缸里迷迷糊糊睡着的时候，传来了敲门声："炎子，你在里面吗？炎子。"

45

庄炎穿着灰白的牛仔短裤，橘色T恤衫出现在水墨墨面前时，水墨墨正弓着腰，使劲清洗一个古老的东西，看起来面目全非。庄炎站在旁边疑惑地伸长脑袋："墨墨，你洗什么呢？"

水墨墨把东西从水里捞出来，让庄炎拿着，"哗啦"一声把带着半盆子黄土的水倒进水池，然后转身猛地抱住庄炎："啊！我郁闷呢！我洗我受伤的心呢。"

"why？"庄炎举着那个湿漉漉滴着泥水的东西问。

"你等会，我让你看看'庐山真面目'。"水墨墨接过庄炎手里的东西放进盆子里，然后又拧开水管，"对了，你一大早拎个包，准备干吗呢？"

"离家出走！"庄炎嘟着嘴说道。

"啊！你准备去哪？别犯神经啊，没事的。"水墨墨猛地回过头来，张大嘴巴问。

"出走到你这。"庄炎笑嘻嘻地咧开嘴。

"噢，吓死我了。"水墨墨吐了口气，边继续清洗东西边问道，"你来之前，怎么也不给我打个电话，万一我不在家怎么办？"

"我手机坏了。今天周末，你上午肯定在。"庄炎用食指点了点水墨墨正在清洗的那个硬邦邦的东西，"不过，没想到你起得这么早。"

庄炎昨晚躺在浴池里，迷迷糊糊就睡着了，她是被一阵巨大的敲门声惊醒的，庄炎听到爸爸妈妈焦急的声音。

庄炎睁开眼睛，水溢得满地都是，庄炎腾地一下从浴缸里跳出来，把水关了，拿浴巾裹在身上，然后拉开门直奔卧室。

庄母边拿拖布边喊："死丫头，干吗呢？弄得满地都是水，快换衣服出来拖地。"

庄炎"砰"的一声关上卧室门，靠在门上。

电话——我爱你，永远……

庄炎突然记起手机响过，谁说了这句话，是的，庄炎把手机举到面前，手机扑扑嗒嗒地往地上坠着水珠，庄炎愣愣地张着嘴，她和手机一起洗泡沫浴了。

"真是肉麻，爱，爱情是什么，就是一个巨大的问号，没有结局的结局。"庄炎抬头看着天花板，"我的工作呢，面包呢，未来呢，也和我一起泡水了吗？"

"炎子，炎子。"庄父敲着门喊道。

庄炎应了一声，就没了声音。

"炎子，我今天手机没电了，一忙起来忘记给你电话了，你那个伯伯本来说今天带你过去呢。可谁知临时有点急事，通知去开会了，估计两三天就回来，你这两天再好好准备准备。"庄父一口气说完，见里面仍没有动静，就又抬手敲门。

"知道了，我困了，睡了。"庄炎冲门外喊道。

"炎子！你个死丫头！就你知道困，你看你把屋里弄的！"庄母大声喊着。

庄炎靠着门捂着耳朵，使劲地闭着眼睛。

庄炎决定离家出走。

庄炎回过神来，水墨墨已经把那东西洗得初见成色了，深深浅浅的绿，是八仙过海。

"你哪弄的古董？"庄炎瞪大眼睛问，"你傍大款了？"

"去死！我才没那个兴趣。"水墨墨把东西拿毛巾擦干放在桌子上，猛地转身过来抱着庄炎，"我要报警，我被骗了，我在火车站的广场上，见有人卖这东西，说是家传的。当时，人很多，大家都说是好东西，争着要买，我就挤了进去，我看着挺古老的，我就寻思，我买了转手一卖，不就解决我目前的'经济危机'了。"

"然后，你就买了。"庄炎问。

"嗯啊。"水墨墨皱着脸一副欲哭还笑的样子。

"这是玉吗？"庄炎摸着翠绿的雕塑问。

"肯定不是，你不知道，我一进办公室，他们整个笑翻了，一帮人坐在凳子上对我狂笑，上气不接下气的。"水墨墨边说边抠着那雕塑。

"你检验，说不定是真的！"庄炎说，"拿个打火机烧烧看。"

"我没。"

"我有。"说着庄炎从包里掏出打火机，开始烤。

"我当时还觉得自己特聪明，我把那人喊到一边，我说我给你三百你卖给我吧。那人还一副不情愿的样子，你要知道当时人家都出500、800，还有的出1000呢。我说了很多好话，那人才依依不舍地把东西给我。然后呢，我就抱着这东西狂奔，生怕那人反悔问我要回去。"水墨墨继续说道。

"心痛啊，心痛欲裂。"水墨墨看着烧出来的黑黢黢的一块，闻着刺鼻的煳味，揉着眼张大嘴巴喊道。

"找他去！"庄炎直起身子说。

"我去了，我到办公室就在他们的笑声中，以同样的姿势抱着跑去了，结果连个人影都没，他们是坏人，警察应该把他们抓起来，就会欺骗我这样的纯真少女。"说着水墨墨又掩面做哭泣状。

"对了，你为什么要离家出走？"水墨墨突然停下来睁大眼睛问。

"我郁闷，在家无聊呗。对了，我电脑上存了本电子书《完全失踪手册》，要不我们演练演练。"庄炎笑道。

"没意思，你失踪了，你爸妈找你，我失踪给我自己看啊。"水墨墨冲庄炎嘟嘟嘴。

"你和叔叔阿姨吵架了？"水墨墨问。

"没有，我就是郁闷。说好昨天上班，激动得我前天一夜没睡。结果被耍了，那人去开会了。"庄炎蹦上床，把桌子上的台扇转过来，对着脸呼呼地吹。

"没事的，不就多等两天嘛，刚好你也可以再逍遥两天。"水墨墨说着把电话递到庄炎面前，"给叔叔阿姨打个电话，别让他们着急。"

庄炎拨开水墨墨的手说："不用，我留了字条。我说，因本人在家中极其浪费水电等资源，决定暂住水墨墨公寓，勿念！"

庄炎说着拿起水墨墨桌子上的指甲油："怎么就透明色和白色，有没有绿的了，蓝的了，红的了？"

水墨墨拼命地摇头。

庄炎把手伸到桌子上，先用透明色铺了一层底，然后用白色画了一个骷髅头。庄炎伸着手笑嘻嘻地说："明天你不是也休息嘛，叫上大脸晶，我想去扩扩额头。"

"扩额头？"水墨墨叫道。

"是啊。"庄炎伸手比了比，"人面部的标准比例是三庭五眼，我就是额头太窄，额头窄了影响运气，知道不，我得把发际线往上移移。"

"你还信这个？"水墨墨伸手量量自己的，"这叫特征，一样标准了，还有意思吗？"

"我不是想嘛，找点理由，不行吗？"庄炎使劲把嘴角向上扬，露出两排洁白的牙齿。

"炎子，淑女点，你不怕出去把人吓晕。"水墨墨喊道。

"这样，行了吧。"庄炎紧闭着嘴巴瓮声瓮气地说道。

46

"我想上班！"庄炎仰着头说。

"我想辞职。"水墨墨拖着腮帮子说。

"靠，一对神经病！"大脸晶拍着桌子。

"我想明白了，去事业单位上班，有双休，我可以自己钻研设计，可以努力地提高设计水平，然后自己办个工作室。这份工作其实不错，是个铁饭碗，端着就没有生存压力，可以更好地发挥我的才能。"庄炎喝了一口冰镇可乐说："你们再陪我买身衣服吧，总得有替换的不是。"

水墨墨和大脸晶立刻做晕倒状。

正如庄炎说的，三天很长，三天也很短，可以是一片空白，也可以发生很多事，庄炎真的把发际线往后扩了扩，疼——自然会有，但庄炎咬着牙，做微笑状，疼痛是为了更美好，就像她的工作，明明到了手边却要盘旋一会，大概是为了让她觉得来之不易，或者只是开一个小小的玩笑。

水墨墨依旧继续着那份不咸不淡的工作，她说这就是鸡肋，吃着无味，但丢了会觉得可惜。

大脸晶新找了一份工作，大概是帮一个私营的艺术学校招生。

"从后天起，你就步入正轨了，记着，有职务的称呼职务，没职务的称呼老师，可别见谁都叫叔叔。"大脸晶拉着庄炎在紫荆山公园的台阶上坐下。

"我不叫叔叔，我都叫大爷。"庄炎眯着眼睛笑道。

"靠，你以为你青春期啊！"大脸晶圆张着嘴巴。

"什么青春期啊，我还没到呢。"庄炎冲大脸晶眨眨眼。

大脸晶边使劲抖鸡皮疙瘩边说："那按你的说法，我才刚刚成年。"

庄炎回头见身后站着大脸晶的妈妈。

"你个死丫头，竟敢骗老娘！说！什么时候回来的！……"大脸晶的妈妈大声喊着。

"妈，你冷静，冷静。"大脸晶边喊边拔腿朝前跑。

大脸晶的妈妈在后面穷追不舍："你个死丫头，给我站住！"

庄炎看着大脸晶被她妈妈揪着耳朵往家走去，"扑哧"一声笑了："这孩子是该回家了，我也该回家了，准备准备上班。"

庄炎说着站起来伸了个懒腰。

"对了，我得先给我妈打个电话，我没带钥匙。"庄炎说着掏出下午新买的手机把卡放进去，按下开机键。

手机刚开，电话就响了，屏幕上的姓名栏写着"好人啊好人。"

原来是驾校的老师，打电话问这几天怎么没去练车。

挂了电话庄炎一副感慨万千的样子对水墨墨说："真是好人啊，我没去练车还打电话找我，说明天上午让我去练，给我约约下周考试，说不行的话找找人。"

"真有这么好的人？纳闷。"水墨墨歪头做思考状。

"要相信这个世界无比美好。"庄炎抬手在水墨墨头上敲了一下。

庄炎突然想起了端木，失踪许久的端木。水墨墨张大嘴巴问："他辞职了，去上海学设计了！你不知道？"

庄炎无论如何也搞不清楚，这孩子哪根神经搭错了，只是一句玩笑话而已，他当真了，崩溃！

47

庄炎觉得自己被敲诈勒索了，这叫哑巴吃黄连。

1000块钱啊，就这么没了。

"炎子，炎子。"庄炎在母亲的喊声中回过神来。

庄母对着庄炎左看右看，一脸疑问。

"怎么了，妈？"庄炎低头看看自己的衣服。

"我怎么觉得有点不对，也说不出来，觉得你变漂亮了，精神了。"庄母若有所思地说道。

"你女儿本来就很漂亮很精神的。"庄炎仰着脸，暗自高兴，看来这额头扩得还真有效果，庄炎觉得这事不能让妈妈知道，否则她一蹦老高，闪了腰可不好。

"你爸一会儿回来，说是晚上叫你伯伯一块吃饭，人家为了你工作的事也尽心了。"庄母转身走进洗手间，拧开水管开始洗脸，"你也换换衣服，晚上一块去。"

庄炎答应着走回卧室，庄炎刚拉开柜子手机就响了，是端木。

"炎子，你怎么这么多天不开机？没事吧？"端木问。

"没事，没事，手机坏了。"庄炎用肩膀夹着手机说。

"你猜我在哪？"端木笑嘻嘻地问。

"你去死吧，神经病。谁让你辞职的？我说让你去你就去啊，你有没有脑子，猪头！"庄炎伸手拿起电话大声说。

"不是的，是我自己愿意的。"端木连忙说。

"愿意你个大头鬼，你个疯子，我挂了，这会有事。"庄炎说完"啪"地挂了电话，她想不通端木是真傻还是假傻。

庄父进家门就开始打电话，打电话挂电话都是一副乐呵呵的模样，他挂了电话拍着庄炎的肩膀说："你伯伯说了，不差这一晚上，明天事办成了，晚上一块好好快乐快乐。"

庄炎跳起来在庄父脸颊上亲了一口："OK，爸爸辛苦了。"

庄父在沙发上坐下，自言自语地说道："看来真是好事多磨。"

庄炎高高兴兴地走回卧室，打开电脑，猛地想起了什么似的，转身拉开衣柜，从里面翻出大帆布背包，哗啦啦地把包里的东西全部倒到床上。

终于从包的角落找出了那张折得皱巴巴的名片，庄炎用手指指着名片背面最下方的一行小字念道："陪练，一小时200元。"

庄炎想起好人啊好人那黑黢黢的面孔和满脸虚伪的微笑。

"你来了五次吧，每次一个小时，一小时200，总共1000块钱。"教练脸上挂着惯有的慈祥。

"什么，一小时？200？1000？"庄炎张大嘴巴问。

"你不知道嘛，名片后面写着。"教练立刻摆出一副比庄炎更惊讶无辜的模样。

庄炎把名片撕得粉碎扔进垃圾桶，然后拿出手机，翻出教练的电话号码，把好人啊好人，改成坏蛋啊坏蛋，然后想了想，还是觉得不妥，干脆拉进了黑名单，哗啦一声删除。

　庄炎吐了口气想："工作说好了，多好的事啊，何必为了这点小事不开心呢，就当买经验教训了。"

　庄炎点开QQ的登录框，输入小号开始打游戏，庄炎打开连连看，顶着小星星的头衔把那些什么钻石摩羯座、月亮座打得落花流水。然后又伪装成小宝宝把那些博士后，泡泡教授打得落荒而逃。

　庄炎正沾沾自喜，大脸晶猛地跳了出来。

　　大脸晶 21：16：05

　　靠！你又伪装成初学者在那欺负人呢。

　　炎子 21：18：09

　　淑女点行不，别动不动就，靠，靠的，你有那功能吗？

　　大脸晶 21：18：21

　　咦！你长本事了，怎么说话也没遮没拦的。

　　炎子 21：19：11

　　这不是跟你学的嘛。

　　大脸晶 21：20：50

　　唉！我那么多优点你咋不学？

　　炎子 21：21：01

　　优点！那么多！等会，我找个放大镜看看，咋就没发现呢。

　　大脸晶 21：22：13

　　😊切！我不跟你一般见识，你早点睡吧，明天不是说工作的事吗？

　　炎子 21：23：01

　　说会话呗，用语音吧。

　　大脸晶 21：24：03

我的话筒坏了，我有耳机，你说，我听！

炎子 21：24：55

自己一个说话很诡异的。

大脸晶 21：25：22

我正在看《盗墓笔记》呢，还有《鬼吹灯》，忒好看，发给你看看？

炎子21：26：06

我不要，我不喜欢那些僵尸，鬼啦之类的，我喜欢阳光明媚的东西。

大脸晶 21：29：13

无语！对了，你今天真不够意思，看着我被我妈抓走，都不带救我的。

炎子21：30：19

心有余，力不足啊，你回家多好啊，吃住的钱都省了。

大脸晶 21：31：01

好什么！我爸妈等我回来说离婚的事呢，刚才两个人又吵起来了。算了，他们一直说等我回来把离婚的事定下来呢。所以我就躲着，不敢回来。我不回来，起码在我的意识中还有一个完整的家，我这个人其实不保守，只是……可能我有点自私，他们说离婚说了好多年了，也许该彼此解脱了。我不明白为什么是这样，在我意识里，他们都是好人，很好的人。

炎子 21：32：09

晶，你没事吧，早知道这样，下午我说什么都不能让你妈把你带走。

大脸晶 21：33：11

没事，明天太阳照样升起，有些事，躲不过的，你个小丫头，别在这啰唆了，早点睡，明天精精神神的。

　　庄炎关了电脑，在床上躺下又跳下来，在抽屉里翻出卸甲油，把指甲上画的骷髅图案擦去，她对自己说："放下吧，都暂且放下，好好睡一觉，迎接新的开始。"

48

　　生活就是一个脾气乖戾的魔术师，你明明看到的是红色，结果却是绿色；你明明看见的是绿洲，走过去却是沙漠；你明明要吃桃子，他非给你一个发霉的桃核。就像一个矩形魔方，无论你怎么努力地拼接，都无法拼出正确的色彩，总有一两块突兀地卡在中间。

　　就像菌迷失这个人，虚伪得很，明明心里头有，却不说，他个性签名写什么来着，只要你幸福就是我最大的快乐。

　　庄炎边想边把菌迷失空间里一周前的日志重读了一遍：

　　　　没有你，我成了一个灰色调的人，过着灰色调、带着霉点的生活。我没有勇气去争取，因为我给不了你任何东西，或者说我不确定，我生活中的一切都摇摇欲坠，一切都颤颤巍巍。

　　　　我拼命地找工作，却一次次地碰壁。我突然就觉得自己成了废人，什么是现实？现实无非是伸手不见五指的黑色。我进了一家设计室，却是终日如牛马般地劳作，我拿着几百块钱的工资，我都不知道怎么面对家人、亲戚、朋友，我是一个失败的人，丢失了你，也丢失了自己。

　　　　我每天系着你送我的boss（博士）牌的腰带，把自己勒得紧紧的，然后告诉自己，加油，我要成功，可是我却找不到成功的定义，目前只是钱，很多的钱，多到可以给自己，给我的爱人无忧无虑的生活。

　　　　我很迷茫，很困惑……

真的……

庄炎对着屏幕愣了几秒钟，然后在评论栏里敲下这样的话：

> 我心里一直都有一个问号，巨大的问号。告诉我，我踏上
> 火车的那一刻，你在哪里？

菌迷失的头像很快晃动起来，他只说，炎子，你好着没？

庄炎摇了摇头，叹了口气关掉了QQ。

庄炎对自己说："炎子，放弃吧，不值得。你会有更好的爱情，更好的未来。"

庄炎觉得一切都离自己很远，爱情和工作，自己的世界仿佛空了，空旷得可以听见自己的回音，又一天过去了，明明到眼前的工作却又成了再等两天。

庄炎想起了水墨墨楼下的那个养着波斯猫的男孩。

庄炎去找水墨墨的时候，男孩蹲在楼下吸烟，他"喵喵"地喊了两声，一只白色的波斯猫就乖巧地跑了过去，仰着脑袋看他。

男孩坏笑着，吸了一口烟，然后对着波斯猫吐了一大口烟雾，波斯猫圆睁着的眼便眯起来，晃晃悠悠地倒在地上，片刻波斯猫站起来摇了摇头，刚跑出去不远，就又被男孩叫回来，又吐出一口烟气，波斯猫就又晕过去，如此循环往复，像一个有趣极了的游戏。

当时庄炎看着这个场景傻笑，她说，真好玩，这猫真傻，被熏晕了一次竟然还回来。水墨墨说："大概它以为男孩会给它好吃的吧。"

但是没有，除了烟雾什么都没有，波斯猫大概是大脑过于简单，它没意识到需要悲伤。庄炎呢，她发现了绝密的武器，强大得足以抵抗这些挫折，小小的挫折。

49

7：05，庄炎坐在餐桌前和父母一起吃早餐。

庄炎夹了一块黄瓜，又拿起面包片咬着转身跑进厨房煎了个鸡蛋。

庄父和庄母睁大眼睛看着自己的女儿，她胃口好极了，简直令人难以置信。

"炎子，你没事吧？"庄母试探着问。

"没啊，好得不得了。"庄炎用手指捏起一片面包，仰头咬了一大口。

一切都像一场梦，一个巨大膨胀的面包在一夜之间被压缩成了拇指大小的压缩饼干，被庄炎伸手一弹就扔到了角落里。

庄父和庄母睁大眼睛看着庄炎把牛奶喝下去，然后拍拍手说："爸，妈，我去做简历了，对了，你们晚上想吃什么，我下午去超市，顺便买点菜。"

庄炎笑嘻嘻地向父母招招手，然后走进卧室，不一会的工夫里面就传来音乐声和庄炎的歌声：

摊开手掌，八十个铜板

头像忽然射出强光

商场切换恒河岸

我是无壳的蛋黄

自由的流荡

米兰花瓣泰姬陵飘香

伦敦急降溅起红海浪

……

庄父和庄母在门外互相对视笑了笑，摇了摇头，庄母说："这丫头。"

庄炎唱着歌，觉得现在才真正开始新的生活，似乎她刚刚从火车上下来，好像毕业后的生活才刚刚开始，这是第一天，毕业后的第一天，以前的日子都是虚幻的梦境。

庄炎这种愉悦的迸发，她自己都有些吃惊，12个小时前，还是雷雨暴风。

庄炎在父母的嘱咐下又等了一天，得到的依旧是再等两天的结论。庄炎只得24小时窝在家里，看电视、上网，吃冰箱里的零食。无论谁打电话，庄炎都会告诉对方，我在家修炼"超级型宅女"呢。

庄炎窝在家里，心情说不上好坏，想了很多，又似乎什么都没记起来，一片空白。

事情的结果是庄炎12个小时前无意中听到的。庄炎开着电脑，正搅着刚冲的奶茶发愣，就听到开门声，然后就是父母的对话。

"早不出事晚不出事，偏偏这时候。"庄父骂道。

"你小声点，别让炎子听到了。"庄母说着环顾了一下四周，"炎子大概出去了，鞋都不在家。"

庄炎在屋里跷起脚看了看，自己竟然没换鞋，庄炎中午本来想出门吃烩面来着，换好鞋却又不想出去了，就转回来泡了包方便面。

庄炎顿时高兴起来，就像在灰蒙蒙的天空敲出一个小口，透进了一束亮光。庄炎知道她要听到的是一个秘密，父母不想让她知道的，起码暂时不想。

庄炎听见妈妈说："真的出事了？你打听清楚没有？"

"人都被双规了，那还有假。"庄父说。

"那炎子的工作怎么办？"庄母惊慌地叫道。

"还工作呢，肯定黄了。"庄父说。

"那快去把钱要回来呀。"庄母叫道，"给他了那么多钱呢。"

"能要着吗？人在里头呢，你问谁要去？"庄炎听着爸爸边说话边打打火机的声音。

"那十几万块钱呢，就这么砸了？"庄母一屁股坐在沙发上。

"只能认倒霉了，钱的事不说了，关键是现在怎么给庄炎说呢？"庄父弹了弹烟灰。

"先别告诉她吧，这两天再想想办法。"庄母拿起水杯喝了口水，"对了，你认识那个汪总不是说在政府机关有人嘛，你明天打电话问问。"

庄父点了点头："隔着一个人，一层关系，恐怕往里面填的钱更多。"

"这不是为了炎子嘛，我明天去银行查查建行的卡上还有多少钱，你也买点东西先去走动走动。"庄母抬头看着庄父，"你说，今年运气咋这么坏呢。"

庄炎猛地拉开门，庄父庄母站在原地，惊愕地张着嘴。

"我的工作，不行了？"庄炎一字一顿地问道。

"炎子，你在家呢。既然你听到了，就不瞒你，你也长大了，该学会承受一些事，不行了，人都掉进去了。"庄父对庄炎说。

庄炎走出来站在庄父面前："花那么多钱！你们干吗不告诉我？我是当事人，我有知情权。"庄炎大声地咆哮起来。

"炎子，大人的事，你别管，我们这两天再给你想想其他办法。"庄母从沙发上站起来伸手去拉庄炎。

"什么大人的事，我也是大人，这是我的事，你们弄清楚好不好？"庄炎甩开母亲的手往后退了一步。

"庄炎！你闹什么闹，我们还不都是为了你！"庄母对着庄炎大声呵斥。

"不用！用钱买的工作，我不稀罕，我又不是废物！"庄炎喊着伸手抹掉脸上的泪。

"什么废物不废物的，现在这事不是都这样嘛。行了，你好好去睡一觉，这事我和你妈会处理。"庄父说。

"不！"庄炎喊道。

"听话！明天我再去问问，看别的单位能进不。"庄父转身把烟头在烟灰缸里摁灭。

"我不去，我哪都不去，你们跑好了我也不去。"庄炎泪流满面地喊道，"这件事到此为止！到此为止！求你们了……"

"你们要再提这件事，我就离家出走！你们永远都不会再见到我！"庄炎抬起胳膊抹掉脸上的泪，吸了口气，然后转身走进卧室。

50

庄炎和大脸晶盘着腿坐在床上。

"你真的没事？"大脸晶把那张大脸往前凑了凑问道。

"真的，真的，倒是你，你真的没事吗？"庄炎一副关切的样子。

大脸晶的父母离婚了，但又要结婚了，大脸晶说，真够快的速度，怪不得说这是个飞速奔跑的时代。

庄炎怎么也想不通，他们怎么可以领了离婚证转身就到登记处又和另外的人领结婚证呢？而且结婚的日子竟然定在同一天。

"大概他们等这一天等了好久了，就等我回来办事了吧。至于婚期定到同一天，大概是考虑着二十多年前没有举行过婚礼，想补补，但又觉得还是二十多年前的两个人，没意思，于是就各自又拉了个人。"大脸晶扬了扬眉毛，"不说这事了，烦的，说说你吧。我现在发现你是风雨无损啊，简直就不是地球生物。你说，等了这么久，说好的事，说黄就黄了，你咋就一点都不难过呢，跟没事人一样。"大脸晶歪着脑袋说。

"你还巴着我难过呢，是不是一哭二闹三上吊的你才满意啊？"庄炎伸手在大脸晶的脑袋上拍了一下。

"是的，是的，那样我就有事干了，我可以安抚你，你不听，我就骂你。"大脸晶嘿嘿地笑着。

"去死！不带你这样的啊。"庄炎瞪了大脸晶一眼，"其实，我也说不上，当时我也难过，给你看篇日志。"庄炎说着拉着大脸晶凑到电脑前，这篇日志是庄炎得知了事情结果的那个晚上写的，写之前坐在卧室的地上哭了半个小时：

太软了，软得没有形状了。我就像无脊椎动物一样，趴在那道虚无的门前，等待着那被人们说得金光闪闪的工作打开门，一下把我拽进去。

结果，我被耍了，从头到尾，彻底地被耍了。那么多钱，被爸爸妈妈抱着扔了进去，打了水漂。他们也傻了，他们爱自己的孩子爱得傻了。

他们想把前面的路铺得平平展展，然后扶着我让我走上去。我竟然也想，毫不费力，就解决起码的生计。我待着，一次次地等待着，面对生活耍的小把戏。生活肯定在暗地里狂笑，它说："你个傻瓜，无脊椎动物！你等着吧，我就是放个饵，逗逗你而已。"

看似到嘴边的食物飞了，变成了一坨便便，让人想呕吐，剧烈的。

我该感慨世事无常，还是该悲痛欲绝地哭泣？不！那不是我，我不是无脊椎动物，开始我并没想要这份工作，不是吗？

生活只是善意的嘲弄，它只是想让我站起来，让我看到，我身体里有坚硬的骨头，我可以直立行走，不必趴在那里，终日等待。

（我真傻，我之前捂着自己的眼睛，觉得自己生活在暗无天日的时光中，却没发现，自己站在阳光中。我迷失了快乐，迷失了自己，就在那些日子里，我们都可以快乐，何况是这样的年月）。

第七章　左手淡蓝　右手金黄

51

上班的第一天，庄炎被一阵噼里啪啦的雨声惊醒，5：20，她翻身从床上起来，拉开窗帘，哼着歌打开电脑：

My life is brilliant. （我前程似锦）

My life is brilliant. （我前程似锦）

My love is pure. （我的爱很纯洁无瑕）

I saw an angel of that I'm sure. （我非常确信看到一个天使）

She smiled at me on the subway. （在地铁上，她对着我微笑）

……

庄炎随着音乐声愉快地摆动着身体，雨声是清亮的鼓点，拉开了生活崭新的帷幕。她把昨晚准备好的衣服拿出来整整齐齐地放在床边，然后从鞋盒里拿出新买的白色凉鞋，在地上轻轻走出音乐的旋律，一切都将是新的。

庄炎走进洗漱间，呼啦一声吐出最后一口漱口水的时候，雨声戛然而止，太阳露出了橘黄色娇羞的笑脸。

这雨，庄炎喜欢极了。来得迅速，下得畅快，收得干净，如同自己，难过的时候呜呜哇哇地哭泣，抹掉泪水却依旧是满脸的明媚。

庄炎抬起头对着镜子绽放了一个饱满的微笑，然后用食指按了按脸颊的酒窝，这个酒窝可爱极了，里面盛满了成堆的快乐。等待、无助、迷茫、哭泣，都被刚才那场大雨冲走了，渗入泥土深处，成了枝枝叶叶繁盛的养分。

庄炎觉得人生的路就是一个迷宫，你不能硬着头皮一个劲地往前冲，有时候需要转身，即使转身不算华丽，也会扯出更广阔的天地。

两个小时后……

庄炎跟着人事处经理一个方脸留着小络腮胡的男人，把手续办完后被带进了一间办公室，人事处经理对庄炎抛下了一句："在这呢，要做到眼勤、手勤、嘴勤。记得每天早上给左总冲杯咖啡，在他房间右边的壁柜里。"

"我，我不是去设计部吗？"庄炎追出两步。

"设计部现在满了，你先在这里吧，负责文案和客户接待。"

庄炎退回房间，心里打了个嗝，便又露出敞亮的笑意。这是她第一份工作，她觉得无论如何都要干得漂漂亮亮。这种临时的转折和变动，也许是一场小小的考验，或者是小小的挑战，但无论如何都是愉悦的，起码她蜕掉了在家里捂得潮腻腻的霉点。

庄炎自顾地点了点头，笑眯眯地环视了一下房间。统一的深紫色和银灰色，墙壁是淡米色带暗花的壁纸。庄炎走到办公桌前从雕漆的笔筒中，抽出一支中性笔，拿在手里转了一圈，然后转身摁开左侧的电脑。

她的办公室右侧是扇不规则形状的流线型宽大玻璃推拉门，庄炎轻手轻脚地推开，便进入了另一个空间，一个面积广阔的办公室。

房间里的办公用品依旧是极具格调的深紫，仿大理石的老板台前面是规整的形状，里面却是流线型的，一把黑色的巨大转椅，看起来让人觉得像一张舒适的床，又像威严的宝座。这里的设计，庄炎喜欢极了，简约、雅致、规整，却不乏灵动的细节。

庄炎突然在老板台的左边看到了一扇深咖啡色的玻璃门，她用手轻轻一点，门便开了，里面满是花的清香，一个十几平方米的游泳池，一个橘色的气垫床，一个卷头发的男人躺在上面，如婴儿般酣睡。

"他！"庄炎张口发出轻声的感叹。

这个公司在花园路写字楼A座19层，公司的招聘信息，庄炎是从招聘网站上看到的。上面写着招聘设计师2名，办公室文员1名。庄炎随手一点就把简历发了过去，然后就接着在一大堆的招聘信息中钻来钻去。

找工作当然要两手抓，光守着网络，不浪费一丝一毫的成本自然是不行的，庄炎退出招聘网站，精精神神地在电脑跟前坐了一个小时，便把自己的情况详细地呈现在一张文档上。第二天她把设计好的简历打印了10份，塞进了大帆布背包里，直奔人才招聘中心。

庄炎跟发宣传页一样发完简历，便转身到打印店又打了10份，铺的范围越大，机会就越多。庄炎抱着新打的简历笑嘻嘻地想。

庄炎等了两天，竟然没有一家用人单位想进一步了解一下她的情况，这让庄炎觉得相当郁闷。

大脸晶拍着庄炎的肩膀说："你才放了那么点饵，就想钓着鱼，你要做好全面撒网，重点打捞，做打持久战的准备。"

"嗯，是金子总会发光的，虽然我只是一块未经提炼的金矿。"庄炎高兴得咧开嘴。

大脸晶翻了翻眼，拍拍这个盲目乐观的家伙："你大四的时候没投过简历？"

庄炎使劲摇了摇头。

"你就一地球外的生物。"

庄炎在大脸晶痛苦不解的表情中，高高兴兴地跑到客厅从冰箱里拿了两个苹果出来，塞给大脸晶，说是补充维生素。

庄炎边咬苹果，思绪边扑扑棱棱地飞回到了毕业前的那段日子。

那算是明媚、忙碌的一段吧，每个人都匆匆忙忙地奔波于人才市场和各个公司、企业、工作室之间。

校园里到处飞着五颜六色叫作简历的东西，简悦是宿舍里行动最迅速的一个，她抱着一大堆简历冲进宿舍的时候，庄炎和空篁正在床上呼呼大睡。

简悦打开庄炎的手提电脑，从网上找到《义勇军进行曲》，然后调到最大音量，自己堵着耳朵站在旁边。

庄炎他们是在"起来，起来，不愿做奴隶的人们……"这充满力量的歌曲声中醒来的。

"疯了！"庄炎眯着眼从床上跳下来，伸手按了关机键。

空篁在床上蒙着头弹着腿啊啊啊地喊。

"起床了，你们有点朝气好不好，这都什么时候了，还睡，快起来做简历。"说着简悦把简历递给并排坐在床上的庄炎和空篁，她们正眯着眼回味梦的余温。

"瞧瞧，姐姐我设计的简历怎么样？也就我们这关系，换了其他人我都不让看。去打简历的时候，我还遇见'贝多芬'，见我去了，他抱着简历拔腿就跑，就跟我要抢他工作一样。"

庄炎挠着头接过简历，全彩版，还用了透明的书夹。

简历是什么时候充斥校园的，庄炎也不清楚，好像一夜之间，或者只是眨眼的工夫。

每个人见面就问，简历做得怎样了。但又从来不往细处瞅，好像手里拿着的不是简历，而是自己的未来。每个人手里、包里、抽屉里都被简历塞得满满的。

总之，做简历在校园里就成了公开的秘密，每个人都有，但都不当面拿出来，只有关系好的才凑到一起共同探讨。

就连学校西门的打印店，也与时俱进，大包大揽地宣传起自己设计制作简历的业务，生意甚是火爆，当然美术系的学生是不用他们的，他们的东西碰到搞设计的，就太小儿科了。

庄炎在简历纷飞的日子，依旧拉着韩艺的手，吹着口哨，品味着大学有限的时光，那时庄炎也没觉得有限。

庄炎和韩艺也去过两次招聘会，感觉特不好。庄炎觉得跟菜市场一样，到处都是人，到处都是喧嚣；韩艺说这地方恐怕很难找到工作，庄炎当时就举双手赞同。庄炎想，离毕业还有三个月呢，干吗这么着急，实力还是比简历重要的。

庄炎回过神来，觉得自己思绪跑远了，就又扯回到眼前，穿着蓝色泳裤的男人嘴倔强地抿着，依旧睡得香甜。

这个男人就是面试那天那个衣冠楚楚的男人。

庄炎是在发出简历后第四天接到电话的，当时庄炎正托着下巴对着电脑发呆。她想，再等半天，再没信就以更大的力度投入到新一轮的战斗中。庄炎对自己说："我就不信了，外面设计室这么多，我还能沦为无业游民。"

电话10点多就响了。对方很礼貌地跟庄炎打了招呼，然后说明了一下情况。庄炎"啊"了一声，又问："哪个公司？"

对方没好脸色的又报了一遍，庄炎才缓过神来，庄炎抓着脑袋想："我给这个公司投过简历吗？"

庄炎转身就又露出了笑容："管他呢，先面试再说，也许投的简历太多我忘记了。"

庄炎第二天早上八点去参加面试，穿着牛仔短裙，柠黄色T恤衫。满脸都是掩饰不住的愉悦。

庄炎怎么都搞不明白，那些来面试的人干吗都把自己打扮得那么成熟性感，厚厚的粉底，加上满脸紧绷的肌肉，怎么都瞧不出美感。

庄炎坐在外面的休息室，搭在腿侧的手越握越紧，嗓子也开始冒烟，庄炎突然觉得自己极需要一杯水，但又觉得小腹有点胀痛。庄炎嘟着嘴吹了口气站起来，看看前面画着黑眼圈补妆的女人，又看了看穿着大一号白衬衣皮肤接近非洲黑的壮实男青年。

"达ㄉㄚˊ雅丨ㄚˇ塔ㄊㄚˋ　班ㄅㄢ赞ㄗㄢˋ哲ㄓㄜˊ雅丨ㄚˇ

阿丨ㄚ瓦ㄨㄚˇ波ㄆㄛˊ达ㄉㄚˊ　　呢ㄋ丨ˊ耶丨ㄝ所ㄙㄨㄛˇ哈ㄏㄚ。"庄炎闭上眼睛呜呜哇哇念上了一通，然后就咧开嘴笑起来，这是水墨墨前日所授，大概是让人达成心愿的咒语。

水墨墨说，她面试的时候，就这么低头一念，一切OK，当时主编就站起来握着她的手说，欢迎加入我们的团队。

庄炎又在位置上端端正正地坐下，用右手轻拍着左手想："我是什么呀，纯天然的，绿色食品，绝对无毒无害，他们都是社会上的老油条了，自己却是未经雕琢的璞玉，可塑之才，何况我长得这么可爱，又这么积极乐观，爱生活，爱工作的，想来他们也不会舍得把我打发回去。"

庄炎是最后一个进去的。面试的地方是会议室，庄炎明媚的一笑，然后很坦然地在一排穿着白衬衣的人对面坐下。

"先自我介绍一下，我叫庄炎，2006年7月毕业。我觉得活着是一件美好的事情，如果能在贵公司工作那就更完美了，进来的时候我看了一下，我很喜欢贵公司的装修风格，这叫品味，所以我觉得这是一家很棒的公司。"庄炎笑眯眯地看着前面的几个人，状态好极了。

"你是学设计的，你认为你所有的设计作品中，哪个创意你最满意？"

"大三的时候，我设计的一张海报……"

庄炎看到前面的人交头接耳了一阵，然后摇了摇头。

"我需要的只是一个机会，一个过程，我热爱设计，而且相信以后可以做得很好。"庄炎依旧满脸甜丝丝的微笑，好像这只是一场自己很满意的自我展示会，而别人的决定和判断，都与自己无关。

庄炎对面的人正准备说话，一个穿蓝T恤的男人走过来，所有人都齐刷刷地站起来，男人对着他们小声说了句什么转身走了，男人走的时候似笑非笑地向庄炎瞟了一眼，眼睛黑亮黑亮的。这个人就是左逸哲。

那时候庄炎觉得左逸哲让人觉得亲切又怪异。卷发？难道他也是搞艺术的，庄炎觉得只有搞艺术的男人才会把发型也折腾得这么艺术，庄炎正发愣，对面的白衬衣说："你被录用了，明天早上来人事处报道。"

庄炎的思绪被几声敲门声惊醒。

庄炎猛地应了一声，气垫床上的男人扑通一声翻进了水里，庄炎拉着门张着嘴巴愣在原地。

左逸哲从水中站起来冲着庄炎大呵："谁！出去！"

庄炎一边对里面不停地说对不起，一边慌乱地退出来。

52

庄炎和端木在夜市烧烤摊前坐下，要了15串羊肉串，一盘田螺，两个凉菜，两瓶冰啤。

庄炎喜欢这种氛围，起码此刻喜欢，总在弹着钢琴曲的西餐厅吃饭也没意思。这里多好，满是"人间烟火"。羊肉串的香味夹杂着炭木的焦味，缓慢穿行的车辆中间夹杂着不断穿来穿去的人群，人们热乎乎的笑闹声碰撞着热腾腾的空气。雅致和庸俗就是人生的两面，很多人都是二者兼具，工作也是，但工作都是为人类的进步而劳动，很难分雅俗，但可以分为喜不喜欢，乐不乐意。就像庄炎现在的工作，虽然觉得有些陌生，难以完全贴合，但有新鲜感，有激情。

早上庄炎在左逸哲大声呵斥下，一口气跑回自己的办公室，拉上玻璃门，在电脑前坐得笔直。

　　庄炎支起耳朵听着他的皮鞋声快速地移近，地板每被皮鞋撞击一声，庄炎的身体都跟着轻轻震颤一下。庄炎盯着电脑，不回头，也不敢大声呼吸。

　　直到一只手轻轻地在庄炎肩头拍了一下，庄炎才唰地站起来，转过身去。依旧是那头卷发，那张雕刻得利落干净的脸，只不过此刻他已经套上了一身板正的工作服——蓝西裤、黑皮鞋，好在上面还是T恤衫，衬托了他的活力，虽然是翻领的。

　　"你是？"庄炎咧着嘴轻声问道。

　　"你老板！"他瞥了一眼庄炎，脸上滑过的一丝笑容又即刻消失。这让庄炎觉得有点像幻觉，男人继续说道："你可以叫我左总，想叫左逸皙也可以，那是我的名字。"

　　"左总。"庄炎毕恭毕敬地叫了一句，差点抬手敬了军礼。

　　他转身走进自己的办公室又喊道："我的咖啡呢？"

　　庄炎慌忙从凳子上站起来，冲过去，以极快的速度拉开了所有的柜门。

　　庄炎张着嘴巴愣在原地，她脑子里此刻就一张空白的纸，中间写着一句话："怎么没有咖啡？"

　　左逸皙摇了摇头，走过来从右侧的柜子里拿出一盒咖啡豆，又拿出咖啡机，放在旁边的茶几上，边磨咖啡豆边说："咖啡粉磨得要细，我喜欢浓咖啡。"

　　庄炎站在旁边睁大眼睛记下每个环节，连呼吸都变得缓慢小心翼翼，生怕惊扰了这个专心做咖啡的男人。

　　"这是印尼的曼特宁，必须以重焙才能发挥它的香、浓、苦。"男人顿了顿说，"这是你要学的第一样东西，磨咖啡做咖啡的过程是一种享受，懂得喝咖啡的人是一种品位。"

　　庄炎立在旁边一个劲地点头，心里满是兴奋，好像猛地发现自己有很多东西要学，刚蹒跚学步的孩子，看着前面的路新奇而兴奋。

　　左逸皙递给庄炎一杯说："来，试试，柜子里有奶沫和糖，喝不惯的话你可以加点。"

"谢谢左总。"庄炎接过咖啡一个劲地冲他点头致谢。

左逸皙摆了摆手，庄炎便逃跑似的回到了隔壁。

庄炎胡思乱想了一番，傻乎乎地笑了笑，伸手接过端木已经掰开的一次性筷子。

"你现在都白领了，来这种地方不合适吧。"端木笑着拿起一次性杯子准备倒啤酒。

庄炎伸手拦住了，把一瓶啤酒拿到自己跟前，另一瓶放到端木面前，然后拿起瓶子咕咚咚地喝了两口，套上塑料薄膜的手套，拿起签子开始吃田螺。

"什么白领啊。不过说实话，那家公司装修得很漂亮，老板很帅。"庄炎眯着眼睛一副陶醉的样子。

"花痴！你是不是动心了？"端木用牙签挑出田螺的肉放进庄炎的小碟子里。

"去死！你思想健康点，好不好？他是老板，我是员工。"

"不过你，好丫头，点子还真正，一下子就找到了这么好的公司。你不知道，就我们那破公司，也是我辛辛苦苦把郑州的公司翻了一遍才找到的，我看上的公司很多，人家就是不要我。"

"那是，你没想想我是谁啊。"庄炎嘟起嘴一副快乐的样子。

"对了，你还是回来吧，别去上海了，别犯神经了，我那天喝醉了，乱说的。"

"跟你无关，我一直都挺喜欢设计的，只不过我父母比较古板，那时候说啥也不同意我学设计。"

庄炎模模糊糊记得那个夜晚，几瓶啤酒下肚，庄炎心里的酸楚就层层翻上来，转化为满脸透明的液体。

那晚庄炎说什么来着，她说："我要开自己的工作室，聪明绝顶的女人和长发飘飘的男人，一起为了理想而奋斗，我可以很努力地做聪明绝顶的女人，可是长发飘飘的男人呢？韩艺，他跑掉了，他不愿做我长发飘飘的男人。我大学的朋友也各奔东西，没有人和我一起奋斗。"庄炎说着抓住端木的领子喊道："为什么？为什么你不学设计，你不是长发飘飘的男人！不是！道不同不为谋。"庄炎甩开端木抓着自己胳膊的手，伸出食指在他面前晃了晃，转身走了。庄炎记得自己好像还打了响亮的酒嗝。

后来听说，端木突然辞职去了上海学设计的工作，庄炎就觉得心里有些怪怪的，好像自己做了什么对不起端木的事。

但今天端木这句话，让庄炎心里的结解了，端木喜欢美术，喜欢设计是事实。因为这个缘故，高中的时候还和父母闹过好几次，但最终被父母镇压了，老老实实考了文化课。

庄炎想着就又高兴起来，好像是自己为端木的未来找到了突破口，拯救了这只迷途的羔羊。

"对了，说说你今天的工作吧，感觉怎么样？"端木拿餐巾纸擦了擦羊肉串铁签的端头，递给庄炎。

"很棒啊，我今天上午打了一份文件，左总昨晚熬夜整理出来的。我用的全拼，我不会五笔。"庄炎咧开嘴笑笑，"你都不知道，我生怕有什么差错，打完我仔细检查了三遍，从头到尾。"

"你一天就打了份文件？"端木嘿嘿地笑。

"人家上班第一天嘛，还没步入正轨呢。我们老板说了，要把我往管理岗上培养。"庄炎高兴得仰起头，她没说磨咖啡的事，她总觉得把那划到工作范畴内，怪怪的。

53

庄炎提前半个小时到了办公室，左逸哲走进办公室的时候，庄炎准时奉上了香浓的咖啡，他接过咖啡说："叫全辉来一下。"

"仝辉。"庄炎张大嘴巴重复道。

"仝副总，你屋里有通讯录。"男人说着拧着眉头翻开手里的文件。

庄炎快速地回到自己的办公室，拨通内线以标准的普通话说："仝副总您好！左总找你。"

那边"嗯"了一声，"啪"地挂了电话。庄炎放下电话，心想："耍什么大牌，不就是个副总嘛。"

挂了电话，庄炎在电脑前坐下来，庄炎觉得自己应该尽快融入工作中，就像称呼该调整一下一样，不能总在心里左逸哲左逸哲的叫，应该叫左总。庄炎想着自己嘿嘿地笑了一声，又很快把笑声收了进去。

庄炎看到有人进了左总的房间，然后是文件"啪"地摔在办公桌的声音。几分钟后，那个被称作仝副总的人低着头。脸色发白地走了出去。

"庄炎，走，跟我出去一趟。"庄炎正暗自高兴，没想到被左逸哲这么一叫，庄炎身上的神经就突地立了起来。庄炎小心翼翼地跟在后面，不知道去哪，又不敢问。

左逸哲开着车突然哈哈大笑："你刚叫他什么来着，仝副总。估计他快气炸了，大家整天都仝总仝总地叫。他还真以为他是个总了，整天就知道喝酒泡妞，正事不干一点。让他整理的材料，整理得什么乱七八糟的。"

"仝副总……"左逸哲摸着下巴，笑眯眯地重复道。

庄炎正准备露出笑容附和一下，没想他的脸却唰地绷了下来。

他们此行的目的，竟然是保龄球馆，这是庄炎没有想到的。左逸哲递给庄炎一杯橙汁，自己要了一杯黑啤，喝了两口放在身后的桌子上，然后拿起一个保龄球扔了出去，动作大方、优美、得体。

他拿起一个保龄球递给庄炎的时候，庄炎有点跑神："多不务正业的老板，带着我一块不务正业，他不用给我发工资吗？他的钱天上掉下来的吗？真是的，也许我应该给他说，'对不起左总，我要回去工作了'。"庄炎想了想，自己好像也没什么具体的工作要做。

左逸哲把保龄球塞给庄炎，然后自己做了示范动作，伸手拉庄炎的胳膊准备教庄炎时，庄炎猛地伸直手臂顺势垂直，朝前走了几步一弯腰把球送了出去，虽然动作不够完美，但也完整流畅。

庄炎直起身子，看了看在旁边拍着巴掌的左逸哲，有些后悔，庄炎不知道这算不算挑衅，他会不会生气，不管了，庄炎抬起头迎上了他的目光。

左逸哲突然大笑起来："我就喜欢你这样，本真、率直，以后出来我们就是朋友，你别那么拘束，该说什么说，该做什么做。"说着左逸哲拿起桌子上的饮料递给庄炎。

"你是学艺术的？"庄炎睁大眼睛看着他满头的卷发。

"学金融的，要说艺术，倒是喜欢摄影，接触过点设计类的东西。"男人又拿起一个保龄球扔出去："怎么了？"

"没事，你的头发弄得挺好看的。"

"哦，这个啊，纯天然的，我父母都这样。"

左逸哲从地上拾起一个耳坠，放在手心："你的？"

庄炎慌忙往口袋里一摸，果然只抓出了一只。

"很漂亮，像搞艺术人的风格，全是花啊。"左逸哲把耳坠放在眼前晃了晃。

"对，繁花（繁华）。"

耳坠是昨天端木送的，纯银纯手工的制作，四瓣的花朵，五朵连在一起刚好扣在耳唇后面。

庄炎和端木边沿着花园路往回走，边说说笑笑，庄炎把耳坠托在手心里，仔细观赏："你小子，行啊，越来越有品位了。"

"那是，我得向你看齐。"

"我帮你戴上。"说着端木拿起耳坠，站到庄炎的侧面："回头，你跟我一块去上海吧，我们在那里打拼一片属于自己的天地。"

"我不去，要去上海，我还不如回西北呢。"庄炎随口说道。

"回西北，回西北干什么，去找那个韩艺，你竟然还放不下他。"端木喊道。

"没有，我没有。"

"你就是有，你还不承认。"

"没有！"

"有。"

"有怎么了，那是我自己的事，我乐意！"庄炎气呼呼地拽掉耳朵上的耳坠，大步朝前走去。

庄炎回过神来，左逸哲已经从庄炎的手掌上拿走了另一只耳坠："送给我怎么样，我喜欢它的名字。"

"可是……"

"你舍不得，小男朋友送的。"

"不是，不是，就一朋友。"

"看来你挺喜欢，君子不夺人所爱，明天戴上吧，可以戴。"左逸哲说着把耳坠放回庄炎手里。

"走吧，吃饭去。"

"我得回家！"

"我送你。"左逸哲说着大踏步走了出去。庄炎那句"不用"被远远地抛在了后面。

庄炎追上去，左逸哲已拉开车门坐在了副驾驶的位置上。

"我不会开车！"庄炎站在车门外为难地说。

"我教你，你是我的秘书，总不能让我老开车带着你吧。"

"我是文员。"

"什么都无所谓，反正今天你得开车。"

庄炎以20脉的速度，颤颤巍巍地在公路上行进，身体绷得笔直，豆大的汗珠从额头上渗出来。

54

庄炎走出写字楼的大门，塞着耳机，哼着歌从台阶上跳下来。懒洋洋的太阳斜斜地照在庄炎身上，打出金黄色的横截面，庄炎抬手挡住了右眼前刺目的光线，远处电线杆上几只麻雀蹦蹦跳跳，惬意无比地欣赏着这个城市的黄昏。

庄炎向上伸展着胳膊，感叹："多美妙的世界啊，我应聘了设计，却成了文员，稀里糊涂地遇到了一个怪怪的，帅帅的老板，稀里糊涂地开始了第一份工作，就像你看着一只正在生产的狗，本来期望领养一只狗崽，它却产下了一只小猫。你觉得也不错，就抱回了家。"

庄炎想着笑眯眯地从最后一节台阶上跳下去。庄炎觉得脚踝一阵疼痛连忙蹲下身去，庄炎边咧着嘴揉脚边说："我的神啊，我可是你的孩子，你的子民，你要保佑我的，怎么能老拿我开涮呢，我明天还上班呢。"

庄炎这么一说，脚还真不疼了，庄炎就又后悔起来，她突然希望脚疼痛肿胀起来，亦如2005年的那段日子。

庄炎清晰地记得，那次崴脚是在学校西门外的台阶处，由于刚刚下过雨，石板的台阶上沾染着旁边小吃店的油渍和黏糊糊的泥水，庄炎仰着头蹦蹦跳跳地跑在韩艺前面，不料脚下一滑就与地面来了个完全接触，韩艺冲过去扶起庄炎，伸手擦掉庄炎脸上的泥水关切地问："没事吧？"

庄炎在台阶上坐下，摸着脚踝说："脚崴了。"说着庄炎眼角就渗出了泪来。

"真是的，这么不小心，怎么不知道慢点，疼不？"韩艺说着蹲下把她的脚托起来。

"疼！"

韩艺站起来一抬胳膊，脱掉粉色T恤，擦掉庄炎身上的泥水，然后背起庄炎回到了住处。

"你真沉。"韩艺笑着说。

"我有内容啊。"庄炎在韩艺背上，一会捏捏韩艺的耳朵，一会摸摸他的额头，乐呵呵地唱着歌，美其名曰给韩艺鼓劲。

"我怎么觉得你像故意的。"韩艺用力地把有些下滑的庄炎往上托了托。

"嗯啊，我就要你这么一辈子背着我，休想跑掉。"

"你真坏！"

"我坏得可爱。"

庄炎和韩艺就一同笑起来……

庄炎想着想着眼睛就酸涩起来，庄炎在台阶上坐下，拿出手机，翻出韩艺的电话，愣了许久又往下翻去。

"我的脚崴了，很疼。"庄炎以一副哭腔说："我在单位门口呢。"

庄炎放下电话，觉得自己被一个巨大的阴影罩住了，庄炎回头见左逸哲站在身后，庄炎慌忙站起来："左总，你怎么还没走？"

左逸哲伸手扶住挣扎着站起来的庄炎："你的脚，没事吧？"

庄炎使劲摇了摇头，在心里大喊："好丢人呢，怎么能遇到他呢，太有损形象了，在老板面前像什么样子。"庄炎突然想起眼里的潮湿，慌忙抬胳膊擦了一下，露出夸张的微笑："我没事，左总，您先走吧。"

"刚给你男朋友打电话呢？"

庄炎脑子里迅速浮现出韩艺的笑脸，那家伙竟然恬不知耻地在她脑子里笑着说："乖，你给我打电话呢，等着我去接你啊。"

庄炎有些气愤地把脑子里韩艺那张脸按下去，然后摇了摇头说："没，就一朋友。"

"走吧，我送你到医院看看。"

"不用，没事，真的没事。"庄炎一个劲地摇头。

"我叫你去，你就去，我是你上司，你得服从命令。"

"我不去，我有人身自由。"庄炎突然对他那种命令式的语气有了抵触，就像一头牛，你指着让它往西，它就觉得往西不舒服，就拼命地往东，你让它往东，它就腾地掉给你一个屁股，又往西。反正无论什么生物都不喜欢被强制。

"必须去，要不有什么问题怎么办，我是你的老板得对你负责。"左逸哲不由分说架着庄炎的胳膊朝黑色的轿车走去。

车子刚启动，庄炎就接到端木的电话："喂，那个男人是谁，你坐谁的车，你老板？快下来！小心他居心不良！"

庄炎"啪"地挂了电话，她看着后视镜里端木骑着电动车，逐渐缩小成一个小黑点。她攥着拳头，恨不得在端木的脑袋上狠狠地砸两下，他怎么能那么说呢，感觉好像她故意崴了脚，为接近这个左逸哲一样，自己是那种人嘛。再说了，工作和感情就完全是两码事，他就是老板，我就是员工，不会改变。

庄炎坐在凳子上，护士弯腰准备给庄炎擦药的时候，突然被另一个穿白大褂的医生叫走了，左逸哲弯腰拿起镊子，用药棉蘸着药水，小心地涂抹在庄炎脚上。

庄炎突然有些愣，他仿佛看见韩艺满是心疼地抱着自己的脚丫。

韩艺把自己背回他的住处，就飞奔着去买了瓶红花油，然后跑回来，烧了热水，给庄炎洗了脚，把红花油涂上，但效果不大。第二天庄炎的脚就昂扬地肿起来，韩艺就从高一届的老乡那里讨得用烧酒洗的方法。于是接下来的每天，韩艺都抱着庄炎的脚不停地摆弄。

韩艺烧好热水，小心地把水淋到庄炎脚面上，问："烫不烫？"

庄炎笑嘻嘻地倒在床上，扑腾着脚，溅了韩艺一脸水花："好痒啊。"

韩艺抬胳膊擦了一下脸，然后抬手轻轻地在庄炎的左脚上打了一下："叫它不乖，不听话，乱动。"

庄炎弹着脚嘻嘻地笑着："是那只脚不听话。"

韩艺就抓起另一只脚，抬起手轻轻地落下。

"听话了，听话了！疼啊！"

庄炎一喊疼，韩艺立马停下来，把那只脚抱在怀里，焦急地询问。

庄炎看着韩艺紧张的模样，就又倒在床上嘻嘻哈哈地笑起来。

"快坐好，洗脚，水都凉了。"韩艺说着站起来往盆子里添了点热水，把庄炎的双脚小心地按进水里。

韩艺用毛巾把庄炎的脚擦干，然后拿了一个瓷碗，倒上白酒点燃，韩艺歪着脑袋抬着手，看着蓝色的火苗，怎么也找不到下手的地方。

庄炎弯着腰，也盯着呼呼燃烧的蓝色火苗："要不你吹灭，等它不烫了再抹。"

韩艺摇了摇头："傻丫头，那样还有什么效果？"

韩艺一咬牙就把手伸了进去，然后沾着酒抹在庄炎脚上。

庄炎正想着，一滴滚烫的液体就顺着脸颊滑落，掉进了左逸哲头顶那茂密的深棕色卷曲的丛林里，不见了。

左逸哲抬头柔柔地看着庄炎。

庄炎吸了口气，把脚从他手中抽出来："我没事了，走吧，我得回家。"

说着庄炎穿上鞋，拿着医生开的药向外走去。

55

此刻，我坐在电脑前，和朋友聊了会儿天后，打开网页准备写博文。我生命的每一天都像不断转动的罗盘，飞快地划过，不同的色泽，不同的密度，不同的硬度。

今天显然过于柔软了，软得让我觉得有些怪异，左逸皙的和蔼好像有些过分，他怎么可以蹲下身去帮我搽药呢，也许是我的眼泪沾惹起了他的同情心。

坏丫头，想啥呢，又思想不健康了不是。

当然不会，我是谁啊，我是庄炎，思路清晰，脑子聪明，当然不会把事情弄乱的。

但此刻我正托着昏沉沉的头，鼓鼓囊囊的胃，坐在电脑前。这也许源于我刚才好得过分的胃口和蚊子热情的侵扰。我已经整整一个月没点过蚊香，没打过蚊子药了。佛陀不是说了嘛，救人一命胜造七级浮屠。我没救人，我救了蚊子，而且是用自己的鲜血。就算一大群蚊子抵一个人，我也救了好几个，所以佛陀会让我一直走在广阔的大道上。

好像有点扯远了，嘿嘿，还是说说工作吧。就目前来说，这可是我生活的主旋律。

工作不是很忙，有点不务正业的感觉，感觉给老板冲咖啡这算不上工作内容的事情，却成了每日最重要的工作。其实我很惨，他每次都让我喝一杯，我就端到我屋里的电脑前，咖啡很香也很苦，如果加点糖或者奶沫的话，我想那味道就完美了，可我不敢在他的注视下去拿糖或者奶沫。

上班5天，我做的最重要的工作，就是打了一份文件，他的字连笔得厉害，极具艺术性，害得我不得不睁大眼睛仔细辨认，那叫一个痛苦。可痛苦完了，闲下来的时候，就觉得那是一份乐趣了。

我工作的主要内容好像就是接接电话倒倒水，有点无趣，但怎么说呢，也许我刚去，工作还没步入正轨，不过很快就会好的。

　　庄炎写完博文伸了个懒腰站起来，把从学校带回来的一大堆书倒出来，铺在地上，最后终于从里面找到了那本五笔打字教程。这本书是读大二的时候买的，翻过一次后就再没看过。那时候的庄炎一有空就活蹦乱跳的，哪有空记字根啊，何况那时候需要打字的时候很少，给设计作业打个说明，聊个QQ什么的，全拼就够用了。

　　"明天没事的话，就先坐那里学五笔打字吧。以后可能有很多文件要打，就现在这打字速度，肯定忙不过来。"庄炎说着把书塞进背包。

　　庄炎刚站起来准备去冲澡，电话就响了，是端木。

　　"你的脚怎么样了？"

　　"挺好的，不用你管。"

　　"你生气了，对不起，炎子，我那时候就是着急，现在的社会蛮复杂的，我就是担心你……"

　　"担心你个头，你不要这样好不好，我们什么关系啊，朋友！"

　　端木在电话那头沉默了片刻，又笑笑地说："嗯啊，我们是好朋友，这辈子都是，永远的。"

　　庄炎挂了电话，把"繁花"耳坠掏出来放在掌心，心里隐隐地痛了一下，她不可能爱端木，端木也不可以喜欢她。他是她的朋友，她和他如果超越了朋友的关系，那就是对不起端木了，庄炎觉得自己心里与感情相关的任何情愫都消失了，像一口泉，枯竭了，再也涌不出甘甜的水，她可以欺骗自己，但不能欺骗端木，不能失去这个朋友。

　　爱情只是童话，童话只要与现实碰撞就会支离破碎，越完美的童话，碎得越彻底，然后你就抱着那美丽的只属于曾经的童话回味一辈子，伤痛一辈子。那种痛柔软、致命，时间虽然会冲淡，但总是无法阻止某一刻，它会突然鲜活地上涌。

　　爱情是虚的。

　　工作却是实的。看得见，抓得着的，但庄炎此刻只是想历练，接触各方面的事物，让自己成熟起来。工作是为了完成梦想而奠的基石，只有工作，没有目标的人生，是无味的。如果你整日遵循着一成不变的轨迹，那和工厂里整日转动的机器又有什么区别。

人就是人。庄炎就是庄炎。梦想、爱情，这些在现实中看起来虚幻的东西，在庄炎的心里却真实的存在，就算被梦想和爱情耍过，伤过，她也依旧坚信这两样东西无比真实的存在。

短信响了，竟然是左总。

"如果脚疼的话，你可以休息两天。"

"多谢左总关心，已经好了，我明天会按时上班的。"

晚上躺在床上，大脸晶在电话那头叽叽喳喳地喊："你傻啊，这么好的机会不利用，你就好好在家休息几天。"

"我的人生会在休息中停歇，然后荒芜。"

"看来你这丫头前段时间在家等工作，等得神经质了。"

"神经质——精神病——精神，你听听最终我还是精神的，哪像你投机钻营地窝在生活的腋窝里睡大觉。"

"能不能不是腋窝，是怀抱里，生活的怀抱里，温暖、踏实。"

"美的你，不说了，我要睡了，明天还得早起上班。"

"这么敬业！不会是因为你们那个老板很帅吧。"

"说实话，真的很帅，还很有味道，但是他就只是老板，我们就是工作关系，我会好好地工作，为公司创造效益，我不能白拿工资。"

"少装高尚。对了，我最近发现丹尼斯一楼化妆品的导购都换成男的了，一个比一个养眼，回头我带你去看啊。"

"你个花痴！睡觉！"

……

56

庄炎觉得心里怪怪的，上班不在公司，不在办公室，却到了丹尼斯，庄炎抬头看了看蓝色玻璃上镶嵌的金光闪闪的大字，眯着眼想：

"这是商场啊，我来这里干吗，我疯了嘛？"想着庄炎就转头往回走。

"喂！你干吗？"左逸晢一把拽住庄炎的胳膊。

"我回去上班！"

"上什么班，这就是上班，工作需要，懂吗？你看看你身上，一会儿还要见客户。"

庄炎低头看看自己胸前一大块咖啡渍，脸腾地红了，就跟做错事情的小姑娘一样，低着头说："那我现在马上回家换衣服。"

"换什么呀，快点，来不及了。"左逸晢说着伸手把庄炎拽进了商场，进了电梯直奔三楼。

庄炎低着头，一直为早上因为走神造成的后果后悔。

磨咖啡，是一个享受的过程。庄炎在有规律地晃动中走了神，轻而易举，好像被什么东西牵扯着就回到了校园里。

自从庄炎的脚崴了以后，韩艺每天抱着庄炎脚的时间都在一个小时以上，又是用烧酒洗，又是拿红花油搓的，好是好了点，但依然有些肿，脚不敢用力。

于是，韩艺就扶着用一只脚蹦着走路的庄炎，找到了一家私人诊所，大夫是个长得有些古怪的老者，他盯着庄炎的脚看了半天问："多长时间了？"

"三四天了。"

"这么久了，怎么不早点来，要是当时来的话可以打点石膏，好得快点。"医生弯腰捏了一下庄炎的脚踝："现在只能搽点药，慢慢治疗了。"

庄炎回头看看韩艺，他认真地瞪着眼睛在那一个劲地点头，好像伤员是他一样，庄炎便咧开嘴，省了回应医生的任务。

"这样吧，我先给你们开点儿松节油回去抹抹，过几天再看。"大夫说着铺开纸准备开方子。

庄炎和韩艺同时愣了，互相交换了个眼神，逃跑似的离开了诊所。

　　庄炎一只脚蹦着，被韩艺扶着边往前跳，边气喘吁吁地说："吓死我了，我生怕他在那儿给我上药，那我的脚岂不是废了。"

　　"就是啊，竟然用松节油，那不是我们调油画颜料用的嘛。"

　　"就是啊，用松节油的话还用找他看，我油画箱里就有，直接抹点就行了。"

　　"别！再抹出什么问题了，可就麻烦了。"韩艺说着弯下腰说："累了吧，我背你。"

　　过了很长时间后，庄炎才知道，原来松节油还有医用的，庄炎想着当时她和韩艺没命地往诊所外面冲的情景就扑哧一声笑出声来，估计那大夫得在那纳闷好一阵呢。

　　"庄炎！你笑什么？"庄炎猛地回过神来，见左逸哲拿着一款瑞丽版的卡其色上衣，和一件黑色的西裤样式的短裤，塞到她手里说："试试看。"

　　庄炎抬头看了看左逸哲那张拉长的脸，只好进了试衣间。

　　庄炎扭了扭身子看着镜子中的自己，还别说，左逸哲的眼光真不错，比上次她和大脸晶她们一块儿买的那身衣服上档次多了，卡其色上衣肩头的网纱褶皱打造出荷叶边和小蓬蓬的丰富效果，很是曼妙，加上下面黑色的西装款短裤，就稳重不失活泼了，反正就是简约、时尚。

　　庄炎回头看见左逸哲伸出大拇指对自己晃了晃。

　　庄炎冲他笑了笑，笑完庄炎又后悔了，怎么都觉得有些矫情，哪能要他买的衣服呢，庄炎正准备回试衣间，左逸哲伸手拦住："就这身吧，别换了，时间赶不及了。"然后他就招手示意工作人员开票。

　　那个穿着工作装的女子，很客气地把票交给他："您好，先生，一共3200元，收银台前走左拐。"

　　"等一下！"庄炎追上迈开大步往前走的左逸哲："太贵了，我不要！"

　　"又不花你的钱！"

"就因为这样我才不能要。"

"真是死脑筋。"左逸哲背过脸嘟囔了一句，然后说："必须穿！"

"我不要，不管你怎么说！"说着庄炎转身往试衣间走去，左逸哲一把拽住她的胳膊压低声音说："这是公共场所，我不想发火，我告诉你，这是工装，工装，明白吗？一会还要见客户，你要为大局着想。"

后来，庄炎和他去了咖啡厅，庄炎要了一杯拿铁咖啡，一份牛排，吃完也没见客户的影子……

57

庄炎光着脚抱着膝盖坐在公园的草坪上，秋天就要到了，经过春的孕育，夏的生长，秋天就要结果了，可能是金灿灿的梨，或者红彤彤的苹果，可庄炎到了收获季节，又会收获什么。庄炎突然有点害怕，她怕果实摆到她面前时，是一个说不清什么颜色的怪胎。一个莫名其妙的故事，一个没有顺着自己意愿发展的事实。

庄炎伸手抠着昨晚在大拇脚趾上涂的绿色指甲油，一道一道的，成了不规则的图案，毫无美感，犹如此刻的心情。

说到孕育，庄炎就想起了空签，她此刻会不会挺着肚子里丰富的内容，在大伟的搀扶下，在公园里漫步呢。这丫头，太不够意思了，就这么把大家抛下，自己跳进婚姻里，享乐去了，要知道那时候天天喊着打死不进婚姻围城的就是她，跑得最快冲进去的还是她。

但事实好像不是这样，庄炎觉得那丫头没心没肺的话里，总是夹杂着些许惆怅。

庄炎是两天前给空签打的电话，庄炎觉得有必要问候一下这对新婚宴尔的幸福生活。

"怎么样，做新娘子的滋味'甜'吧？"庄炎笑嘻嘻地说。

"那是，要是大伟能多挣点钱就更甜了。"空箜咧着嘴笑得没心没肺。

"当然会，他会让你以后成为小富婆的。"

"要得，要得，我就喜欢当小富婆的感觉，忒爽。"

"婚礼热闹吧，当新娘子的心得体会，说来听听。"

"很激动，很兴奋，很甜蜜！对未来的生活充满憧憬，这是我想象中的情景。"

"现实呢？"庄炎焦急地问。

"现实？现实是我边收红包，边盘算以后的日子，租房子，电费、水费，看这些钱能支撑多久。"空箜对着电话笑呵呵地说。

"你这么快就成管家婆了，这不像你的风格呀！"

"姐姐，我有别的选择吗？我以前真是异想天开，在北京怀孕真是头痛的事，你都不知道，去医院检查一次都是几千几千的，我心疼得跟割我的肉一样。几千块钱啊，够我和大伟好好吃一个月了。"空箜嘻嘻哈哈地说。

"这能换算嘛，对了，大伟怎么样？"

"还能怎么样，俯首甘为孺子牛呗，他是没辙了，我现在也没工作，不是我不找，而是我怀孕了，恐怕刚找到肚子就出来了，人家也得把我辞退。"空箜顿了顿说，"我害怕。"

"害怕什么？"

"害怕肚子一天天地大起来，害怕那么贵的医药费，害怕我和大伟经不住现实一次又一次的考验，选择放弃。我有点后悔了，我不想要孩子了，我害怕我承受不了，我怎么都觉得像做了一场梦，奇奇怪怪的。"

"别这么说，这不是刚开始嘛，生活会越来越美好的。"

"那是，我逗你玩呢。我要说不要这孩子，估计大伟他们家那一大帮亲友团都不愿意。我们走的时候，大伟他妈拉着大伟说，照顾好我媳妇，照顾好我孙子。我当时就笑，她怎么就知道他儿子造出来的是个带把的呢？我还是喜欢女儿，起码将来结婚你不用给她买房子，这就省了一大笔开支，对吧？"空箜说着又没心没肺地笑起来。

庄炎在大脸晶的喊声中回过神来，大脸晶那张脸在夕阳的余光中显得越发气派了。

庄炎从包里拿出刚买的两瓶易拉罐果啤，把那称作工装的高档服装的事，拉出来说一通。

"啊！你好厉害呀，这么快就把你的帅上司搞定了，有一手！"大脸晶竖起大拇指笑道。

"去死，什么跟什么啊。我们就是工作关系，我们当时等着去见客户，我的衣服又脏了。"

"那你们见客户了没？"

"没，客户临时有事，没来。"

庄炎想起那天，从丹尼斯出来后，他开着车风驰电掣地到了一家咖啡厅，然后就进了预定好的一间雅致的包间，中间的餐桌上还摆着艳丽的蓝色花朵。左逸哲在橘色的沙发上坐下，庄炎立在门口，手无助地握着。

"坐呀！"

庄炎在他对面坐下，睁大眼睛问："客户呢？"

"客户刚发短信说临时有事，晚点过来，让我们先吃。"

"不好吧，还是等等吧。"

"不用，等客户来，他肯定吃过了，我们总不能饿着肚子谈生意，那样脑子缺少养分，很吃亏的。"

庄炎抬头看了看左逸哲，又看了看包间暧昧的灯光，突然觉得心里怪怪的。左逸哲从花瓶里抽出一朵蓝色的花朵，递给庄炎："蓝色妖姬，喜欢吗？"

庄炎看着蓝色的花瓣，心想："这就是传说中的蓝色妖姬啊，好漂亮，但不够本真，网上说，蓝色妖姬是白玫瑰（或白月季）快到花期时，开始用染料浇灌花卉，让花像吸水一样，将色剂吸入进行染色。"

庄炎抬起头说："不喜欢，虚伪的花，它明明是白色的，为什么要吸收外部的颜色变成蓝色，就像我们，你明明是老板干吗非要……"

"非要干吗？"左逸晢嘴角上扬，似笑非笑地往前探了探头。

庄炎不否认，他那种似笑非笑的感觉，帅呆了，庄炎的心咚咚地在胸腔内狂跳着，庄炎在心里大喊："他想引诱我吗？不！他只是我的老板，我不是小秘，也不是他的情人，我们只是工作的关系，镇定，不要被魔鬼引诱着误入歧途，那样连你自己都会看不起自己。"

庄炎闭上眼睛，吸了一口气，突然毕业前宿舍的那一幕就清晰地浮现。大家都忙于找工作，简悦是庄炎她们宿舍最勤快的一个，天天奔波在人才市场和兰州大大小小的公司之间。

不记得什么时候起，简悦开始穿低胸的连衣裙，开始用叫作迷幻的香水，开始常常带着酒气冲回宿舍。

突然有一天简悦说要请大家吃饭，简悦说她找到工作了，一家设计公司的老板特赏识她，说以后录用了直接就是设计总监。

庄炎她们听到这个消息，都兴奋无比，这可是宿舍的第一颗胜利果实，她们去火锅城狂吃了一顿，又去K歌，唱了整夜。

庄炎在酒精的作用下迷迷糊糊的时候，简悦突然把啤酒瓶子砸在地上，站起来说道："都是什么社会，灯红酒绿。谁定的规矩，工作能力包括陪客户喝酒的？我也真够贱的，那么快就入戏了，真虚伪。"

在庄炎记忆中，那是四年来简悦说话最粗鲁，发的脾气最大的一回，当时庄炎猛地就从半醉半醒的状态中清醒了过来，庄炎站起来准备去拉简悦的时候，简悦突然闭上眼睛倒在沙发上睡着了。

庄炎叹了口气，庄炎觉得简悦肯定是受了客户的气，或者骂她了，或者喝酒喝得难受了，客户还劝酒，总之是让简悦不高兴的事。

庄炎摸了摸简悦的脸，转头把另一个话筒递给空荟，她们一字一句地唱着《我的未来不是梦》。

　　简悦又一次喝醉，是第三天的晚上。简悦回来得很晚，空箜和秦宇晴都已经睡着了。庄炎躺在床上给韩艺发短信，玩着不属于他们这个阶段的弱智爱情游戏。

　　简悦踉跄地推门进来，把包甩到床上，庄炎闻到一股浓重的酒气，便翻身下床，庄炎刚站到简悦面前，简悦就一把推开她冲出了宿舍。

　　简悦在对面的水房吐得稀里哗啦，庄炎弯腰去扶简悦的肩膀，却发现一只内衣带无助地在简悦胸前晃荡，庄炎轻拍简悦的后背，一下比一下轻，一下比一下缓慢，简悦裙子下的内衣是开着的。

　　庄炎拿了杯子，简悦漱完口转过身来，庄炎愣了，简悦裙子的领口被扯破了。

　　"悦。"庄炎轻声叫道。简悦猛地抱着庄炎低声啜泣起来，湿热的泪打在庄炎的肩膀上。

　　庄炎的眼里涌出大颗的泪珠，庄炎突然觉得心里堵得难受，她拍着简悦的后背，轻声问："出什么事了？"

　　"什么事也没有。"简悦猛地推开她，转身朝宿舍走去。

　　水房的感应灯暗了下来，庄炎站在黑暗里泪流满面，她不知道为什么，只是觉得难过，心里的液体需要往外排泄。

　　庄炎回过神来，眼睛有些湿润，她掩饰般地把蓝色的花朵一瓣瓣地拽下来摆在桌子上，却又不知道该摆成什么形状，只好凌乱地扔在那。

　　庄炎觉得面前突然有一片巨大的暗影，庄炎抬头见左逸哲站了起来，眼睛弯弯地冲自己微笑……

第八章　非常夏天

58

庄炎一手拎着在外贸店新淘的T恤衫，一手挽着水墨墨的胳膊，大脸晶揪着新买的玩偶史迪仔的耳朵，进了90°碳酸咖啡饮品店。

庄炎冲进去在靠窗的藤椅上坐下，吐了一口气："你知道吗，我记得一本书上说，逛街比去健身房更科学更健康更有助于减肥，我看一点没错。"

"真的！谁提出来的，我要做她的铁杆粉丝，把这项有益的活动进行到底。"大脸晶说着抬起胳膊做了一个奋进的姿势。

"可别，我不怕练出强劲的大腿肌，我就怕'逛'得我直接从月光族沦为卡奴族。"水墨墨托着腮帮子把头转向庄炎，"对了，说点正事，你的工作怎么样了，上班半个月了，谈谈工作心得。"

"对对，谈谈，省得你说我俩忽视你，不关心你新形势下的成长状况。"大脸晶眯着眼附和道。

"正在驶向正轨，我好像有点——喜欢这工作了，越来越有意思。"庄炎说着思绪就回到了今天上午。

庄炎和左逸哲并排坐在那张老板台后面一边说着什么，一边写写画画。这是一份郑东新区楼盘的招标计划书，庄炎满头大汗地抱着一大堆资料啃了两个小时，也没理出头绪。

庄炎靠在椅子上伸了个懒腰，抓了抓头发站起来，转身在饮水机里接了一杯冰水咕咕咚咚地灌下去，然后握着拳头说："小样，我还不信了，搞不定你？"

"搞定谁？"左逸哲似笑非笑地站在庄炎身后。

"搞定它们。"庄炎慌忙站起来，指着一大堆材料说。

"那现在进行得怎么样了？"左逸哲俯下身子看了看庄炎在电脑上新建的空白文档。

庄炎在心里狠狠地鄙视了左逸哲一下："切！什么意思，我学美术的，搞设计的，现在却得写策划，已经很不容易了，有本事你给我画张油画看看。"

左逸哲伸手拿起庄炎桌子上的资料："跟我来！"

庄炎愣了愣，便快步跟了过去，用了三个小时听他详细地讲解了整个方案的侧重点和制胜点，以及规整各部门材料的方法。

庄炎站在旁边一个劲地点头，满脸的崇拜，中午的时候庄炎在博客里这样写道：

> 很兴奋，很美妙。比吃上十根哈根达斯更让人觉得畅快。
> 三个小时，我学到了自己用三个月或者更长时间才能研究出来的东西，你还别说，左逸哲还真不是一个只能用来观赏的水晶瓶（他要知道我这么说，估计得气炸了）。
> 我有点崇拜他了，我承认，可以了吧，呵呵。
> 我不是要说这事的，我想说的是，你把别人的经验、技能吸收过来转化成自己的，是一件很美妙的事，我现在才明白为什么会有那么多工作狂（我可不是！先声明！我是懂得生活的

小炎子）。

有时候工作带给你的快感是娱乐、生活无法给你的。

唉！估计大脸晶、水墨墨这两个爱生活不爱工作的家伙看到这句话会冲过来把我捅扁，不过没关系，我有强大的小宇宙，我不怕她们，嘿嘿。

庄炎的思绪飘到这，就想起了中午和左逸哲一块吃饭的情景。

他们在巴西烤肉吃的自助餐，左逸哲给她夹了满满一盘子大闸蟹，说是这家伙含有丰富的维生素，VB_2的含量是其他肉类的5~6倍。

庄炎拿着筷子敲着蟹壳想："干吗呀！觉得我太笨了，需要补充维生素吗？"庄炎在心里冲左逸哲吐了吐舌头扮了个鬼脸。

左逸哲伸手在庄炎盘子里拿了一只大闸蟹剥开递给庄炎。庄炎立马摆出一副笑脸说："谢谢左总。"

"在外面不要叫我左总，说多少次了。"

"噢，左逸哲！"庄炎提高声音叫道。

"你叫什么？你就不能叫个哥什么的？"

"独生子女，没哥哥，也没那个习惯。"庄炎摇着头嘿嘿地笑着。

左逸哲又给庄炎要了点虾，然后冲庄炎招招手让庄炎靠近一点，他才压低声音说："喂！问你个问题，你以前是不是没上过班，没怎么跟社会接触。"

"有的，我当过'小蜜蜂'，一天就挣了七八十块钱呢。"

"小蜜蜂？"

"嗯，小蜜蜂，这都不知道。"

庄炎说着就乐颠颠地讲起了在学校唯一的一次外出打工事件。

那是大二的时候，有一天庄炎突发奇想，要在周末带领宿舍的姐妹们打工，以改变月末生活拮据的现状，于是庄炎就从大四的学姐那里得知了这份工作。

那天她们起得特别早，按学姐的嘱咐把头发都挽成了丸子头，除了空箜那短碎发外。

她们坐在床上，整整齐齐的一排，用了一个小时讨论挣来的钱怎么挥霍，用了半个小时吃了顿丰盛的早餐，然后就出发了。

工作地点是西关十字的亚欧商场一楼，一个大的影楼搞宣传活动，庄炎她们去的时候工作人员正在布置场地，她们就乐呵呵地帮人家搬东西，摆桌子。还又混了顿工作餐。

庄炎摸着肚子趴到空箜耳边说："还真不错，有免费的午餐。"

"喂，是早餐好不好，早知道刚才不吃了，我真害怕我的肚子承受不住。"空箜揉着肚子说道。

"去，淑女点，今天我们是工作人员。"

"嗯，小蜜蜂。"

小蜜蜂就是飞来飞去采蜜，庄炎她们就是穿着印着影楼标语的黄马甲跑来跑去地寻找客户源，这一天每个人底薪30块钱，拉过来一个人了解咨询业务就提成2块钱。

庄炎她们整个上午都特别卖力，脸笑得跟花一样，嘴甜得跟蜜一样。中午吃饭的时候，庄炎、空箜、秦宇晴和简悦凑到一张桌子上，蔫蔫的。

"真不容易，一个上午起码耗尽了我一个月的笑容，脸都笑僵了。"庄炎拍了拍脸颊。

"我一辈子都没说过这么多好话，有的人还不理我，直接走过也就算了，有的还回头腕你一眼，没素质，真是没素质。"空箜拍着桌子压着声音叫道。

"这事还得讲策略，你看见哪个进来，只要是看着没那么凶暴的，你就直接上去把女人一挽，把'姐'甜甜地一叫，人家就不好意思推辞了，男女朋友的，女孩被你挽走了，男孩自然就会跟过来，如果他不想回去跪搓衣板的话。"简悦娇娇地一笑。

秦宇晴一会看看大家，一会跟着大家笑笑，然后就继续埋头吃饭。

……

庄炎还没讲完左逸哲就已经笑得前仰后合了："这就是你给我提过的唯一一次重要的人生经历？"

"是啊，你笑什么，小事也是经历，不能因为小就把它画到毫无意义的范围，关键是你学到了，懂得了什么。"

"也对，小蜜蜂你学到了什么？"

"干工作不容易，挣钱不容易，还学会了不要轻易相信别人，学会保护自己。"庄炎一本正经地说。

"相信别人？保护自己？"

"是啊，下午的时候我们遇到了一个奇怪的女人，怎么说呢，没化妆，好像生病了，看起来很温婉贤惠，很有气质。"

"然后呢？"

"然后我们差点被骗啊。"

庄炎正沉浸在思绪中发呆，突然觉得右胳膊上一阵疼痛，庄炎回过神来，大脸晶已经在她胳膊上咬了个牙印，在那捂着嘴幸灾乐祸地笑。

"喂，你属狗的！"庄炎边喊边用手揉着胳膊。

"嘿嘿，差不多。老实交代，你发什么呆呢？我看你喜欢的不是工作，是工作中的人吧？据我二十多年的经验，你现在这种情况很危险，相当的。"大脸晶笑嘻嘻地说。

"嗯，很多事情都是无意识中促成的。可能你没把这事当成目标，但也不影响结果。"水墨墨若有所思地说。

"去，你俩都经验丰富啊，我可没你们想的那么复杂，我纯洁得很。"

大脸晶和水墨墨同时低头做呕吐状。然后又笑笑闹闹地向庄炎打听左逸哲的事。庄炎安静了下来，心里突然怪怪的……

59

庄炎的目光慌乱地游离，总也找不到正确的停留方向，左逸哲把手轻轻搭在庄炎腰间，那张脸离她太近了，近得让她无法呼吸，她的每一根骨节都变得松软，他似笑非笑的眼睛让她脑子一片空白。

"在第一步重心转移完成后，都应把重心点移向前脚掌。"左逸哲轻轻地握住庄炎的手。

音乐声中，庄炎在左逸哲的带领下轻盈地挪动着脚步，她移动左脚朝前迈了两步，左逸哲顺着她的脚步后移。

庄炎抬头看着左逸哲弯弯的眼睛，感觉自己正一步步走进他的怀抱，一步步走进深蓝色的湖边。她盯着那双眼睛，一会是韩艺的，一会是左逸哲的，像是混沌不清的梦。地面在旋转，庄炎的脚落在地上，软软的，所有的一切都让她失控，她抬起脚狠狠地踩下去，想证明地面真实的硬度。

左逸哲却抬脚跳了起来，她朝他脚面上踩去，准确无误地，像是蓄意。

"对不起，对不起。"庄炎在左逸哲的叫声中回过神来。

"没关系，刚学的时候踩舞伴的脚是难免的，我刚学的时候把女舞伴的脚踩得跟面包一样，你比我强多了，悟性很强。"左逸哲上扬嘴角露出微笑。

他又伸手揽住庄炎的腰时，庄炎猛地推开了他，在他疑惑的目光中硬生生地说："对不起，我累了。"

庄炎说完转身走进自己的办公室喝了口水：什么客户，什么交际舞，什么必需的交际手段，我为什么要跟他学，我可以去报个舞蹈班，比他教的要专业得多，他是我的老板，对，他只是老板。

庄炎想着一仰脖子把最后一口水喝下去。

她害怕，害怕他的味道，他的体温，他的怀抱，害怕那种柔软的东西。

那只是一种幻觉，什么都没有，庄炎一遍遍地告诉自己。可是她依然害怕，害怕失足跌下那深蓝的湖泊，她大声地问自己为什么在这里，无论是整理材料还是和客户洽谈，她都没有足够的经验和干练的表现，他为什么录用她，仅仅凭他嘴里她那种纯净的笑脸，她较好的气质，还有他觉得她是个可塑之才！

庄炎把手里的杯子捏得一点点地凹下去，杯子里的咖啡不断上涌。

"炎子，炎子。"庄炎在大脸晶的喊声中，手猛地抖了一下，思维就又回到现在的空间，庄炎抬手吸掉溅在手上的咖啡渍。

"你发什么愣？"大脸晶拿起史迪仔玩偶朝庄炎身上砸了一下。

"没什么，我刚想起今天弄的策划方案。"

"不要把工作带到生活中来！"大脸晶挥舞着史迪仔的手臂喊道。

"也不要把生活带到工作中去。"庄炎说着拿起咖啡喝了一口。

这是个漂亮的杯子，深咖色的瓦楞纸，除了90°咖啡个性的标志外，下面就是一排白色的小字："一杯严谨的态度。"

对待工作，要严谨，可是有些东西却常常模糊，模糊本该有界限的，无意识的。那界限上常常被薄薄的水渍掩盖，或者被滴上的蜡模糊。庄炎觉得她应该把这条线挑上来，明明白白的。

"啊，原来你喝的不是咖啡，是态度啊。"大脸晶嘻嘻哈哈地叫道。

"我找这种瓦楞纸找了很长时间了，我想用瓦楞纸做个灯罩。"水墨墨伸手拿起杯子看了看。

"我喝完，杯子送你做灯罩。"庄炎笑道。

"去！才不要呢，这么小。"

"那你要上一二十杯咖啡，回头咱把杯子粘在一块，更具艺术感。"

水墨墨翻了翻眼，向着庄炎努努嘴，笑嘻嘻地端起自己的杯子：

"我的太甜了，我去加点冰。"

"我也要，多多的要。"大脸晶把杯子递给水墨墨。

"我想买个大狗熊，刚才那个怎么样，三百多。"大脸晶捏着史迪仔的脸。

"买什么呀，回头把我的先抱去你家。"庄炎随口说道。

"真的，我一会就打车去拉。"

"嗯。"庄炎的心猛地沉了一下，她有些不舍。庄炎一直想彻底摆脱和韩艺有关的一切，她曾多次想过把大熊送给大脸晶，但此刻她有些后悔。那是韩艺送给她的生日礼物，那是唯一留下的真实的东西，她觉得胸口有些酸楚。忘记吧，她希望她们走的时候，大脸晶把这件事忘掉。

"对了，你还没说呢，你刚说买完'工装'和老板去见客户，没见着，然后你们干吗了？"大脸晶一脸得意的坏笑，"老实交代，坦白从宽！"

"什么也没干，吃饭，然后回家。"庄炎耸了耸肩说道。

那天庄炎看着左逸哲站起来，她的心慌乱地跳，说不清是兴奋，还是茫然无措，她的思绪卡在简悦满脸的泪水和扯开的肩带上。

她突然想跑，站起来推开门跑掉，可她什么也没干，它的脑子下达的指令不够确切，不够坚定。

他不会拿她怎么样，他是她的老板。好色之徒，他不会是。庄炎像是跟自己打赌，一动不动地坐那。

直到他离她只剩一步之遥，她才猛地调动发声系统准备制止他。但庄炎还没来得及张嘴，他就转身走了，拉开门出去了，庄炎为此自责了许久："你想什么呢，他就是老板，你就是员工，他也不可能怎么样，你个丫头，想象力太丰富了。"

后来，他们吃牛排，他还给庄炎要了一杯外形比味道更加精美的冰激凌，他说："女孩子都喜欢吃这个。"吃完饭他把她送到楼下，然后掉头走了，他说："你早点回去吧，女孩子回家太晚不好。"

"编呢，不诚实了吧，可以有点什么，真的，孤男寡女的，很正常。"大脸晶凑过来看着庄炎。

"想啥呢，丫头，那是我老板，思想这么不单纯。"庄炎笑着揪住大脸晶的耳朵。

"疼啊，疼啊，你也太不人道了，说句玩笑，就给我上刑。"

庄炎放下手说："看你这丫头还整天乱猜测不。"

"我是根据实际情况推测。"

"别推测了，喝水。"

"我觉得还是不对劲，就算现在没什么，也不能保证以后没。"大脸晶认真地说，又像是自言自语。

"疯了，你还非得让有点什么，才满足你的好奇心啊。"

"不是，炎子，我是有些担心，你得学会保护自己，知道吗？你才进社会，很多事情你不了解，你想法太单纯，要是有什么状况，你就……"大脸晶趴在庄炎耳旁小声嘀咕了几句。

庄炎和大脸晶一同笑了："哈哈，你这丫头真聪明，你是不是用过。"

大脸晶很认真地点了点头："人心难测嘛。"

"我可用不着，我是去上班的，不是谈恋爱，也不是找男朋友，我就是为了工作。"庄炎笑嘻嘻地说。

但没想到，很快大脸晶的办法就用上了，稀里糊涂的庄炎她们就被带进了派出所。

60

庄炎把QQ上简悦、空筌、秦宇晴的头像看了一遍，统一的灰色，没有一个人上线，也没有一个人打电话，随着时间的推移，她们联系的间隔越来越长，每个人都有自己的生活，每个人都在忙，不管忙得卓有成效还是毫无意义。

庄炎在自己的QQ空间里这样写道："不联系不代表忘记，希望我的姐妹在不同的地方同样快乐！你们在我心里。"

庄炎打开空间里的好友动态，看到大脸晶的动态里写着："为了别人或者自己的幸福，为了前程或者自己所谓的未来。谁不是在妥协着，又固执地坚持着。明了，清晰，放弃，寻觅……"

庄炎感叹了一番，接着冲大脸晶的头像挥挥拳头，大脸晶此刻肯定正对她的大熊横加蹂躏。

庄炎想着笑了笑：你不是说要彻底放弃吗？现在你可以忘记了。

庄炎在放大玩偶熊的位置靠着墙坐下，同样的姿势，一动不动。

她抱着大玩偶熊下楼的时候，每走一个台阶心就痛一下，好像要把自己的孩子送人。

她加快脚步，把大玩偶熊递给大脸晶后，一口气跑回卧室，她害怕眼里会有液体溢出，那将多么可笑，为了一个自己早就准备遗弃的玩偶。

庄炎用了二十分钟拨通了一个熟悉的号码。

"我是庄炎，好久没联系了，最近好吗？"庄炎脸上的微笑多得让人心疼。

"碎了，碎了……"

"什么碎了？"

"眼镜，还有心。"

"韩艺，你在哪，你怎么了？"

"没事，和朋友痛痛快快地喝了一场，我妈逼着我去相亲。炎子，有一天你会彻底忘记我，是吗？"

"是！"庄炎"啪"地挂了电话，脸被一种新鲜湿热的液体层层覆盖。

庄炎站起来：睡觉，对，我要好好地睡一觉，我有明媚的生活，何必为了过往而忧伤，我们是只有一个交点的两条线，已经过了那个交集，就注定越走越远。

……

庄炎用一个漫长而混沌不清的梦迎来了第二天的清晨。

61

庄炎气愤地甩开左逸哲的手，大步朝前走去。

"小心！"

庄炎张着嘴看着巨大的车体飞速地朝自己移进，像画面切换般。她愣在原地，脑子一片空白。

左逸哲快步冲过去，一把揽过庄炎，车辆和他们擦边而过。庄炎依旧愣着，目光直直地看着面前。左逸哲淡紫色的衬衣成了模糊而巨大的一片色泽。左逸哲伸手握住庄炎冰凉的手指："庄炎，你没事吧？庄炎？"他说着朝庄炎的额头摸去。

"流氓，一帮流氓！"庄炎猛地推开左逸哲，一个响亮的耳光落在他脸上。

"我有什么错！我提醒过你，说不让你去的，可你坚持要去，我有什么办法？"左逸哲捂着脸咆哮着。

"够了。我去是给客户谈业务，不是看你们泡妞的。"

"你以为我愿意吗？白天忙一天，晚上还得陪着这一帮人来这种场合。我也很累，每天虚假地笑着参加不同的应酬。"

"跟我没关系，我讨厌你们这些人，讨厌你们。"说着庄炎转身大步朝前走去。

"我送你回去，这么晚了。"左逸哲伸手抓住庄炎的胳膊。庄炎转过身一抬手，又一个耳光落在左逸哲脸上。

左逸哲捂着脸愣愣地站在原地，庄炎吐了一口气，抱着头蹲下来："对不起。"

左逸哲在庄炎对面蹲下来："没事，我小时候一直很羡慕女孩子能涂胭脂，但男孩子涂了就会被笑话。现在愿望实现了，我想我的脸此刻一定红扑扑的，比涂最名贵的胭脂都好看。"

庄炎猛地笑出声来，抬头满眼都是眼泪。她在路沿上坐下，抱着膝盖。左逸哲以同样的姿势坐在她对面。

"你是老板，得有老板的样子，不能这样嘻嘻哈哈地跟员工开玩笑。"

"对呀，我这个人很严肃的，你看全总都不怎么敢跟我开玩笑，其实我不是那种脾气很爆很难接触的人，但是公司里那么多员工，那么多的事情，让我必须时刻保持清醒，时刻端着架子，这样的生活真的很累。"

"但你在我面前太过本真了，老板在员工面前就得严肃点。"

"你让我觉得很轻松，看到你的第一眼起我就有这种感觉。你让我在你面前也穿上盔甲，岂不是很残忍！"

"怎么说呢，你是个很好的老板，所以我希望你明白。我一直都把你当老板，很尊重你，我刚毕业，可能我的很多想法有点傻，但我也没认为有什么不对。我想要好好的工作，靠自己的能力，而不是靠外表，虽然我一直崇尚内外兼修。"

"我明白，你会有很好的发展，你要相信我。还有今天晚上的事情，对不起，我没想到他们会玩得那么过分。"左逸哲很诚恳地看着庄炎。

"没事，都过去了。无论好的坏的，对我来说都是一种成长。"庄炎拿出包里欢快歌唱的手机。

"god（神啊）！你终于接电话了，你干吗去了？"大脸晶在电话里喊。

"没事，刚去了趟派出所。"

"派出所？出什么事了？你没事吧。"

"没事，一会打给你。"庄炎挂了电话，站起来跟左逸哲告别，然后顺着路朝前走去。

"左逸哲——左总。"庄炎品味似的念叨着，生活真的很疯狂，她以为找到的是一份工作，但这个老板站的位置却比工作更突兀，前天庄炎进办公室的时候见桌子上放着一个深蓝色的本本，庄炎走近一看是驾驶证，以为是谁遗落在她办公桌上的，翻开，上面却贴着她的照片。

庄炎摇了摇头翻出通话记录拨通了大脸晶的电话。

62

庄炎此刻最想做的事情就是赶快回家，什么也不做，什么也不想，就那么摊平四肢躺在床上。

但大脸晶焦急关切的询问，让庄炎不得不把今晚的事情拉出来在脑子里重新过一遍。

下午庄炎听见左逸哲一直在和客户联系，说是晚上聚聚。庄炎很清楚，这个聚是有意义的，是他们目前手头上攻关的一个项目中重要的几个合作伙伴。于是庄炎就主动提出要去，她想左逸哲总说要培养她，带她和客户谈生意，但除了一个相当成熟，对左逸哲大显媚态的一个老女人外，庄炎还真没见过第二个客户。

　　吃饭地方是一个酒店的豪华包间，庄炎坐在那里笑嘻嘻地听他们说每一句话，与工作有关的无关的。她觉得心情不错，好像一下子工作就得到了进一步的深入。唯独左逸哲的表现让庄炎有些气恼，好像实在可以剥夺她作为员工的身份和与客户接触的权利。左逸哲坐在那，不停地给她夹菜，一会递餐巾纸，一会倒饮料的。

　　"喂，你是老板。"庄炎压低声音想提醒左逸哲。没料左逸哲转过头来对她笑了笑，表现得更加殷勤了。

　　但接下来的事情更让庄炎崩溃，简直就不可接受。

　　K歌，庄炎在学校的时候也经常去，动不动还被冠以"麦霸"的称号，但眼前这种形式庄炎还真是被镇住了。

　　在震耳欲聋的音乐声中，走进来一排浓妆艳抹的小妞，统一的三点式，在屏幕前站得整整齐齐，笑盈盈的。

　　那些被称作什么什么总，什么科的男人没有一丝尴尬，跟挑商品一样，抬起手一指，然后指头往后一勾，那些"活动商品"就自动走了过来，贴着他们坐下来，有的就直接坐到了怀里。

　　一个胖得让人恶心的男人，拍拍左逸哲，左逸哲回头看看庄炎，然后冲男人摆摆手，挑剩下的小妞便嘟着脸出去了。

　　胖男人很会意地冲左逸哲使了个眼色，然后看看庄炎，撂出了句让庄炎差点晕菜的话，他说："品味不错。"

　　庄炎抬起头，狠狠地瞪了男人一眼，然后抓起桌子上的雪碧自顾地喝起来。

　　左逸哲夺过庄炎手里的雪碧，递给庄炎一杯红酒，站起来和那些揽着女人的客户干了一杯，说是庆祝合作成功。

　　庄炎一口气喝完，然后自己就又拿着瓶子往杯子里倒，左逸哲一把夺过酒瓶，把庄炎喝了一口的雪碧重新塞回到她手中，便起身去倒酒了。

　　屋里的光线暗下去，只剩下闪烁的彩色灯管，一首接一首的情歌让人觉得反胃。庄炎脑袋晕晕的有些发胀，胃也难受。那些男人就那么明目张胆地抱着女人乱摸，男人的调笑声，女人让人发麻的笑声和说话声，混杂着空气中浓重的烟味和酒气。

庄炎那么清晰地看到，左逸哲旁边的男人边劝女人喝酒，边不安分地把手伸进了女人的内裤，女人轻叫着扭动着身子。

这让庄炎猛地想起了××大厦21层，那个奇怪的女人，那个声称能给庄炎和简悦她们介绍高收入工作的女人。

当小蜜蜂的时候，她们遇到了这个女人，女人很随和很有感染力，她特别温和地拉着庄炎的手说："你们这么漂亮的小姑娘，在这干这个可惜了，不如到我们那，唱唱歌跳跳舞，就能有不错的收入。"

然后她告诉庄炎她们，他们是个国际性的公司，老板去华盛顿开会了，明晚的飞机回来，说帮忙搭个线，给老板说说，她走的时候还给庄炎留了电话。

庄炎和空箜她们抱着电话琢磨了好久，也没和女人联系。怎么说呢？陌生女人无缘无故地要帮她们，总让人觉得怪异。

几天后电话响了，竟然是那个女人，当时庄炎她们也留了电话给她，但留的是宿舍的号码。女人说："我都给老板说好了，昨天你们怎么没来，我等了你们很久，老板昨晚去上海分公司了，明天回来，明天晚上来吧，七点以后，老板回来，我就给你们打电话。"

庄炎她们放下电话感慨了很久，庄炎说："这位阿姨真好，帮我们找工作，还得找我们。"

简悦说："叫姐好不好，你又不是幼儿园的学生，见谁都叫阿姨。"

"那我们明天晚上去吧。"空箜喊道。

第二天晚上，她们围着电话坐了一圈，7：10电话果然响了，她们准备出门的时候，突然又觉得有些怪异，唱唱歌跳跳舞是什么概念。于是她们就又折回来，坐在床边研究了半天，越说就越觉得害怕。

"不会是做那个的吧。我们会不会被抓起来？"简悦问道。

"啊，那怎么办？21楼，我们跑都不好跑，大晚上的。"空箜说。

"要不我们别去了吧。"秦宇晴拉拉庄炎的胳膊。

"我现在也觉得挺可怕的，但万一不是这样呢。"庄炎说。

沉默了片刻空箜喊道："别弄得气氛这么紧张好不好，不去，你怎么知道是骗我们的，也许真的是歌舞团什么的呢。"

"对呀，我们要有挑战精神，到时候我们机灵点，看情况行动。"庄炎说着站起来。

庄炎她们按照女人说的地点来到了21层，庄炎一出电梯门，就看见左手边一个叫"人间天堂"的地方，里面音乐声，吵闹声混杂。左手边是那个所谓的国际连锁企业的老板办公室，庄炎刚踏进去一只脚，就喊："快跑。"

然后庄炎和简悦她们四个掉头就跑，一口气跑回宿舍，把门反锁上，大口地喘着气。

"什么状况？"空箜喘着气问。

"不清楚。"庄炎捂着胸口靠在门上。

"不清楚，你跑什么？"简悦说着拿起桌子上的水喝了一口。

"等清楚就晚了，你们没看旁边是什么地方吗？夜总会，'人间天堂'，肯定不是什么正经的工作。"庄炎说着在床边上坐下来。

庄炎现在觉得自己当时跑掉是对的，里面大概和现在的状况差不多，酒醉灯谜的，满是让人恶心的东西。

庄炎正想着就听那个胖得让人恶心的男人对左逸哲说："左总，今天这么那个啥啊，让兄弟都不好意思了，兄弟这么本真的人，左总也不用……"男人说着瞟了庄炎一眼。

"哪会啊，严重了。"说着左逸哲抬起胳膊搭在庄炎肩膀上。庄炎慌忙摸出手机按了"1"键。

"然后呢？"大脸晶问。

"那还用问，进了派出所呗，都是你个丫头出的馊主意，让我把

110快捷键设置成1。"

"你应该感谢我，看派上用场了吧。"

"那几个人气得呀，恨不得把我吃掉。幸亏是在派出所，否则我遭一顿毒打都是轻的，生意估计也黄了，其实我应该冷静点，左逸皙不会怎么样，他也就演演戏，他不是那样的人。我可以说不舒服先回家。"

"哟！你对你们老板还挺信任，名字都叫上了，当心喽，丫头。你现在危险程度已经上升到二级！"

"又乱说。好了，不说了，我有点困。"庄炎挂了电话，一回头却见左逸皙在自己身后100米的地方，他见庄炎回头，就伸手拦了辆的士，然后给司机说了什么，的士就在庄炎身边停下了，庄炎回头看了看左逸皙，拉开车门坐了进去。

63

2006年8月29日（星期二）8：32（天气在阴晴之间徘徊，还未曾看到清晰的太阳，当然这仅仅是天气）

昨天发现了一个叫"24doing"的网站，我在上面写了这么一句话：不要迷失了自己的原本！我把提醒完成这件事的时间设置在今天下午17：00，所以在17：00之前我要斩断最后那一丝不坚定却又真实存在的念头，从某种模糊混沌的状态中走出来。

原来工作不是我想象的样子，搞不懂是否该放弃！

我不喜欢这种模糊的状态，所以一切都必须清晰！

庄炎写完博文，看了看"裸行女子"那几个字笑了笑想：我不需要在工作的身上裹许多乱七八糟的东西。

庄炎听见隔壁的开门声站了起来，熟练地从柜子里拿出咖啡豆和咖啡机放在玻璃的茶几上。

"昨晚睡得好吗？"左逸晢走过来问。

"挺好。你呢？"庄炎回头见左逸晢脸上两道红色的指印，不禁后悔起来，"你的脸，没事吧，对不起啊。"

"没事，拍打脸部有利于放松面部肌肉，但没想到你的力气那么大。"左逸晢动了动脸上的肌肉笑了笑。

"你现在磨咖啡的技术可是一流，要是哪天你不在我还真不习惯。"

"不会的，老板要管理整个公司，缺了任何一个人你都会照样运作。如果我走了，不该也不会对你造成任何影响。"庄炎看着左逸晢的眼睛说。

"也许。"左逸晢转身在老板台后坐下，"你就喜欢让我坐在这个位置，这张老板台会割断很多东西。"

"有些东西必须割断，工作和私人的感情是不能掺搅在一起的。"

"你真的很，怎么说呢，很与众不同。"

"晚上我在'迪欧'定了位置，我请你吃饭。为了昨天的事。我真不该带你去那种场合。"

"吃饭可以，我请客。我不该那么冲动，算是赔罪了，左总。"庄炎把咖啡推到左逸晢面前。

下午大脸晶打电话叫庄炎吃串串香的时候，庄炎说我约了人。

"你们老板？"大脸晶大叫。

"是啊。"

"你果真沦陷了，重色轻友的家伙！"

"没有，我是赔罪的。我昨晚打了他，两个耳光！"

"哇！太酷了！你个丫头，员工打老板。如果我拍摄下来传到网上，那点击率估计哇哇的，你是我们所有被雇佣者的骄傲！"

"好了，回头再说，我先走了。"

"这么早就去，有老板护着就是不一样，翘班都名正言顺。"大脸晶正嘻嘻地笑着，庄炎就"啪"地挂了电话，她不喜欢这句话，确切地说是讨厌。

夜幕降临，庄炎和左逸哲在迪欧二楼靠窗的位置坐下，刚点了几样点心和红酒，灯就唰地灭了。

"停电了！"庄炎回头看了看周围，"怎么办？"

左逸哲还没说话，服务生就快步走了过来，放上烛台，点亮蜡烛，并对突然的停电表示歉意。

"这样倒是别有风味了！"左逸哲笑，"没想到，你要请我吃的是烛光晚餐。"

左逸哲端起红酒和庄炎轻轻地碰了一下。

本来庄炎是想趁着这个机会和左逸哲谈谈的。她想告诉他，他总是这样处处对她过分的照顾，让她觉得很不舒服。但还没开口就被左逸哲引到了另一个话题。

"你有男朋友没？"左逸哲晃动着杯子里的红酒。

"有，不，没有。"庄炎的脑子里跳出韩艺的面孔，惹得庄炎鼻子酸酸的，眼里一片湿热。庄炎掩饰般笑了笑，拿起红酒杯子，对着窗外照了照，酒红——整片晶莹的液体，庄炎仰起脖子一饮而尽。

"有，只不过在很远的地方。我不知道他在干吗，他也不知道我在干吗，我也不知道为什么会是这样。"庄炎拿着空酒杯补充道。

"没事的，那咱不要他，你这么优秀的女孩会遇到很好的男人。"

"我觉得也是，但不包括你。"庄炎笑着晃了晃手指。

"为什么？"

"因为，所以。就这么简单。"庄炎又倒了一杯红酒，"你呢？说说你吧。"

"我，没什么说的，很老套。毕业两年后就接管了父亲的公司，为了公司的发展娶了一个自己不喜欢的女孩，当然，她也不喜欢我。我一心扑在公司上，夜以继日。她呢？整日在不同的国家飞来飞去，和不同的高鼻梁、不同肤色的男人睡觉。"左逸哲停顿了一下说，"半年前，我们离婚了，这对彼此来说，也许都是一种解脱，现在我们是很好的朋友。"

"我和我男朋友关系特别好，我本来以为是一辈子，却只是一阵子，毕业了什么都没有……"

庄炎喝着红酒，把内心积郁了很久的东西倒出来，直到眼前有些微妙的旋转。庄炎又小口地喝下了一杯红酒，放下杯子，她就看到了韩艺的笑脸，他甜甜地笑着坐在自己对面。

庄炎扶着桌子站起来，一步步地走过去，眼里的泪在她晃动的脚步中滚落，韩艺来了，你怎么这么久才来。

韩艺站起来扶着庄炎："炎子，你没事吧？"

庄炎摇了摇头倚在韩艺怀里，满脸泪痕地去摸韩艺的脸："艺，你终于来了，我知道你不会不要我的，我明天辞职，我们一起找工作，一起奋斗，好吗？"

"庄炎，你没事吧，我是左逸哲。"

庄炎听到左逸哲三个字晕乎乎的脑袋挣扎着晃动了几下，韩艺的面孔就模糊消失了，左逸哲那张轮廓分明的脸逐渐清晰："对不起！"

庄炎伸手推开左逸哲，转身又端起红酒倒进嘴里。左逸哲伸手去拉庄炎，庄炎一转身一个趔趄栽到左逸哲怀里，嘴里的红酒吐在他胸前。

庄炎又仰起头嘿嘿地笑了："韩艺，我们一起开设计公司好不好？"

64

庄炎拿起一小串葡萄，仰头咬掉了一颗，满嘴的酸甜。

"丫头，你们那个老板，帅呆了，你都不知道，光听声音就能迷倒一片。"大脸晶双手抱在胸前一副花痴的样子。

大脸晶打电话的时候，左逸皙刚扶着庄炎下楼。

庄炎的手机在口袋里响，不停地响，执着万分。

大脸晶说："我那时打电话是要跟你绝交的，谁让你挂我的电话，没想到是那么好听的男中音。"

当时，庄炎掏出电话一松手就掉了，幸亏左逸皙反应快，准确地抓住了掉下去的手机，左逸皙说："我看名字是大脸晶，想着肯定是你朋友，就接通了。"

大脸晶说："我抗议，回头给我输个好听的名字，别破坏我的良好形象，人家一看名字，还真以为我的脸跟盆那么大呢。"

"差不多。"庄炎说着又咬掉一颗葡萄。

大脸晶伸手抢过庄炎手里的葡萄塞进自己嘴里："你得感谢我，虽然是我们俩把你送回家的，但是我扶你进门的，我还替你撒了谎，我跟你妈说，同学聚会，不小心喝多了。你妈还埋怨我来着，你妈说晶啊，你怎么不看着她，你看看喝成什么样了，一个女孩子家的，像什么话。"大脸晶拽掉一颗葡萄塞进嘴里，"对了，你妈还说，晶，你没喝吧，我当时结结巴巴地说喝了一点，你说我冤不冤啊，好像是我把你推到前线，才让你喝成这样的。"

庄炎听着在一边狂笑。

"你真是傻人有傻福，遇到个这么帅，对你又这么好的老板。"

"我想辞职！"庄炎转过头说。

"辞职！为什么？"大脸晶张大嘴巴问。

庄炎想了整整两天，才想明白：为什么自己心里常常觉得怪怪的？这不是她想要的工作，她想要的工作是每天都精神饱满，热情地投入，每天都会有不同的收获，她真正想做的还是本专业的东西，她不想一天一天地混日子。

"我要的是一份工作，不是一个男人！"庄炎很认真地对大脸晶说，"我不想，也不需要靠外表去得到一些东西，何况那些东西我根本不想要。"

她这么说的时候更加确定了自己辞职的决定。

庄炎第二天一大早把辞职报告放在了左逸哲的桌子上，左逸哲进办公室抓起辞职报告走到庄炎面前："为什么？"

"因为这份工作不是我想要的。"庄炎抬头露出淡淡的微笑。

"你想要什么？你告诉我，我可以给你调别的岗位。"

"我要的，你已经给不了我了，左总。"庄炎低头笑了笑又抬起头看着左逸哲说："谢谢你这段时间，对我的关心和照顾。"

"我不允许你辞职，你听到没有。"左逸哲压低声音，把每个字都说得不容抗拒。

第九章　舞不动的生活

65

　　庄炎斜倚在吧台前，注视着调酒师胸前那块在灯光下泛着紫光的胸牌，"梦幻调酒师"几个字便赫然跃入眼睑，庄炎自顾地笑了笑，敲了敲桌子，伏在调酒师耳边说："来一杯可以进入梦幻的鸡尾酒，可以吗？"

　　调酒师露出了几颗牙齿和一个浅浅的酒窝，他取来白朗姆酒、伏特加、金酒和龙舌兰，最后加入橙皮甜酒、柠檬汁和可乐，不同色泽的液体流入杯中，在透明的容器里来回挣扎排斥，又不得不完美地融为一体。这应该就是"长岛冰"了，该好好释放一回，庄炎笑着接过酒杯，明天将是一个崭新的开始，庄炎拿出手机拨通大脸晶和水墨墨的电话。

　　那天，庄炎把被左逸皙撕碎的辞职报告，又重新打了十份放在左逸皙的桌子上："你撕了也没用，我决定的事从不改变。"

　　庄炎和左逸皙在一家西餐厅吃了最后一顿晚餐。

　　"你真的不再考虑一下？我很希望你留下来，公司的很多方面，很多业务都还需要你进一步了解。"

庄炎看着左逸哲的眼睛笑着摇了摇头。

"那我祝你找到你想要的工作，每天都过得开心。"左逸哲低头停顿了一下，端起红酒一饮而尽。

"记住我的电话，有什么事随时找我，如果可能的话，随时欢迎你回来。"左逸哲站起来走到庄炎面前，俯身在庄炎额头上轻轻一吻，转身离去。

庄炎站起来微笑着掏出手机，翻出左总的号码，按了删除键。

大脸晶和水墨墨在庄炎旁边坐下来，大脸晶要了一杯长岛冰，水墨墨要了一杯黑啤。

"你会后悔的，现在合适的工作很难找的。"大脸晶喝了口长岛冰。

"不会，我从来不为做过的事情后悔，因为后悔毫无意义，还不如抬头看看前面的路。"庄炎端起杯子和大脸晶碰了一下："何况，我觉得这是个无比正确的决定。"

66

新的开始自然要有新的形象，我决定从"头"做起，程序：进入（理发店）——加工制作——出来。揉着满头凌乱稍带爆炸状、弯曲的头发，大悟：原来发型师所谓的时尚、自然、不带卷的头发，就是这样子的啊！看看镜中的自己，宛然换了个人，头发凌乱蓬松，看起来多了几分朝气和叛逆。于是，放下平时乖巧的样子，带着几分不屑，对发型师挑衅地一笑，潇洒地走了出来。然后，惊异地瞪大眼睛看着周围的人群（其实，是自己在惊异地看着自己）。

改变发型，让本来好的心情更加畅快，乱又如何！

庄炎发完博文后关了电脑，她用手支着头，哼着歌看着墙上枝枝蔓蔓的墙绘，想：如果给工作一种颜色，那也应该是绿色，深深浅浅的绿色交织——新鲜、舒适，充满活力且快乐。

庄炎翻身起来，从柜子里拉出大学时买的带抽象图形的大T恤衫、牛仔短裤，她觉得做设计工作是一件无比惬意的事，可以穿自己想穿的衣服，不用那么郑重，那么周正，可以标榜个性，可以与众不同，总之很洒脱。

庄炎的工作是两天前找到的，不是设计公司，但和设计有关系，一家报纸新设立的部门——卫生周刊编辑部，庄炎应聘的是美术编辑。

庄炎把这消息告诉大脸晶的时候，大脸晶说："编辑？排版吗？"

"嗯，版面设计。"

"那估计会很忙。"

"忙了好啊，忙了充实。"庄炎笑嘻嘻地说。

"我倒想尝试一下其他行业的工作，从毕业到现在一直做设计。有些腻了，想换换环境。"大脸晶说。

"那你想做什么？"

"只要不是设计，什么都行。"

"我怎么说你才好呢？设计多好啊，忙也是乐趣。"

庄炎正想着，电话响了，是空签。

"喂，丫头，告诉你个好消息，我辞职了！"庄炎对着电话喊道。

"为什么？"

"觉得那份工作不是我想要的。"

"你拽，你想找什么样的工作？"

"设计！已经找到了，一家报社的周刊。"

"你好厉害，回头我投奔你去。"

"别，你一来两口人的，我有压力。"庄炎抱着电话坐在床边晃着腿咯咯地笑着。

"去死，太不够哥们了。"

"开个玩笑，你来吧，把孩子他爹一块带来，我管吃管住管玩。"庄炎笑着问，"你怎么还不睡，别给我说你上网玩游戏呢。"

"没，我等大伟呢，他今晚加班赶图片，现在还没回来，我坐着无聊，给你打个电话。"空箜顿了顿，"炎子，我特别想念上学的时候，真的，我特想把现在这段时光删除，然后回学校去。你记得吗？我们去北山写生，那日子多美呀，可是现在一点都不美。"

空箜说着就"哇"的一声哭了，跟她的笑声一样张扬。她说，她常常和大伟吵架，她说这不是她想要的日子，她不清楚生活怎么会变成这样。

庄炎费了好大劲才把空箜哄得破涕为笑。然后她关了灯躺在床上，去北山写生的画面就鲜活地浮现在脑海，连同庄炎满脸的笑意。

庄炎买了一个背包，硕大的，一米高，庄炎边往里塞进毛衣毛裤，边哼着歌。那是9月，兰州的天气很舒适，不冷不热，但老师说北山那边已经降温了，大家就争先恐后地往包里塞衣服。

空箜坐在床边拨动吉他，用毫无美感的声音吼着刀郎的歌曲，秦宇晴站在门后整理油画箱。

"袜子，你们带几双啊？"庄炎喊道。

"七双！一、二、三、四、五、六、七！"空箜拨着吉他吼道。

"你的袜子是不是周一到周日都编号的。"

"多带几双吧，据说那边很潮湿，衣服洗了干得很慢。"

"你们说那里有没有大狗熊，要是有的话我可以和它交朋友。"空箜拨动琴弦唱道，"洋娃娃和小熊跳舞，一二一，他们跳得多么开心，多么开心，一二一。"

"这孩子，又傻了。"庄炎说着把下午在超市买的火腿肠、压缩饼干一股脑地塞进去。

大包被庄炎装得鼓鼓囊囊，简悦在协助她把包背到肩上的时候说："好有内容呀！"

"我也要试试。"空筌放下吉他，从床角拉过自己装好的大包，然后叫庄炎帮她背上。

"你看空筌，包都快比她高了！"简悦笑道。

"哪有，才到我屁股下面。"空筌说着朝前走了两步，又被坠得退了回来，庄炎站在那儿狂笑不止，一不小心一个趔趄。

接着空筌就用更大分贝的笑声表示自己的得意。

"油画箱，来！我们先体验一下明天走的感觉。"庄炎说着拎起装好的油画箱，简悦与秦宇晴也加入进来，她们提着东西笑嘻嘻地在宿舍走了一圈。

"感觉不错，就是有点傻，走在大山里，就有味道了。"庄炎回头说。

"那是，那是，你们回来的时候别叫我，把我留那里吧。我在网上看了，那里风景特好。"空筌笑道。

"说好的啊，回来的时候，不带空筌。她要不愿意，我们就把她绑在北山的树上，大狗熊会去救她的。"简悦说。

"嗯，再演绎一段旷世的人熊之恋。"庄炎、简悦和秦宇晴捂着肚子狂笑。

"去，我们是纯洁的友谊，我有我们家大伟呢。"空筌去掉背包，又拨动吉他："我要带吉他去，我给狗熊弹很动听的曲子，不给你们听。"

> 蓝蓝的天上白云飘
>
> 白云下面马儿跑
>
> 挥动鞭儿响四方
>
> 百鸟齐飞翔
>
> ……

庄炎她们一人一句地唱着。

庄炎被一阵敲门声惊醒："炎子，你怎么还不睡，明天上班呢。"

"就睡。"庄炎伸手按灭灯，枕着胳膊继续哼歌。庄炎突然觉得此刻的心情和去北山出发前的心情有点像，充满期待，充满憧憬，还有点小兴奋。

67

庄炎把设计好的版面在电脑上放成全屏，满意地点点头，按了打印键。庄炎用了一个上午，经过不断地修改筛选，终于设计出了自认为很完美的版面。无论从视觉效果上，还是从版式上，都相当不错。庄炎满心欢喜地走进了主编办公室。

杜主编戴着细金属框架眼镜，拿着笔在一个本子上写写画画，整个办公室都透着一种威严。

"杜主编，我把版面设计好了，您看一下。"庄炎走过去，双手把样稿递过去。

"先放这。"杜主编抬头瞥了庄炎一眼。

庄炎把样稿规规矩矩地放在桌子上转身出门。

庄炎所在的办公室是新翻修过的，靠窗的位子面对面放着两台电脑，淡蓝色的百叶窗在窗户的2/3处低垂着，庄炎对面的同事叫小雅，一个小巧的单眼皮女孩。

"小雅，编辑部就我们两个人，其他人呢？不是说我们的团队有二三十个人吗？"庄炎从电脑后探出头。

"他们都下去跑业务了。"

"跑业务？"

"就是下去采访了，回来给我们提供稿件。"

卫生周刊，4开16版，每周1期，也就是说每周她都要做16个版的照排与设计。

庄炎算了一下，照今天的速度，一周五天，大概是很难完成任务的，那就得在保证质量的基础上提高效率。庄炎打开网站，把上面设计软件的快捷键抄下来，默记了一遍。

快到中午的时候，小雅才从一堆稿件中抬起头，和庄炎聊了起来。话题很快就跑到了前几天举办的"爱护我们的地球人体彩绘公益表演"上，小雅说："那天我加班来着，觉得特遗憾，听说F大师的人体彩绘画得超级棒。"

F大师是美国的一位彩绘大师，庄炎是从网上看到这则消息的。

F大师说他喜欢自然随性的东西，所以从不用专业模特，所有的表演者都是临时征集的志愿者。

庄炎很快在网上报了名，然后拨通大脸晶的电话："喂，周末有活动，其他行程取消。"

"什么活动？去哪玩呢？"

"公益活动，人体彩绘的模特。"

"模特？人体彩绘？"大脸晶惊叫，"我不去，我身材不好，再说了，那样的活动，我会很不好意思的。"

"你是21世纪的大学生好不好，别扭扭捏捏的，我已经替你报名了。"

庄炎很喜欢F大师，他的绘画技术简直一流。F大师很喜欢用纯的色彩，他说颜色越单纯对人的视觉冲击力就越强，表现力也就越强。庄炎很赞同这个观点，她想她也应该是单纯的色彩，单纯地朝着自己的梦想前进，单纯得只想很努力地工作，为了一个纯净美好的未来。

庄炎想象着他的笔流畅地在自己的皮肤上滑过，那感觉肯定很美妙……

庄炎身上的彩绘主题叫《快乐》。她站在镜子前不禁惊叹：自己浑身上下被色彩、被许许多多不规则的图形包裹着，一种无法形容的视觉美感冲击着眼睛。

庄炎觉得一定要留张照片，用来做博客的背景。

庄炎在T形台上迈动脚步，昂首挺胸地走向散发着热气、拥挤的观众群，举手投足，转身亮相，都彰显着惊艳、炫目的美丽。

快乐——这个世界上所有的动物、植物，甚至每一颗卑微的尘埃都需要。

庄炎回过神来，新建了页面，她想多设计几个版面，让杜主编挑选。

68

庄炎接通手机却没有人说话，庄炎对着电话喊了半天依旧没有反应，电话那头只有轻微的呼吸声。

"秦宇晴！宇晴！"庄炎对着电话喊道。

"炎子，我很想你，很想念我们在一起的日子。"秦宇晴的声音柔柔的，却充满了沉重、忧伤的东西。

"宇晴，你最近好着没？宇晴！宇晴！……"庄炎正说着电话断了，嘟嘟的声音撞击着庄炎的耳膜。依旧是那个号码，秦宇晴所在城市的座机，是那个公用电话。庄炎试着拨过去，却无人接听。

庄炎打开QQ，给秦宇晴留了言，然后插上U盘，把水墨墨给她存的方正排版软件安装到电脑上，打开书，开始一步步地学习操作。

整个下午庄炎都很沮丧，燃烧跳动的火苗被一盆冷水哗啦一声浇灭了，还被人从上面狠狠地踩了两脚。

下午16：00，办公室的电话响了，小雅说是杜主编让她去一趟，庄炎马上把新做出来的版面打印了一份，忐忑地敲响了主编室的门。

杜主编拿着上午庄炎设计的版面，拉着脸："这什么呀，版面设计要大气，要有格调，要与周刊的内容相符，别搞那么多花样，老老实实地设计。"

他拿着笔一下下地敲着那张设计样稿，庄炎觉得他每敲一下她的心都痛一下，无法呼吸，那只笔的力度太重，而那张纸太薄。庄炎低着头，把手里新做的样稿，一点点地抓进手里，窝成一团。

"回去，重新设计一下，用点心。"说完杜主编刺啦一声把桌子上的样稿撕成碎片，扔进了垃圾桶。

庄炎觉得自己失败极了，眼前似乎全是整片的黑暗。晚上吃饭的时候，她拿着勺子捣着米饭，毫无胃口："我太自以为是了，我一直以为自己的设计很好，很优秀，现在却发现自己什么也不是，连个版面都设计不好。"

水墨墨把手放在庄炎手上："没关系的，这才刚刚开始，没有人一开始就能做到很优秀，也许我们缺乏的就是那种商业化的东西，不是我们做得不好，只是我们做得太艺术。"

"是呀，是呀，也许就缺乏一些商业化的东西，其实就一层纸，一捅就破了，或者是你们那主编的欣赏水平有问题。"大脸晶咬着吸管说。

"不会的，他能当上主编肯定是很有能力的，我们不能把自己没做到位的东西推到别人头上。"庄炎摇了摇头，"对了，墨墨，你给我找的方正排版软件找到了吗？"

"当然，我们报社照排室都是用这个软件的，专业排版。"水墨墨说着从包里掏出U盘。

"宣布一个好消息，我找到工作了！"大脸晶突然大喊。

"噢，在哪？"

"一个保险公司的内勤。"大脸晶满脸光彩，"炎子，笑一个，你得为我高兴。"

庄炎转头对着大脸晶咧开嘴露出整排牙齿："看来你找工作的范围，比你的脸面积更为广阔。"

"去，这说明我这样的综合人才很抢手，各行各业都需要。"

庄炎倒在水墨墨身上，做晕倒状。

庄炎回过神来，对着电脑笑了笑，开始一步步操作，排版用这个软件真的比PS图像处理软件要方便许多，夜里2：00，庄炎终于又设计出了一个版面，她伸手拨通大脸晶的电话，兴奋无比："喂，快上网来。"

"崩溃，你干吗？大半夜的。"

"快点上网来，急事！"庄炎说完挂了电话。

一会大脸晶的头像就亮了，庄炎把排好的版面发过去。

炎子　02：31：05

快看看这个怎么样？

大脸晶02：31：45

晕死，就为这个啊，你不能明天吗？

炎子02：32：00

快点，你得支持我的成长进步，嘿嘿。

大脸晶02：33：02

=

大脸晶02：35：03

蛮不错的呀，简洁、大方、很有国际性报纸的那种范，看得我都有点嫉妒了。

炎子02：35：05

真的？不会是安慰我吧？

大脸晶02：35：11

去！我一向是以打击你见长的。

炎子02：35：12

嘿嘿，那倒也是。好了，你可以接着做美梦了。

大脸晶02：35：30

我咋觉得你是巴不得我做噩梦呢，一惊一乍的，三更半夜，早晚得把我弄精神失常。

炎子 02：36：23

我这么纯洁可爱的，怎么会是噩梦呢，嘿嘿，我下了，晚安。

大脸晶 02：36：30

倒！有你这样的吗。

庄炎关了电脑，沉沉地睡去。她梦见了一个碧绿的水潭，水潭上面是银白色的瀑布，她和简悦、空筌、秦宇晴快乐地说着什么，这是她们此行的目的地，她们找到了传说中的瀑布。

庄炎醒来后，清楚地意识到，这不是一个梦，而是一个无比真实的场景，她决定抽空写一篇博文，然后把地址发给秦宇晴，发给简悦，发给空筌，让她们记得她们曾经无比执着的曾经。

庄炎看了一下表，翻身从床上起来。

69

庄炎怎么都觉得这个指纹打卡机装在门口有些怪异，庄炎伸出食指"嘀"的一声就记录下了庄炎今天准时上班的事实。

庄炎并不想偷懒或者旷工，但在只有两个人要按时上班的周刊，装这么个东西，就让人觉得有些多此一举。庄炎想象着自己手指上的纹路被打卡机吸收，然后转换成一串数据，存进这个银色的盒子里。怎么都觉得像一只狗，来来回回地要在同一棵树上留下自己的体味，狗是出于习性，而庄炎是出于被迫，像是身体隐秘的东西被别人吸收储存了，毫无惬意。

庄炎把办公室打扫了一遍，然后伸直胳膊打了个呵欠，没料到杜主编刚好从门口经过，他极不满意地瞥了庄炎一眼，走了进来。庄炎连忙把张圆的嘴闭起来端端正正地在电脑前坐下。

"版面设计好了没？"

"好了，我现在给您打出来。"庄炎连忙插上U盘。

"做什么事效率高点，以后活很多，别磨磨唧唧的。"杜主编说完又转头看看小雅，"昨天的稿子打好了没？"

"还有一篇，马上！"小雅低着头边应着，边快速地翻出稿件。

"速度快点，不行了加加班。我这不是收容所，不养活闲人。"杜主编喊道。

"马上就好。"小雅边说边低头快速地敲字。

杜主编说完转身出了门。

"小雅，你怎么不说话，什么收容所？有说话这么难听的嘛。"庄炎看着埋着头狂敲键盘的小雅说。

"嘘！"小雅抬头，"小声点，别让他听见了，他说话就那样，随便，他想说什么说呗，你全当没听见。"

"可他也太过分了。"庄炎正说着，电话响了，是杜主编要版面设计的样稿，庄炎摁开打印机。

庄炎为小雅的无动于衷感到不可思议，她就那么坐着不停地点头，好像杜主编骂的不是她，而是空气。她也百思不得其解，这个戴着眼镜、斯斯文文的主编，好赖也算知识分子，怎么能说话那么粗鲁呢？我们用自己的劳动换取应有的报酬，又不是低人一等的奴隶，为什么要低声下气听他的训斥？庄炎一边愤愤地想着，一边挺直脊背，推开了主编室的门。

"天啊，我要一步步地走近这张虚假且毫无美感的脸，多么让人郁闷，但我是为了工作，工作就必须认真。"

庄炎心里虽然不满，但还是毕恭毕敬地走到杜主编面前，把样稿递过去。

"不是给你说了吗，要简洁，简洁！别玩那么多花样。"杜主编接过样稿只看了一眼，就敲着桌子喊道。

庄炎站在那里，觉得满脸发烫，简洁这个词重重地砸在她的脑子里，但依旧找不出具体的范围和指向。

"真不明白，现在的大学生都会些什么，怪不得满大街地跑着找工作。"杜主编摇了摇头，"不要再拿这些小儿科的东西糊弄我，去老老实实地做，本本分分地做。"

"还有这几篇稿子，抓紧打出来，等着用。"杜主编说着，又拿出一摞稿子撂给庄炎。

庄炎接过稿子转身出门。此时，她最突出的感觉，就是自己在杜主编眼里的一文不值。什么才叫简洁，什么样的版式才是好的？庄炎突然没了概念。她转过身重新走回主编室，她告诉自己，死也要死得明白。

庄炎看着杜总编扔过来的一家小报，不知道自己应该哭笑不得还是彻底崩溃。

杜主编说："就按这个排。"

庄炎把那份小报扔在桌子上，大红色的报头，方块的文字排版，再加上几条红线，这就是杜主编说的所谓的完整、简洁、大方、有格调的版式。庄炎在心里苦笑了一下。

对这毫无美感的版面，庄炎毫无兴趣，她决定先打稿子，等下午再说排版的事吧。

庄炎摊开稿子，皱起了眉头，狂草的字体，乱七八糟的符号标记，满纸都是。有的字只有个偏旁，有的句子就写了一半，画横线的大概是重点，中间大片的空白就圈了几个词。

"怎么稿子这么乱？谁写的？不会是我们的记者吧？"庄炎皱着眉头。

"差不多，他们啊，都忙着找线索、赚钱呢。谁有空趴在那弄这个啊，我们得一边打一遍修改，还得校对。"

"校对？"

"嗯，校对，就是一个字一个字地看，要保证没有语病，没有错别字，没有错误的标点符号。"

庄炎铺开稿子，开始一句句地读，大意是某个饭店卫生不合格，用过期发霉的调料，和烂菜叶子做菜，引起多人食物中毒。

"我怎么觉得我们不是编辑，倒像是他们的工作保姆，这哪是打稿子啊，简直就是重写。"庄炎对着稿子感叹完，就埋头投入工作中，她和小雅中午都没回去，在楼下吃了一份素饺子，继续上来埋头苦干。

下班的时候庄炎揉了揉发酸的眼，正准备关电脑，杜主编走了进来："你俩稿子打完了没？"

"马上！"小雅说。

"打了两三篇了。"庄炎站在电脑前说，"我先给您打印出来？其他的明天上午我们尽快。"

"明天上午？你以为你靠什么吃饭的，快点打出来，什么时候活干完什么时候下班，下班的时候别忘了打卡。"

庄炎脑子里突然就出现了"变态"两个字，加班还要打卡，但转念一想，大抵是要算加班费吧。

"杜主编，请问我们的加班费是每小时多少钱？"

"加班费？你脑子进水了，你不能按时完成工作，我不扣你的工资就不错了。"

杜主编嘲笑般地撇着嘴。

"有劳动法呢，他怎么能这样！"庄炎对着门口喊道。

"什么劳动法啊，很多公司都这样，经常加班的。"小雅站起来伸直胳膊扭了扭腰。

庄炎在电脑前坐下来，又拿出一份稿件，满纸龙飞凤舞的铅笔字，中间还扯破了一块，让人想起深秋那干巴巴的树叶，凌乱且毫无生机。

70

"疯了，你说我会不会死掉。"庄炎用叉子扎起一块比萨饼。

"不会。"大脸晶从水果沙拉的盘子里扎起一颗红豆。

"也是，我生命力旺盛，体内有强大的芽孢！"

"那是什么？"

"就是细菌处于不利的环境，或耗尽营养时形成的，对不良环境有强抵抗力的休眠体，当然，我不会休眠，我会更加努力地奋斗。"

"哈哈，原来你就一细菌啊。"

"我是有益菌好不好，社会的有益菌体。"庄炎咬着一块比萨饼说，"我想再要一份牛排，我得补充能量。"

"你会像吹气球般鼓起来，我确定。"大脸晶伸手比画着。

"我也要！"水墨墨不知道什么时候已经站在了她们背后。

"你们两个疯子，这都九点半了，有夜宵吃这么丰盛的吗？"

"我吃的是晚饭好不好，我刚下班，容易嘛。"庄炎把嘴里的比萨饼咽下去，喝了口大麦茶。

庄炎看着窗外，开始怀念刚毕业那段时间一天可以睡24小时、被自己称作发霉的日子，随时可以出来胡吃海喝。现在想来，那种腻烦，却成了难得的自在。

"说实话，我很崩溃，每天都有干不完的活，叫你们出来吃顿饭都得等到三更半夜。我不怕干活，不怕忙，可是很多事情都是无意义的，明明已经没什么具体的活要干了，可那个主编却还是要让我们加班，而且说话死难听。"庄炎愤愤地用刀子割掉一块牛肉填进嘴里，"我真怀疑他这个人是不是有员工虐待症。"

庄炎听完水墨墨从内部获来的"爆料"，脑子里就猛地亮堂起来，好像一下子找到了事情的根源。

"噢，怪不得呢，我说怎么会这样啊，不应该啊。"庄炎张着嘴惊叫着。

"金钱的社会。"大脸晶边吃水果沙拉边郑重地点了点头。

庄炎抓着水墨墨说的这个内幕，思绪飞快地往前移，寻到对号入座的接点。

前天杜主编又给庄炎了几篇稿子，依旧是乱七八糟，但这次却有实质性的内容，庄炎在凌乱、满是错别字的文字中，看到了让人愤怒的东西。

　　某市一家自称来自香港的女子医院，打着"免费体检"的幌子，从某村拉了60多名妇女去体检，结果都有大大小小的妇科疾病，80%都做了手术，每人的花费在600元至1500元之间。但手术后，大多出现腰酸背疼等诸多不良反应。

　　对一般的妇科炎症，体检医生就吓唬她们："不手术就会很快转化成癌症，必须马上手术。"还有一个二十多岁的女孩，医生称她是严重的盆腔积液，需要尽快治疗，当时就开了3000多元的治疗项目，女孩因没带那么多钱，在医生的嘱咐下，答应第二天再来。第二天她在好友的劝说下，到公立医院一查，竟然没有任何疾病。

庄炎拿着稿子满是愤怒，什么医院，就是挂着天使的牌子，却网罗了一帮无耻的魔鬼，干着害人的勾当。她觉得，这样的医院就应该用推土机立马轧扁推平。

庄炎觉得这篇稿子必须好好写，否则对不起搜集这些信息的记者，也对不起人民大众，更对不起自己的良心。

整个上午，庄炎都趴在电脑前精心修改这篇稿件，每句话，每个措辞她都一一斟酌，她觉得这样的事情，应该上头条，报纸就要有报纸的责任和震慑力。

庄炎精力太过于集中，以至于杜主编走过来的时候，庄炎丝毫没有察觉。

"庄炎！"

庄炎在一声近乎粗暴的喊声中，打了个激灵。

"你干吗呢？一上午了一篇稿子也没弄出来。"

"主编，您看这篇稿子，我觉得这个很有必要作为重点，这会提升我们周刊的影响力，我们就应该把这些不为人知的事实揭露出来，防止大家再上当。"接着庄炎把稿子的内容详细地叙述了一遍。这时候庄炎觉得浑身都充斥着正义的力量，她突然觉得这份工作意义重大，她没有穿圣斗士的盔甲，但依然可以用自己的力量做点什么。

"你脑子进水了，这样的事到处都是。你没事了你，一上午就弄这一篇稿子，你以为你小学生写作文，抠字呢。"他说着把庄炎一上午拿着像宝贝般仔细修改的稿件扯碎扔进了垃圾桶，"快点，别磨蹭了，打出来。"

庄炎回过神来："怪不得呢，刚开始我还觉得他很像个知识分子，一接触才知道，简直就一粗人，真没素质。"

庄炎从水墨墨口中得知，那个杜主编原来是开养猪场的，经朋友介绍刚刚在那家报社承包了卫生周刊，每年向报社缴18万元的承包费。

"在那家报社的朋友说，他就小学毕业，这主编就是拿18万买来的，你给报社缴18万也可以当主编，哈哈……所以他说你排的版面很烂，还拿个红色报头带红色下划线的小报让你做范本，这很正常。他的欣赏水平估计就那样了，没让你在报纸的角上放上红花绿叶就已经很不错了。"水墨墨捂着嘴笑。

"就是嘛。我觉得我的鉴赏水平很高的，怎么我认为好的版面设计，就被枪毙了呢。"大脸晶伸直脖子说。

"崩溃，怎么会这样？"庄炎拿着叉子轻轻地在盘子边上敲了一下。

"我说吧，你们那个帅老板多好，你非要换这么个猪头管理你。"大脸晶一副幸灾乐祸的样子。

"去，又瞎扯，这根本没关系的事。"庄炎的脑海中跳出左逸哲的笑脸，她又忽地把那笑脸掐断。庄炎告诉自己：当初的选择是对的，没有任何异议，就算倒回去，也会是同样的结果，虽然当下的工作状况有些让人郁闷。

"走吧，不早了。"庄炎站起来。

"去哪？"大脸晶和水墨墨异口同声地问。

"回家，我还有版面要排。"

"还排啊？"

"这是我的工作，要做就做好。"

……

71

重做！重做！重做！

庄炎痛苦地捂住耳朵，一个小小的题花设计已经是第N次被打回来了。版面上那个卡通的医护人员，似乎正咧着嘴笑，得意扬扬。

杜主编把样稿扔给庄炎："这什么呀，你以为我们是婴幼儿画报啊。"

"不是啊，主编，您说的，让我找个卡通的医生放上去的。"

"卡通多了，你干吗用这个？这么弱智。"

庄炎把设计的样稿撕碎扔进垃圾桶，她觉得自己必须拿主意，按照他的指示无论如何也设计不出好的东西的，庄炎想，也许他也并知道想要什么，我只要设计得好，他总会认可。

一个小时之后，庄炎把自己设计的题花打印出来，又拿到了杜主编面前，并且详细地讲解了用色和图形设计的寓意。

杜主编绉着眉头："什么呀，乱七八糟的，我不是说了嘛，让你放个卡通的医生的图，你耳朵有问题，还是脑子有问题，怎么就不明白呢？我们要设计得直观、大方，你要让我说多少遍？"

"对不起，我耳朵很好，脑子也很好，如果您觉得这图有问题，那您自己做吧。"

"庄炎！站住！反了你了，不想干了你说，后面排队等着进来的人多了，别以为你是大学生就牛气哄哄的，大学文凭现在算个什么。"

"你说话注意点！主编！"庄炎喊了一句，"啪"地甩上了门。

外面不知道什么时候下起雨来，雨点斜斜地打在窗玻璃上，有一种说不出的静谧和惆怅，这雨仿佛一直在下。从火车站的分离到事业单位工作的等待，从左逸哲到这个脾气粗暴的杜主编，没有快乐洋溢的工作室，也没有韩艺。

前天晚上庄炎拨通了韩艺的电话，他们像朋友一般聊着朋友之间的话题。

"最近好着没，我换了新的工作，整天忙得一塌糊涂。"庄炎以一种愉悦的声调说。

"就那样吧，整日累死累活的，拿着那点微薄的工资。"韩艺顿了顿说，"对了，你最近和大家联系了没？"

"简悦还在韩国，最近忙也没联系，宇晴这丫头不知搞什么鬼，一直没人影，空箜估计快当妈妈了。"庄炎对着电话柔柔地笑着。

"真的，这小丫头好快的速度啊。对了，我听说'贝多芬'去了部队，面片公主和小常常（庄炎和韩艺的同学）准备下个月结婚，小欧去了俄罗斯，郭煜竟然在她们那儿的一个大酒店当了大堂经理……"

说着说着他们就哽咽了，电话里只有彼此的呼吸声，他们都不敢张口。庄炎死死地闸住眼里的泪，电话那头温热的液体似乎滴在她手心里，她能清晰地感知。

沉默——揪心——柔软。

一切都结束了，结束了为什么还要流泪，我们只是朋友。庄炎在心里大喊。

"我困了，晚安。"庄炎赶在眼里的液体决堤之前抛出了这句话。

"我真傻，要哭自己随便哭，干吗要哭给他看。"庄炎坐在床上泪流满面，毫无顾忌，那么多液体，像终于获得了解放般，直直地往外涌。

眼泪能流成瀑布吗？如果能，就让它冲尽所有的尘埃，留下一片清亮的天空，庄炎想着，眼睛就又酸涩起来。

庄炎正发呆，电话响了，杜主编叫她和小雅过去开个短会。

庄炎和小雅一前一后地走进主编室，小雅笑眯眯地走过去，拿起桌子上的杯子蓄满水放在主编面前。

庄炎觉得自己站在那儿手足无措，她觉得这个小雅还真是讨人喜欢。可对于他这样的人，她至于嘛，她难道忘记了他是怎么骂她的。

庄炎想起水墨墨的话：这是一种修炼，说明她比你成熟，比你更适应社会，你什么时候练到百毒不侵，油盐不进就到位了。

怎么可能，庄炎觉得自己的每一个细胞都是鲜活的，都有自己的感知。

庄炎看着小雅回头对她微微一笑，才和小雅一起并排在沙发上坐下，翻开笔记本，拿着笔，准备记录会议的要点。

杜主编清了清嗓子，"啪"地对旁边的垃圾篓吐了口痰，喝了口水，才不慌不忙地说："其实也没什么事，就是那个版面，样稿昨天下午我看了，不错，我已经发到我们的记者手里，但临时情况有变，所以一些稿件要替换掉……"

庄炎根据杜主编说的标题，一篇一篇地划过去，满纸都成了红色的斜杠，庄炎皱起了眉头，看看小雅，还在划差号，划得痛快且愉悦。

"杜主编，请问我们这么多稿子撤掉了，版面换上什么？"庄炎忍不住抬起头问。

"我就说这事呢，你俩从网上找点关于卫生、健康之类的小文章、小常识放上。速度要快，明天上午全部排好。"杜主编说着激情满怀地伸手在面前舞动了一下。

但庄炎此刻满是不解和愤怒："为什么？那些稿子不是要发的吗？还有医院那个稿子不是要放头条吗？为什么也换掉？"

"事情已经解决，没必要发了。"

"解决？怎么解决的？"

"哪那么多废话！让你干什么你就干什么，散会。"杜主编不耐烦地摆了摆手。

"可是……"庄炎正准备说什么，被小雅拽了一下胳膊。

"走吧，怎么回事，我一会告诉你。"小雅小声说着拉着庄炎回到了办公室。

庄炎怎么也想不明白，好好的稿子，为什么说撤掉就撤掉，事情解决了，怎么个解决法呢？

小雅边给庄炎杯子里蓄了点水，边笑眯眯地说："庄炎，这事你也别计较，都是这样的，哪能稿子都发呀，再说稿子都发，他们吃什么？周刊靠什么支撑？"

"他们写稿子不是为了发吗？报社不就是搞舆论监督的吗？"庄炎更加不解。

"'叨菜'听说过没？"

"这跟'叨菜'有什么关系，你别逗我了，我们又不是去吃饭。"庄炎觉得小雅的幽默一点都没意思。

"我们不叨菜，他们叨啊，他们就是靠叨菜为生的，你以后就是周刊的一员了，这些专业性用语你得明白。"

无论是专业性用语，还是暗号，都让庄炎不可思议，也无法接受，庄炎怎么都觉得明明看到的是一幅风景不错的画，一眨眼画就破了一个洞，后面是蚊虫缭绕的臭水沟。

庄炎在小雅一副理所当然的讲解中，身体中的细胞啪啪地崩裂，犹如猛地遇到了它们无法适应的环境。

72

庄炎手里拿着一张卷着的画在紫荆山公园走来走去，这是一张素描画像。中午吃饭时，庄炎在周刊附近的小公园看到了一个邋遢的男人靠在树上昏昏欲睡。他的前面摆着画具，还有一张被撕得很显个性的牛皮纸，上写着：画像，每张20元。

庄炎从旁边揪了一棵草在男人的鼻子前扫了扫，男人就醒了。由于睡觉的缘故，他看起来眼睛通红，更像另一个空间的巫师或者预言家。

"打扰了，帮我画张吧，我突然记不起自己的样子了。"庄炎拉过小凳子坐下。

男人打了个哈欠，拿起画板，炭精条在纸上刷刷地游动。二十分钟后，庄炎手里就多了一张被她称作是自己的画像。

"拿的什么？"庄炎在水墨墨的喊声中回过神来。

"我自己！"庄炎晃了晃手里的画像，"这么晚叫你出来，没打扰你休息吧。"

"去！跟我还客气，什么打扰不打扰的。"水墨墨看看庄炎的脸说，"你怎么了炎子，这么不高兴？"

"你知道'叨菜'吗？"庄炎转过身问。

"什么叨菜？"

"就是报社里说的那些，小雅说很多新闻媒体都有，这是潜规则。"

"噢，这个'叨菜'，说得好听点这么说，难听点就是敲诈勒索。就是抓人家的把柄，然后说要发稿子，还把稿子拿给人家看，其实就是想弄点钱，人家一塞钱，立马就没事了。"

"是呀，稿子也不发了，我真傻，辛辛苦苦弄的稿子，成了人家'叨菜'的工具。早知道这样，我费那么大劲干吗？"庄炎猛地抬起头问，"你们报社也那样吗？"

"正规记者多数人不敢，因为宣传部、出版局和报社内部都查得很严，一旦有人举报就要停职、除名，严重的还要移交司法部门。但也不排除少数人干这个，现在这社会，谁跟钱有仇呢。不过像卫生周刊，就是以盈利为目的，要交承包费。记者，其实就是创收业务员，都没工资，全靠这生活呢。"

"崩溃，怎么会这样，我辛辛苦苦地工作，却是别人赚钱的枪手；我认认真真地完成每项任务，却每次都不明不白地被那个猪头主编骂。他们可以不尊重我的劳动成果，但不能不尊重我的人格。"

庄炎觉得自己不怕忙，但忙也应该忙得充实快乐。工作就应该是快乐、积极向上的。庄炎觉得自己可以不在乎工资，不计较总在加班，但无法忍受这种工作的性质，无法忍受主编对她的轻蔑。

辞职两个字在庄炎脑子里滑过！庄炎的身体也随之轻轻地抖动了一下。

庄炎看着大脸晶风风火火地冲过来："疯掉了，疯掉了，你都不知道，今天早上开晨会，让我上去主持，差点把我吓蒙……"

庄炎被大脸晶夸张的语气和搞笑的动作逗得笑起来。

"我们每天都开晨会，雷打不动，轮流上去主持，我是新人，今天第一次去，我按部门主管的嘱咐，上台先笑嘻嘻地问了句'您好'，结果下面猛地喊道'共好，共好'还使劲捶着桌子喊着什么一二三，三二一，不拿单子不下班之类的。那场面，群情激奋的，直接把我镇住了。幸亏是镇住了，要不我肯定拔腿就跑，那就丢人了，接下来，还得跳'神棍操'。"大脸晶边比画边说，"这名字是我起的，不过他们的动作真的跟电视上的神棍跳舞，没什么两样……"

"来，跳一段我们瞧瞧。"庄炎笑道。

"我哪会啊，我不学，打死也不学。"大脸晶笑着摇摇头。

"对了，你那边有什么好玩的，说来听听。"

"什么好玩的啊，都是些让人无比郁闷的事。"

庄炎想起，今天上午她无论如何都无法接受这个事实，她不顾小雅的阻拦又推开了主编室的门。

"杜主编，我认为好的稿子是不应该因为私人的利益而换掉，您作为主编有责任制止这种行为，起码医院这篇稿子就不应该撤掉，我们撤掉了，他们继续危害群众，我们于心何安？"庄炎说得满腔正义。

"哎，你废话还真多。这不关你的事，你快点去重新编排，啰哩啰唆的，你以为你是谁啊。"

"我就是工作人员，但我得对我的工作负责。"

"呸！给你张脸，你还不知道东西南北了。报纸上都说了大学生算普通劳动者，你以为你是金豆银豆啊，还在这教训起我来了。"杜主编"啪"地把茶杯放在桌子上。

"杜主编，请你说话放干净点。大学生怎么了，普通劳动者怎么了，普通劳动者也需要尊重。"庄炎握着拳头满腔愤怒。

"你想干吗？不想干了就早点滚，后面排着队等着进来的人多了。什么也不是，还学会把自己当金子了。"杜主编捶着桌子咆哮。

"人和人就不一样，有的人就虚有一张人皮，不会做人事，不会说人话！"庄炎一字一顿地说道。

杜主编"啪"地把杯子摔碎到地上，愤怒地指着庄炎："你再说一遍。"

小雅推开门冲进来，拉着庄炎就往外走："主编，没事，没事了，庄炎今天心情不好，我替她给您道歉。"

"我这会心情好得很！"庄炎甩开小雅的手，头也不回地走了出去。

庄炎讲完，那淡下去的愤怒就又涌上来："这种人，真是欠扁，我真的恨不得给他两耳光，要不是看在他是长辈的份上。"

"什么长辈？他也配，你就应该这样。"大脸晶一手掐着腰，一只胳膊指着前面呜呜哇哇地骂了一通。

"大脸晶，你淑女点好不好？"水墨墨说。

"跟那种人，就得厉害点，淑女不管用，对待不同的人得用不同的招数。"大脸晶转过头对庄炎说，"要我说，你说得还不够狠，言语措辞太嘴下留情，你应该这么说：'噢，畜生啊，畜生就是不会说人话，怪不得姑奶奶听不懂……'"

"不说这些了，我要好好想想。"庄炎说着摊开手里的画，"你们看看，这像我吗？我突然就想不起来自己长什么样了，你看这鼻子这嘴，是不是我的这张脸就这样子？"

"我想再找份工作。"庄炎没等她们回答就接着说，"我晚上回去再把简历弄一下。"

73

中环百货五楼，庄炎在吃小火锅的柜台前可以升降的橙色圆椅上坐下，接过服务员递来的单子点了几盘菜。这种火锅单人单锅，可以一个人吃，很方便。庄炎想大吃一顿，用以驱散头顶上悬着的那片浓重的阴云。

庄炎拿起茶水喝了一口，利用等待上菜的空当，从脑子里搜寻愉快的画面来缓解郁闷。

庄炎想起了自己打算写，却一直没有时间写的日志，关于写生、关于北山森林公园、关于瀑布的记忆。

到北山的第二天，庄炎她们起了个大早，把油画箱整理好就出发去寻找传说中的瀑布了，说是传说是因为她们没见过，也不清楚瀑布的具体位置。

她们按照一位老乡说的，出门一直往前走。

她们心情好极了，一会儿跑着看清澈见底的水，一会儿看路边满山的翠绿。

"这是黄河？为什么这么清？"庄炎看着潺潺的流水，从河底的石块上翻越而过。

"蘑菇，好多蘑菇啊。"空箜喊着跑到路边的林子上摘了两朵，"野生的，纯天然，回来我们摘点，回去找个电磁炉下面条吃。"

庄炎她们在满目的绿色、满目的新奇中蹦蹦跳跳地前行。

两个小时后，庄炎、空箜和秦宇晴在路边坐下来。

"我不行了。怎么走了这么远，还没见瀑布的影子？"空箜大口喘着气说。

"是不是根本就没瀑布，还是我们走错了？"秦宇晴靠在空箜身上。

"要不，我们回去吧，我走不动了。"简悦把油画箱往跟前拉了拉，"还拎着这么个家伙。"

"肯定在前面！你们打算放弃？"庄炎拖长声音问道。

空箜她们使劲摇了摇头："姑奶奶就不知道放弃两个字怎么写。"

"对嘛，我们是谁啊，不达目的誓不罢休，好了，出发！"庄炎说着站起来拎起油画箱。

"老乡，请问去瀑布怎么走？"庄炎她们又走了一阵，终于看到了一个蒙着红头巾的老乡。

"顺着这条路往前走。"

"还有多远？"空箜凑过来。

"不远，再走一个多小时吧。"

她们和老乡告别后，继续前行。

"我的腿都抬不动了，为什么走在绿色的世界里，我却感觉像在沙漠？"空箜弯着腰，手里的油画箱几乎碰着地面了。

"没公交，也没的士，什么都没有，没吃的，没喝的。"庄炎说完直了直脊背，"快到了，瀑布那肯定有卖饭的。"

走到瀑布的时候已经12：40了，她们抬头望着白花花的水流，和水下碧绿的深潭说："哇哦！好漂亮！"

说实话，瀑布没她们想象的那样"飞流直下三千尺"的壮观，也没有像她们想象的那样周围长满奇花异草。时间拉得越长，期望就越大，就越容易加入幻想，但她们不失望，只要有收获，她们就觉得值。

瀑布的旁边只有一个卖凉皮的，她们每人狼吞虎咽地吃了两碗，才支开油画架，把美丽的瀑布印到油画纸上。

下午两点，她们在这人烟罕至的地方终于看到了一辆车，空篸站在路中间兴奋地挥手："是林院长的车，快看啊。"

"是吗？这么远你都能看清车牌号。别不是，认错了，你吓着人家，以为咱是山里的野人呢。"庄炎看着车来的方向边说边使劲招手。

果真是林院长和庄炎她们的带队老师张老师，林院长按下车窗："你们几个怎么在这啊？"

"我们找瀑布来的。"庄炎说。

"老师，你们回去不？把我们带回去吧，实在走不动了。"空篸把头伸过来。

张老师从里面探出头笑着说："你们挺能走的呀！我们去前边。"

"那还回来不？"空篸赶忙问道。

"回来。"

说着车就发动了，庄炎她们在后面跳着使劲喊："我们等你们回来。"

简悦说，听说前面山上有山庄，吃的玩的，一应俱全，晚上住帐篷，还有小妞陪，所以他们是不会回来的。庄炎她们只得拉着油画箱往回走。空篸还不忘把外套脱掉，把摘得的大把蘑菇装进包去拎着。

她们看到了林子里的野马，还遇到了一个看起来像藏族人的年轻男子，骑着辆破摩托车，喝醉了，不时地摔倒在路边的草丛里，然后睡一会，就又爬起来骑着摩托车赶上庄炎她们，然后就又摔倒，又睡，又起来。

他有一次赶上庄炎她们的时候，回头对她们笑了笑，就又撂进了草丛，他直起头喊："好朋友，有水没？"

庄炎在空篸她们的高度警惕和反对下，拧开最后一瓶矿泉水走了过去，空篓她们从地上抓起石头，随时准备应付突发状况。

男人喝完水，踉跄地站起来骑上摩托又走了。

夕阳西下的时候，庄炎她们终于看到了一辆拖拉机，她们使劲挥舞着手臂，拖拉机一停下来，她们就爬了上去。

……

"您的菜齐了，请您慢用，还有这杯果汁，是那位先生送您的。"

庄炎在服务生甜甜的声音中回过神来，她看了看面前的那杯鲜榨果汁，又看了看斜对面那个醉酒的男人，他正举起杯子冲她点头，庄炎举起果汁以示谢意。

庄炎把东西都塞进胃里，没有丝毫的享受，胃像一个迟钝的感知者，麻木地鼓胀，庄炎在调料里放了红红的一层辣椒，却只有嘴唇木木地跳动，没有丝毫的香味。

"服务员，买单。"庄炎沮丧地喊道。

"您好！您的账已经结过了。"

"结过账了？"庄炎张大嘴巴。

"是的，那边的那位先生帮您结过了。"服务生说着伸出手掌很礼貌地指了一下送她果汁的男人。

醉酒的男人眯着眼又冲庄炎举了举杯。

"我不认识他，你把钱还给他。"说着庄炎拿出钱夹抽出一百块钱。

"对不起，那位先生交代不能收您的钱。您看他已经喝醉了，我也跟他说不清楚。"服务生为难地解释道。

"我吃饭，凭什么让他付钱。"庄炎固执地伸着拿钱的手。

"这个，我们真的不能再收了。"服务生为难地说。

庄炎无奈地笑了一下，拿起钱塞进包里，从凳子上站起来，径直朝门口走去，经过男人身边的时候，她头也没回地说了声"谢谢"，一闪身便走出饭店。

74

　　庄炎很快接到了面试电话，正如水墨墨所说，骑驴找马，总比徒步去找的速度快得多，虽然不知道是不是马，但起码不会再是这么只丑陋的驴，庄炎想着向单位走去。

　　"小雅。"庄炎揉揉眼睛喊道。

　　庄炎看见路对面，小雅从一辆黑色的桑塔纳上下来，车玻璃降下时，庄炎模模糊糊地看见了那个戴着金丝眼镜的脑袋，只见小雅贴过去脸，男人伸头在小雅脸上亲了一下。

　　"杜主编！"庄炎梦魇般地惊叫。

　　庄炎往前走了两步，看了看车牌号，的确是杜主编的车。

　　"怎么可能？"庄炎愣在原地，耳边响起大脸晶的话——说不定你办公室的那个小雅还和那个养猪户有一腿呢。

　　"怎么可能？"

　　"怎么不可能，这个世界，千奇百怪，只有你想不到的，没有不会发生的，再说这也不是什么稀罕事。"

　　庄炎想着大脸晶的话打了个冷战，小雅已经站在她旁边。

　　"我中午去我哥家吃饭了，他刚开车把我送来，你中午吃的什么？"小雅结结巴巴带着满脸的微笑。

　　"你哥？"庄炎回头看了看停车的位置。

　　"是呀，走吧，快迟到了。"小雅说着拉起庄炎的手就进了楼道。

　　杜主编大概是十分钟后上来的，他拿了一堆稿件扔给庄炎，说等着用，下午加加班打出来。然后转身叫小雅，说有事，让她到他办公室去一下。

　　"等一下，杜主编。"庄炎站起来走到杜主编的面前："我想问一下，这稿子里面哪篇是要发的，哪篇是排好版后准备撤下来的？"

小雅伸手拉了拉庄炎的胳膊。庄炎甩开小雅的手，盯着杜主编。

"都要打，认认真真地打，至于最后要上哪一篇不是你能决定的，你做好你自己的工作就行了。"杜主编不耐烦地挥挥手。

"该做的工作，我做，但我不给别人当敲诈勒索钱财的帮手，对不起，谁写的谁来打吧。"庄炎把稿子摔在手边的桌子上。

"看来你真不想干了！滚出去！明天就有一大帮的大学生挤着来应聘！你算什么，在这儿跟老子发火。"杜主编喊道。

"算不算什么不知道，反正是个人；不像你，是不是人，都还不确定。"庄炎以一种玩味的语气不紧不慢地说，"我不会滚，要不您先示范一下。"

"庄炎！"杜主编喊着就抬手准备朝庄炎的脑袋打去。

小雅连忙扑上来，抱着杜主编的胳膊："不许打人，会出事的。"

庄炎瞪着杜主编站在那一动不动："你今天碰我一下试试。"

"走，走，我们回办公室去。"小雅边说边把杜主编往外拉。

"我开除你，现在。"杜主编回头喊道。

"不用你开除，我已经找好了新的工作。我自己会走！"

"你快点滚！"杜主编恼怒地喊道。

庄炎抓起包转身出门。

晚上，庄炎托着下巴对着电脑发愣，就这么辞职了，跟做梦一样，自己还没明白怎么回事，就稀里糊涂地握住了结果。庄炎把QQ签名改成——郁闷致死。

水墨墨立马跳出对话框抖动了一下。

墨墨 21：49：29

郁闷啥呢，丫头？

炎子21：50：14

烦，烦我自己，感觉理想现实的差距好大。

墨墨 21：50：34

都一样。

墨墨 21：50：51

刚才我也在烦呢，感觉事情好多啊！

炎子 21：51：19

我辞职了，感觉很无力，很沮丧，还很打击自尊心。

墨墨 21：52：17

没关系，放弃这个再找更好的。

炎子 21：53：34

忽然觉得没什么自信了。刚开始那会儿干什么都能成的心态很快就没了。每份工作都没超过一个月。是不是我自己也有问题？

墨墨 21：54：42

主要你没想清楚自己要干什么。

炎子 21：55：12

今天晚上喝了点啤酒，觉着自己很可恶。

墨墨 21：56：58

要想开点。

炎子 21：57：01

我不清楚似的，在我决定要辞职的那瞬间，忽然想了很多自己以前从未想过的问题。

墨墨 21：57：36

什么想法？

炎子 21：57：38

说不清楚，觉得很无力，但我觉得工作起码应该是快乐的。

炎子 21：59：51

　　我现在仍然不清楚自己的路子该怎么走下去，不过我真的很想认认真真、脚踏实地去走。我现在感到不管是伟大的志向还是平凡的过日子，过好每一天，才是最重要的。

　　墨墨　22：00：16

　　嗯，过好每一天才是最重要的！

　　墨墨　22：00：23

　　炎子　22：02：03

　　不是唱高调的，现在是从自己的内心有这种感觉。这段日子，我是被活生生赤裸裸地给揭露了，从没像现在这样认识到自己，从未如此深刻地寻找自己的不足。外界只是一方面，我想我本身肯定也存在问题。

　　炎子　22：03：06

　　妞，我喝酒不是因为不顺心，是因为看到了自己心里面的东西，觉得很对不起。真的。

　　墨墨　22：04：17

　　嗯，也许有时候需要停下来想一想，看一看。

　　炎子　22：05：46

　　现在我心里很复杂。如果不经受这么多困难，我可能不会想这么多，我突然觉得自己成熟了很多。

　　墨墨　22：06：56

　　有时候，挫折会是成长的基石，经历一些事情才会更坚强。

　　炎子　22：09：12

　　是呀，我很庆幸有你这个好朋友让我可以倾诉。

　　墨墨　22：09：38

　　我们永远都是最好的朋友，无可取代。

　　炎子　22：10：06

嗯。

墨墨 22：10：46

来吧，我的床可大，新换的，门口小卖店处理的二手床。

炎子 22：11：46

你想勾引我么？

炎子 22：13：01

好了，睡吧丫头，明天还上班呢。

墨墨 22：13：32

你也早点睡，别想那么多。

炎子 22：14：33

嗯，你睡吧，我现在需要的不是睡眠，是清醒。

庄炎在关电脑后点燃一支烟，看着手机在黑暗中一明一暗地闪动，一个陌生的号码……

第十章　一米外的阳光

75

紫色的瑜伽垫，庄炎坐在电脑对面，莲花坐姿，背部挺直，手轻轻地搭在膝盖上，轻柔的音乐声中，庄炎无论如何都无法捕捉自己的呼吸。

晚上11：20，伴随着一个呵欠，庄炎浑身的细胞松懈下来，啪啪地贴在垫子上。

庄炎浑身没有一点力气，脑子却在飞速地旋转，犹如一台失控的机器：快乐被工作、被生活、被许许多多的东西强奸了。秦宇晴疯了！怎么可能。庄炎满脸泪痕地在时钟嘀嘀嗒嗒的走动中睡去。

去北山写生的时候，那有一座桥，用铁索和木板搭的吊桥，庄炎轻轻地踏上被岁月侵蚀得斑驳陈旧的木板，她们手拉着手晃晃悠悠地从桥上走过。

"感觉不错耶。"庄炎说着抓着绳索使劲晃动了两下。

空箜、简悦、秦宇晴惊叫着抓住锁链。

一辆破旧的机动三轮，嘟嘟地驶上桥，庄炎她们抓着铁链嬉笑着往前跑。

"这桥看似脆弱，你别说承受能力还挺强。"

庄炎她们正张着嘴乐呵，桥头木头搭的简易房子里伸出一个男人头："一人四毛！"

"干什么？"庄炎睁大眼睛问道。

"跨省费！"男人伸着手说。

"跨省费！"她们异口同声地重复道。

她们还真没想到，桥这头还是甘肃，那头就是青海了。庄炎回头看了看，分界线还真是明显，桥这头是赤裸裸的黄土地，那头就是青山绿水。

她们笑嘻嘻地掏出钱交到男人手上，说："我们折回去，再走一遍，体验一下跨省的感觉。"

在北山可以花钱的地方很少，就一个小卖部，里面的饼干、方便面，两天就被写生的学生扫荡光了。吃饭的地方也只有两家，离宾馆近的那家生意火爆，总没位置。庄炎她们就走一二十分钟到不远处的一个农家餐馆喝牛肉粉丝汤。北山吃的牛肉都是牦牛，它们长着长长的毛和极具艺术气质的角，庄炎觉得那里的牦牛不仅体形粗壮，而且性格比家乡温顺的黄牛豪放。一次，她们走近一群正慢悠悠地在田边散步的牦牛，突然其中一头就冲了过来，以百米冲刺的速度，庄炎她们连忙让路，只见那头牦牛腾地就骑到了另一头母牦牛身上。

空箜当时拿掉嘴里咬着的青稞喊道："喂，兄弟，光天化日的，你含蓄点好不好。"

这里的村庄很小，除了绿水青山，就是种着青稞的田地。青稞酒是这里的特产，两块钱一瓶，原汁原味。那天庄炎她们就买了一瓶青稞酒，一袋花生米，开始乐呵呵地品尝，庄炎先喝了一小口，然后伸着舌头说："哇！味道太好了！"

空箜和简悦就开始抢着品尝，连一向不沾白酒的秦宇晴也破了戒，大家喝得脸蛋红扑扑的，庄炎拿出烟，一人分了一支："红旗渠，我们老家的烟。"

在北山的小卖部竟然有河南的红旗渠香烟，这让庄炎觉得分外激动。

"我也要。"秦宇晴光着脚从床上跳下来。

"你不会抽。"庄炎说着把烟装进包里。

秦宇晴转了一圈，大家都笑呵呵地说："丫头，你喝醉了。"

"你们不给我，我问老张要去。"秦宇晴晃了一下稳住身子，拉开门就往外走。

"哈，这丫头，喝了酒长胆了，还要问张主任要烟。"庄炎说着号召大家把已经走到张主任、林院长他们房间门口的秦宇晴拉了回来。

庄炎她们站在桥头嘻嘻哈哈地说，感觉真不错。

秦宇晴张着双臂，满脸的陶醉："我觉得我们与世隔绝，彻底的，这段日子连手机都没有。"

她们的手机都没有长途漫游，秦宇晴、空篓出来干脆就没带，庄炎突然叫起来："等一下！"

庄炎从包的最下面翻出这段日子用来当表的手机，看了看，举在空中惊呼："有信号！有信号了！"

秦宇晴她们抢过手机，满脸惊喜。

庄炎在说不清是梦还是回忆中惊醒，她突然就想起了毕业前夕，她和秦宇晴坐在小篮球场台阶上的谈话。

"投了那么多简历，都没有一个合适的工作，我真的很害怕，害怕我养活不了自己，还不起助学贷款。"秦宇晴低着头抠着手说。

"哪会啊，我们的前途金光闪闪，现实会比你预想的美好得多。丫头，你别老胡思乱想。"庄炎伸手揽住秦宇晴的肩膀。

"我觉得我有轻度抑郁症，最近老觉得有加重的倾向，也许压力太大，或者自己的期望太高。"秦宇晴说完又抬头补充道，"不要告诉别人。"

"这是我们之间的秘密。"庄炎握着秦宇晴的手，点点头继续说，"压力要控制在可以转化为动力的范围内，知道吗？别让自己承受太多东西，再坏也坏不到哪去，起码我们不会被饿死、冻死吧。"

"嗯，相信一切都会很好的。如果有一天，我钻了牛角尖，你记得告诉我，我们面前有一座桥，走过去，就是另一片天地，走过去就有信号。"

庄炎翻身从垫子上起来，拨通秦宇晴的电话。

76

庄炎按照他们说的把网页全部更新了一遍，然后抬起头对埋头打游戏的男孩说："我弄好了，你看行不？"

旁边扎马尾辫的女孩推搡了男孩一下，男孩摘掉耳机，又转身点了两下鼠标，才走过来。

"你弄完了？"他对着庄炎的电脑屏幕惊呼。

"完了，可以吗？"

"大家快来，快来呀。"男孩满脸兴奋地把办公室的五六个人都喊过来。

庄炎仰着头满脸纳闷："不是这样的吗？"

"是，是，是，正确极了，刚你还说不会玩网页呢，没想到弄得这么快，没看出来啊，天才姐姐。"

庄炎看着大家聚过来，看着她的电脑屏幕满脸的兴奋，这让庄炎觉得更加不解。

扎马尾辫的女孩抱着庄炎在她脸颊上亲了一口："你太伟大了，你一个上午把我们全部人员两天的工作都干完了。"

"从现在起，你就是我们的老大。"男孩拍着手掌说，"大家同意不？"

"同意！"大家异口同声地说。

"一会儿张主任回来我就跟她说，她要不录用你，我们就集体罢工！"

"哦，谢谢啊。"庄炎点着头笑。

"谢什么，我们都是同龄人，大家在一块别那么拘束，玩得happy就好。"

"我好像比你们都大吧，崩溃，我怎么猛然觉得我老了。"庄炎说着和大家一起笑起来。

这是××厅的内部网站，网站负责××厅官方网站的更新维护工作，也接一些做网页的活，但这方面的活似乎不多。

这个上午庄炎本来是来面试的。

庄炎没抱多大希望，网页设计她基本上没接触过，也许面试的人拿出两个专业的术语就把她搞懵了。

网站的负责人张主任，是个眉毛很浓的女人，三十来岁的模样。其他的人，庄炎一眼扫过去，就基本可以断定都比自己年轻。

张主任让庄炎直接上机操作，交代完就拿着包匆匆出门了。对面的男孩把后台的地址和工作内容给庄炎讲解了一遍，男孩讲完就赶着回自己座位玩游戏了，嘴里还不停地发出声音："靠，挑战我。不想混了。"

庄炎埋头弄了一上午，她抬起头，看着表针走到十一点的时候，心里就有些虚了，十一点半叫男孩过来验收的时候，心就更虚了。庄炎觉得这样的速度太慢了，他们估计会说："什么呀，这么点活，干了一上午。"

庄炎直起身子，猛地就高兴起来，看来自己还真是有一定实力的，这么快就得到了认可。

张主任回来的时候，把拎着的袋子交给扎马尾辫的女孩："我买了冰激凌，一人一个。"

庄炎坐在位置上看着他们笑嘻嘻地涌过去，每人抢了一个，撕掉袋子美滋滋地吃起来。

张主任又回头，才猛然间记起庄炎，她把男孩叫过去问了几句，就把庄炎叫到她的办公室。

庄炎和男孩擦肩而过的时候，男孩吐着舌头做了一个OK的手势。

"你叫庄炎，听说你对网页这方面还很了解，上午做得也不错。"

"略微知道些。"

"我们这工资每月一千二，双休。我们采用的是人性化管理，你也看到了，整体来说工作氛围很愉快，如果你愿意加入的话，下午就可以正式上班了。"

庄炎点点头，填了一份个人资料，出来的时候办公室已经空空如也。庄炎抬头看了一下表，十二点整。

中午庄炎跑到新华书店买了一大堆网页设计的书，抱回办公室。他们目前负责的这个网页，是花了8000块钱请上海的公司做的。他们过来弄好后，把更新上传的方法教给大家，网站就开始了正常运作。

庄炎给大脸晶说的时候，她张大嘴巴问："那你们网站那么多人干什么，摆明了一个人的活一群人干，还真是奇怪，还有让人白拿工资的单位，我们那儿整天扣这扣那，恨不得等到发工资那天直接给我们都弄成零工资才畅快。"

"你这丫头又走好运了。"大脸晶又补充了一句。

"什么呀，说不定刚好是这段时间不忙。"庄炎点了一支烟。

"你心情好了？"大脸晶说。

"嗯，好得不得了——哎，不够好。我还有更重要的事情呢，回头再聊啊。"庄炎挂了电话，又拨通那个座机。

那个座机庄炎接过两次，一次没声音，一次秦宇晴没说两句就挂了，庄炎一直以为那是公用电话，没想到是秦宇晴家的电话，那次接电话说是公用电话的女人竟然是秦宇晴的妈妈。

两天前，庄炎正因为从周刊辞职郁闷至极的时候，接到了一个同学的电话，她和秦宇晴在一个城市。

她说："庄炎，秦宇晴出事了，你知道吗？"

庄炎浑身的神经就猛地紧起来："出什么事了？"

"她妈妈出事了，好像病了，秦宇晴就疯了。我听别人说，她一会儿哭一会儿笑的，跟谁都不说话。"

庄炎的心猛地沉下去，摔在地上，实实在在。

昨天庄炎打通电话，有人接，但没有人说话，凭直觉庄炎知道一定是秦宇晴，于是庄炎开始讲北山的故事，讲得开开心心，快快乐乐。

"炎子，我总害怕桥太长，我走不过去，就永远也找不到信号。"电话里突然飘来秦宇晴涩涩软软的声音。

"宇晴，你终于说话了。你没事吧，吓死我了。"庄炎抱着电话，眼里突然就溢出了大颗的泪滴。

"暂时还好。"秦宇晴的声音淡淡的，像是在说别人的事情。

"他们说你疯了。真的，吓坏我了，幸亏你还好好的。"庄炎咽下淌在嘴角涩涩的液体破涕为笑。

"我妈妈病得很厉害，精神越加恍惚了，整夜整夜地说着不着边际的话。前天我带她去医院检查，医生说恐怕不行了，估计就这个月。我真的不知道为什么会这样，我想让自己疯掉，我幻想，幻想自己哭哭笑笑的什么都不知道。"

庄炎握着电话的手微微颤抖，她多想和秦宇晴紧紧地拥抱，拥抱大学时代那似水的流年，拥抱那种单纯的快乐。

也许我们幻想拥有的太多，才觉得现实给我们的太少。庄炎把烧得长长的烟灰弹进一个人类肺脏模样的烟灰缸里，随着烟灰的缓缓落入，那个红黑色的肺脏烟灰缸发出叫声，凄惨、落寞。

77

庄炎埋头学习网页制作的时候，周围的笑闹声不绝于耳。扎马尾辫的女孩从袋里拿出在Ochirly专卖店新买的上衣，笑嘻嘻地给大家看。女孩们就都聚集过去，不停地说着最近哪个牌子上了新款，哪里的包时尚好看。

大家正说笑，张主任推门进来，拍着手说："大家都进来一下，开个短会。"

"这周大家表现不错，网页不仅更新了，我看很多细节方面还进行了重新的设计，得到了领导的认可和表扬。下一步，我们要加大力度，开拓新的业务，接一些网页设计制作类的活。"

"我们不会呀！"扎马尾辫的女孩叫道。

"小冰不是会吗？"有人笑嘻嘻地捅了捅整日抱着电脑玩游戏的男孩。

"我很忙的！"男孩皱皱眉头说道。

"忙着在网上练习，找媳妇吧。"

然后大家就一阵哄笑。

"安静，说笑归说笑，对于工作大家还是要认真点。好了，散会，这几天的工作，完成得不错，大家可以放松一下。"

大家从张主任的办公室出来，满脸兴奋。

"我们打CS（反恐精英）吧，组队，加上老大，刚好每组三人。"

庄炎被旁边的女孩又叫了一声才缓过神来："打CS（反恐精英），上班时间不好吧？何况我已经很长时间不打了。"

"没事，没事，玩呢。"

"张主任——"庄炎指指张主任的办公室。

"劳逸结合，张主任已经发话了，可以放松一会，这你还不明白。"

　　庄炎被他们硬拉了进去，她们队的两个人都被打死后，庄炎执着地打死了敌队的三个人。

　　"你太厉害了！"对面的男孩站起来，"我要拜你为师。"

　　庄炎笑着摇摇头："我现在不怎么玩这游戏了。"

　　庄炎虽然刚刚打得很兴奋，但这会就又觉得不舒服起来，上班怎么可以组队集体打游戏呢？庄炎想，是不是自己真的老了，跟不上时代步伐了？

　　庄炎正发愣，接近于消失状态的端木突然跳了出来：

　　　　端木 17：26：27

　　　　礼物收到了吗？

　　　　炎子 17：28：27

　　　　收到了，太神奇了，谢谢你！

　　　　端木 17：29：40

　　　　跟我还这么见外，只要你开心就好。

　　　　炎子 17：30：41

　　　　我把礼物转送给别人了，我的一个好姐妹，我觉得她更需要这个魔法球，你别不高兴。

　　　　端木 17：31：02

　　　　有些不爽，但相信你的决定。对了，我最近准备回去。

　　　　炎子 17：33：57

　　　　真的！什么时候？

　　　　端木 17：36：58

　　　　哈哈，还没定，看来你这小丫头想我喽，很开心啊！

　　　　炎子 17：38：51

　　　　去，鬼才想你呢。

庄炎关了QQ对话框就想起了那个魔法球，插上电源，水晶球便发出蓝色的雾状光芒，庄炎伸开五指放在水晶球上，就有一道道蓝色的电流如闪电般在手指和球体的中心闪动。

端木说："许愿吧！这是一个具有魔法的球，它会帮你实现愿望。"

庄炎闭上眼睛的时候，猛地想起了秦宇晴忧伤的面孔，像一个布娃娃被丢弃在废墟中。茫然。无助。

庄炎低头在水晶球上轻轻地一吻，把包装重新打好，寄给了秦宇晴。

其实这就是一个灯，庄炎很清楚，但她宁愿相信这是一个魔法球，法力无穷。人，有时候是需要通过自欺欺人，来获得些安慰和支撑的，这跟人们信仰不同的宗教没什么两样。

庄炎是无神论者，但她心中也有一个支撑，有一个神灵，掌管她自己，那就是庄炎自己的灵魂。

78

现实还真是残酷，什么样的事你都有可能遇见。当你乐此不疲地为了某一件事努力的时候，你会发现，原来你就是为了能够求得一个心理安慰。其实，我们和别人是不一样的一群人，我们贪快乐，我们图与自己是同类项的朋友一起愉快地生活。

懒洋洋的太阳温暖地照在我的身体上，斜起眼用右手堵住刺眼的光线，我走在深灰色的柏油路上，看着不远处的电线上有几只麻雀，有徐徐的风摩擦着它们小巧的头颅。

黄色的光芒，高远的天空……

Over!

庄炎发完博客，打了个哈欠。四天了，网站没有需要更新上传的内容，这丝毫没让大家觉得有什么不舒服。扎马尾辫的女孩，最近忙着穿针引线，数着小格子缝十字绣；对面的男孩"大话"上的媳妇恋上了三转的人，他获得了一大笔离婚的补偿费，却依旧终日闷闷不乐，埋头练级，发誓要和那从未谋面的骑着白马三转的人PK致死。

他还抬头对庄炎说："老大，你玩'大话'吗？我要去把那可恶的转人杀死。如果我坐牢的话，你可以去城里的店铺买些烟花放给我看。"

左边的女孩桌子上摆着一大堆化妆品，正对着镜子描着眼线。据说，这个女孩的男朋友现在进行时就有三个。

"三个男朋友！天啊，那她怎么应付得过来？"庄炎惊叫。

"所以呀，她每天都很忙，跟每个都柔情蜜意的，又不让他们知道别的男人存在。这就叫本事，羡慕不来的！她上一轮男朋友有四个呢，在同一个时间踹了。"

接着她们便开始兴趣盎然地讨论，哪里新开了什么店，哪里的东西好吃，哪里的东西好玩，他们还在办公室的墙角搭起了帐篷，军绿色的，说是谁困了，可以进去睡会。

庄炎这个并不是十分张扬的呵欠就被他们发现了，他们齐心协力地把庄炎塞到帐篷里，庄炎躺在里面，看着军绿色的帆布，哭笑不得。

庄炎晚上见到大脸晶的时候，一把抱住大脸晶，激动地说："喂，我觉得我们老了，真的。"

"你发什么神经，我还青春年少呢。"大脸晶笑着推开庄炎。

"你都不知道，我们网站的那帮小孩，小的才19岁，大的也不过23，除了张主任，我是最老的了。他们天天玩得花样百出，张主任说是人性化管理，什么人性？8点上班，9点才陆续来，天天在办公室干什么的都有，充分发挥个人爱好。"庄炎边走边说，神情有些沮丧。

"我说你还真是身在福中不知福，这么宽松的环境，这么大幅度的自由，多少人想都想不来呢。我怎么都觉得你说得像我理想中的工作状态。"大脸晶双手紧握，一副陶醉的样子。

庄炎觉得无事可干，是一件很郁闷的事，就像一台机器，你把它停在那，早晚会生锈，庄炎听到岁月把她这些空白、无所事事的日子咔嚓咔嚓地剪掉扔进了垃圾桶。

"我们兜风去吧！"庄炎转身在大脸晶的脸上轻怕了两下。

"兜风？11路（两条腿）狂奔吗？"

"我拿了我爸的车钥匙。"庄炎拿出钥匙晃了晃。

"我好羡慕你，你有爸妈疼，爸妈爱的。"

"好了，别嘟着个嘴。你应该想着你有两个爸爸，两个妈妈，挺不错的啊。"

"不错个头，他们都不喜欢我，我就找事。我就是要不停地出现在他们的生活里，让他们郁闷，谁让那个男人抢走了我爸爸的女人；还有我爸那边，那个继母我对她也没好脸色，她抢走了我妈妈的男人。"

"你说绕口令呢。不过，我觉得都已经这样了，你应该祝福他们。"

"我是在祝福啊，只是偶尔心里不爽，发泄一下而已。"大脸晶拍拍庄炎的肩膀，"别唠叨了，快，开车走。"

庄炎开着车，顺着花园路一直往北。风，凉凉地撩拨着她们的头发。大脸晶光着脚坐在副驾驶座上，拿了颗话梅填进嘴里美滋滋地跟着音乐哼着歌。

"我心里不平衡了啊，我开着车，你一个人吃。"庄炎说。

大脸晶掏出一颗话梅塞进庄炎嘴里。

庄炎边嚼着话梅边说："我怎么都觉得我现在是在虚度光阴。"

"光阴就是用来虚度的啊！"大脸晶笑笑说。

"我觉得自己像蒲公英，飘浮在空中，我很努力地飞，却总也找不到落地的方向。"庄炎看着前方。

"我比你飞舞的时间更久，现在彻底傻了，连自己想要什么都不知道了，只能傻傻地生活。"大脸晶的语气有点玩世不恭。

"我真的很害怕在这种日子里，永远飘飞下去，成为一片灰白，毫无意义。"

庄炎和大脸晶陷入了沉默，静静地看着窗外。音乐声很默契地填补了空白：

> 远方天空，云层遮盖前往方向
>
> 迷失在黑暗之中
>
> 天使问我
>
> 手中紧握不放是什么
>
> 我说，寻找梦想的灯火
>
> 有时我会失去力量
>
> 再艰难的旅途，也要骄傲走过
>
> 眼前的世界，音乐演奏中
>
> 不停挑战我，就算曾悲伤过
>
> 我要的世界，梦想在怀中
>
> 未来呼唤我
>
> 相信我会坚强地走到最后
>
> ……

庄炎和大脸晶跟着音乐大声唱起来，声嘶力竭。庄炎狠狠地踩下油门，风肆意地撞击着她们眼眶里湿热的液体。

一辆货车猛地从拐角的黑暗中冲出，庄炎在自己和大脸晶的尖叫声中，死命地抱住方向盘朝右扒去……

79

庄炎随手翻开一本设计类杂志，目光停留在波兰艺术家Stasys（斯塔西斯）设计的个人藏书标签上。她怀里白色的小毛球奋力地扒着桌子，立起了身子。

这是一家叫"猫社会"的酒吧，是水墨墨从她同学那得知的。酒吧经营对象是二十到二十八岁的年轻人；色彩以灰、黑、粉为主，还有茂密的绿色植物和藤蔓；地面是玻璃的，玻璃下面是不同色彩的鹅卵石和一大幅的线绘稿图形；酒吧最大的特色就是有一二十只纯白的小猫，你一坐下来，小猫就喵喵地叫着跳到你怀里，亲昵地用脸蹭着你的手，像是最亲昵的招待。

庄炎和水墨墨、大脸晶要了两瓶棕色瓶子的纽卡索（啤酒）、一份蝙蝠比萨饼和杏仁奶油芝士巧克力蛋糕。

水墨墨从吧台旁边的架子上拿了几本设计类、时尚类的杂志。

"天啊！竟然还有设计类的！"庄炎惊喜地叫道。

"据说他们老板是搞设计的。"水墨墨边说边翻开了一本《上海服饰》。

庄炎把目光收回放在眼前的那幅画上：背景一片荒凉，一个有着突出大眼睛和忧郁表情的男子在铺设着铁轨，男人的双腿构成铁轨，他将十字枕木铺设在胸前，从而确定了整个铁轨的方向。

庄炎喝了一口纽卡索，对着认真讨论服装流行趋势的大脸晶和水墨墨说："别人用肢体来确定方向，我们却飘浮在不知经纬度的空间。"

"谁？这么牛。"大脸晶把庄炎手里的书抢过去。庄炎怀里的猫儿叫了一声，似乎对大脸晶近乎粗暴的动作表示不满。

"一个痛苦地掌握着并为自身命运而奋斗的男人，从一个小农场家庭到现代艺术的最前沿。"

"那是离我们很遥远的事情，和传说没什么两样。"大脸晶用食指捣着自己肉肉的脸蛋说。

"我们要现实，但人有时候就是因为太现实才，失去了最真实的自己。"水墨墨用叉子扎着一块蛋糕送进嘴里。

"其实很多事情就在我们身边，只不过我抓着现在拥有的一点太怕失去了而已，我们没勇气，所以用现实作为自己软弱的借口。"庄炎说着拿着小猫的爪子轻轻地在桌子上拍着，猫儿轻轻地叫着像是在进行必要的补充。

"我支持，但我不喜欢这个书签的画面，太忧伤。"水墨墨说。

"我也不喜欢。我们要奋斗，就快快乐乐，开开心心地奋斗。活着就是为了快乐，为了理想而努力，是为了让自己更加快乐。"庄炎补充道。

大脸晶伸手和庄炎在空中击掌："你的说法我同意，我也应该有目标了，不过告诉你们个前提，我辞职了。"

"啊，为什么？"庄炎问道。

"不喜欢，不快乐而已。"大脸晶笑笑。

"我今天早上10点才去上班。"庄炎突然说道。

"你一向比我拽，看来老大当得不错。"大脸晶一阵坏笑。

"我是故意的，还真是没有人觉得有什么不对，甚至没有人问一句：'你怎么现在才来呀？'我觉得就算我失踪两天也没有人会问起。"庄炎说着就沮丧起来，她觉得自己和自己的工作突然都变得毫无意义。忙的时候嫌太忙，闲下来了，又觉得在耗费生命，自己真的是不可理喻吗？

"我真的不知道自己到底适合什么样的工作。"庄炎摊开手吐了吐舌头。

"对了，你说的那个女孩怎么样了？"水墨墨关切地问道。

"不知道，电话昨天突然就又没人接了。我整整拨了两个小时，直到手机没电关机了。"庄炎说着，心里就开始升腾起浓重的阴云，昨晚她无论如何拨打秦雨晴家的电话，都没有人接听，嘟嘟的电话声把庄炎的心一点点地揪起来。

直到手机自动关机，庄炎才放弃。她插上充电器，特别想和大学的姐妹聊聊天，她又拨空签的手机，停机。

庄炎又拨裴大伟的电话，电话倒是通了，却依旧没有找到空签。

"大伟，最近好吗？什么时候你们一家三口也来郑州看看我这个孤家寡人呀。"庄炎说。

电话那头突然沉默了，许久才缓慢地说："我准备离开北京。"

"去哪？回家？空签你们都回去吗？"

"不，我一个人。"

"那空签呢？"

"不知道，大概回山东了，我也联系不上。"

"出什么事了？为什么？你说过要照顾好空签的，你们已经结婚了。"

"我不知道，真的不知道。从结婚到空签走，我觉得一切都像一场梦。我不知道发生了什么事，也不知道为什么会是这样。"裴大伟的声音哽咽了。

又一个人失踪了，庄炎闷闷地想。

"我会不会有一天也失踪？"庄炎在心里问自己。

"失踪，你失踪的话先打声招呼，带上我俩，一个人溜掉，休想！"大脸晶嘟嘟嘴说道。

"带上墨墨还行，你就算了，那么大个脸，招牌似的，哪还有失踪的可能。"庄炎说完和水墨墨一起笑起来。

大脸晶端起比萨饼盘子放到自己跟前："不给你们吃，叫你们欺负我。"

然后她们就又说起了那个晚上的漂移，庄炎看到货车冲出来就扒动方向盘，猛踩刹车。

车就那么被甩了出去。

"你知道吗，那种悬空的状态，让人觉得特别惧怕，特别难受，我当时真的吓坏了。"庄炎说着摇了摇头。

车停下来的时候，庄炎和大脸晶满头是汗，呆呆地看着前方。许久，庄炎才扭动了一下身体，咽了口唾液说："我们着陆了！"

大脸晶颤抖着拉开车门走下去，跌坐在路沿上，庄炎也挪动着软绵绵的腿，在大脸晶旁边坐下。她们突然就放声大哭起来。

"你当时哭什么呢？"大脸晶仰头问庄炎。

"不知道啊，就是觉得需要哭一阵，你呢？"

"我也不知道。不过现在觉得挺傻的，干吗哭啊？太不会享受了，那比坐过山车刺激多了。"大脸晶露出一副得意的神情，"漂移，多酷呀！"

"酷你个头，我再也不想漂了，悬空的状态，还真享受不了。"庄炎说着抱起猫儿在脸上蹭了蹭。

80

黑夜来临，请大家闭上眼睛。

庄炎闭上眼睛法官又说，杀手请睁眼，开始杀人。庄炎闭着眼睛暗自祈祷，自己快点被杀掉。

这是一个下午，天气在阴晴之间徘徊，不停地玩着隐身游戏的太阳让人觉得有些不爽。

庄炎正对着网站的后台发呆，不知是谁提议的集体玩杀人游戏。于是大家便嘻嘻哈哈地围成一圈，法官由张主任担任，杀手、警察、平民抽签决定。

庄炎的思绪是游离在游戏之外的，她很庆幸自己抽到了平民这个无关紧要的角色，闭上眼睛的时候她祈祷自己快点被干掉，被这一帮疯狂的孩子干掉。

"哈，爽不！这样自由宽松的工作环境。"庄炎总觉得有个人在那里捂着嘴巴狂笑。

多像一个玩笑，从周刊到这。怎么都像一个不怎么真实的梦。庄炎想着睁开眼睛，杀手眼神慌乱地互相瞅着对方，惊恐地尖叫，法官看着庄炎皱了皱眉头，庄炎终于因违反游戏规则被罚出局。

"原来脱身的办法不止被杀掉一种。"庄炎坐在电脑前打开网页，进入网站的后台，点了点又关掉，上午才更新过。上午十点，张主任正准备出去，突然想起网站好像没更新，扎马尾辫的女孩拽掉塞着耳朵的耳机惊呼："我把这事忘记了！"

张主任笑着摇了摇头，拍了一下手："大家注意啊，前天网站的更新内容，没有上传，大家齐心协力快点更新上。"

女孩把手里的纸撕成几条发到每个人的手中："一人更新一条信息。"

庄炎看了看短短的两行字，打开网页噼里啪啦地敲上，就又陷入了漫长的无聊。怎么感觉工作的时间，工作倒成了调味剂，就像味精，放一点点就行，不放也无所谓。

庄炎想着就又郁闷起来，她摊开手无力地靠在凳子上，看他们在热闹的游戏中。

孤单，庄炎被脑海中跳出来的这个词吓了一跳。庄炎抬头，办公桌、电脑，画框里抱着水壶的女子，窗外层层叠叠的楼房都显得遥远而陌生。她仿佛猛地被置于世界的一角，看着一场与自己无关的戏，看着戏里自己的喜怒哀乐，以及不错的演技。

去刘家峡写生的画面跳出来，庄炎脸上露出了甜甜的微笑。

去刘家峡写生是大二下半学期，他们租了一辆巴士，牛老师在系领导的坚决反对下，还是和同学们结成同盟争取了三天写生时间。

一大早，大家就兴奋地聚集在丁香园教室的门口。到8：00，牛老师依旧没有出现，班长在大家的支持下，拨通了牛老师的电话："牛老师，你来不？你不来我们就走了。"

牛老师听到这句话后火速赶到。大家坐在大巴车上，有人玩笑说："老师真是小气，就因为我们没把去写生人员的名单报给他，他就在家生气呢。早知道我们自己走，把他扔在家。"

大家就嘻嘻哈哈地笑起来。

牛老师自己开着车，带着他新婚不久的媳妇。庄炎他们坐着一辆大巴车，中午12：40到刘家峡。先找了餐馆美美地吃了一顿，然后找宾馆落脚，把背包放下，拎着油画箱，拦了几辆的士就朝目的地出发了。那天因天气太阴，无法开船，庄炎他们只能折了回来。

晚上，牛老师请客包了一个小酒吧，大家在里面狂欢。

牛老师拿着酒瓶子不停地给女生倒酒。

"老师，你应该给男生倒！"庄炎举起酒杯笑着说。

"男生喝多了太闹！"

"你是不知道，我们喝多了比男生还闹！"庄炎和姐妹们笑成一团。

庄炎和几个女生互相递了眼色，便拉着牛老师坐下来，开始灌牛老师。最终牛老师寡不敌众，有点小晕，大家就乐呵呵地开始和牛老师聊天。

"老师，我们特别羡慕你，羡慕得不行！你看你和师母多好！"

"嗯，其实，说句实话，我25岁以前的感情生活非常混乱，混乱。"牛老师摆摆手说。

庄炎她们立马来了兴趣，正准备进一步探究怎么个混乱法，没想到却被"贝多芬"搅了。

"贝多芬"毫无眼色地靠过来，问了一个专业方面的问题，话题就这么被打断了。

第二天他们坐着快艇在湖面上前行时，大家都满是激动。

"一望无际，好美！"

"芦苇、水鸟，我们是不是要驶入仙境了。"

大家说着把橘黄色的救生衣套在身上，坐在船头，拿起相机开始拍照。大家张开手臂以不同的姿势在相机上定格。庄炎和秦宇晴、空箜她们刚摆好姿势准备拍合影，看见"贝多芬"系着个花头巾从船舱里出来。

"快来，快来。"庄炎冲"贝多芬"招手。

"贝多芬"就跑过来蹲在她们前面。

"回去我一定给我妈说，这就我们班最帅的男生。"庄炎说完，她们就嘻嘻哈哈地笑成一团。

第二天大家在宾馆附近画画的时候，庄炎说："我们能不能结成同盟？你都不知道，我昨天支着画架在那画画，观众里三层外三层的。我怎么突然就有点大师的感觉了，有点享受不了。"

"是呀，是呀，我那也是，我都不知道怎么下笔了。"大家说着背起油画箱出门了。

晚上的时候大家在宾馆外面的花坛边坐下，整整齐齐的一排。

"我们要是都看天空，路过的人是不是都会看。"庄炎仰头看着天空说。

"应该。"牛老师附和道。

牛老师伸手指着天空，大家都以不同的姿势看向牛老师指的方向，路过的人便都在此刻停留，人越围越多。

不知谁把这一幕照了下来。照片上，庄炎笑眯眯地对着天空做了一个胜利的手势，空箜张着大嘴一副吃惊的样子，秦宇晴托着下巴像是在沉思。

后来，人群中终于有人忍不住问道："你们看啥呢？"

"未来！"大家异口同声地答道，然后猛地跳起来笑着跑开了。

……

这就是曾经期望的未来吗？庄炎想着就又被他们从椅子上拽过去，新一轮的游戏开始了，天亮了，睁开眼，庄炎依旧没有被杀掉。

81

炎子23：31：00

突破！知道吗？就是突然打破。这是我最近一直在寻思的事情。

大脸晶 23：31：08

我已经和现实妥协了，你还在和现实战斗！

炎子 23：31：46

现实是残酷的。

大脸晶 23：33：12

我妥协了，但我还在成长，嘻嘻。

炎子 23：33：46

嗯，我们都在成长，都会过得很好。

大脸晶 23：33：53

不知道你看到墨墨的签名了吗？她说年华老去，是事实。

炎子 23：34：43

我会在逐渐老去的年华里，寻找更灿烂地绽放。

大脸晶 23：35：40

新的方向和新的开始吗？

炎子 23：36：06

是自己想追寻的。

大脸晶 23：36：12

问个问题，你快乐吗？

炎子 23：37：15

还可以。

大脸晶 23：37：21

还？

大脸晶 23：37：37

不够肯定？

炎子 23：37：47

没有人是完全快乐的，大部分快乐就足够了。

炎子 23：48：02

也没有全部的如意，大部分可以就可以了。

大脸晶 23：49：16

将就！

炎子 23：50：29

不是将就，世界上没有完美的东西，我们要从不够圆满的
生活中，快乐地向前，去寻求尽量多的圆满。

大脸晶 23：50：40

功德圆满？

炎子 23：51：29

不一定会圆满。

炎子 23：52：50

我也不知道。

炎子 23：53：29

有时候我也很郁闷，但是我会说服自己让自己好起来。

大脸晶 23：55：58

自娱自乐？

大脸晶 23：56：29

这是解药？

炎子23：59：01

算是吧。

炎子 0：00：00

别人不会闯进你的世界里，给你解药。

庄炎看着大脸晶的头像黯淡下去，伸手关了QQ，庄炎觉得心里燥热难耐，她跑出去拿了一瓶冰镇可乐，咕咚咕咚地灌下去，然后扯掉睡衣，把空调、电扇都打开，侧躺在床上紧紧地抱着睡枕窝成一团。

依旧无法入睡，庄炎在屋里焦躁地走来走去。她想大喊几声，或者朝墙上狠狠地捶几下。她拉开窗子，把头伸出去大口地喘着气，犹如一条离开水的鱼。

她隐约看到韩艺站在远处笑着冲她招手，然后转身走了。

"韩艺。"庄炎愣愣地看着韩艺在黑暗中消失。

庄炎沮丧地靠着墙坐在地上："恶魔，你就是恶魔。我说过我要彻底忘记你，为什么你总会突然出现？"

她看着韩艺的电话，许久才按下去，无人接听。

庄炎发疯般地一遍遍拨打，最后由无人接听，变成了直接挂断。

庄炎收到了一条短信："炎子，我终于为迷失找到了出口。也许不算好，但足以让我获得解脱，我爱你，永远……"

"神经病，去死吧！"庄炎骂着，又狠狠地按下韩艺的号码。

"对不起，您拨打的电话暂时无法接通。"

庄炎把手机扔到床上，缩在墙角放声哭泣。"韩艺他想干吗？彻底摆脱我？不，不会的，他怎么可能把我彻底放下！"庄炎突然想起前几日，韩艺说他有个计划，正在准备实施，庄炎问起具体的情况，他又只字不提。

"也许，他要来找我了。对呀，她要给我个惊喜，一定是这样的，一定是。"庄炎含着泪水挤出一丝微笑，"他后悔了，他刚不是说了嘛，他爱我，永远。"

庄炎抹掉脸上的泪，趴在床上拨通简悦的电话，她急于和人探讨自己的这个推测。

"啊宁，奴估谁有？（안녕.누구세요？）"电话里传来睡意蒙眬的声音。

"阿宁，简悦，我是炎子。"那边依然没有回应，庄炎就大声叫了起来："悦丫头，我是炎子。"

"炎子，你怎么大半夜地打电话？"

"这是一天的开始，零点啊。"

"我零点睡的好不好，这会儿1点了吧。"简悦打了个呵欠，"有时差的。"

庄炎她们说起秦宇晴，说起失踪的空箜。简悦和庄炎默默地拿着电话，像是自己生活中什么东西突然不见了，让人伤感而郁闷。

"等着我，我这几天就要去做整容手术了。我会很快回去的，我们一起去找秦宇晴，去找空箜。"简悦柔柔地说。

"嗯，我等着你。我们可以开自己的工作室，开开心心地为未来而奋斗。"庄炎仿佛看到了几张阳光明媚的脸庞。

"你还要整容？其实你现在的模样就很好。"

"好了。丫头，别想那么多，整容在韩国很流行的，就跟咱在家贴个面膜做个美容一样。放心吧，我会让你们嫉妒死的。"简悦笑道。

"那我可等着呢，你这个让人嫉妒的家伙，快点回来啊。"庄炎说着就想起了韩艺，她把韩艺发的短信，告诉简悦，"韩艺一定会来找我，是吗？"

"怎么还是韩艺？炎子，你别相信男人的话，不是我打击你，他要去找你早就去了，何必到现在……"简悦顿了顿，"没事的丫头，等我回去给你带回去个韩国帅哥，保证比韩艺那小子帅。"

"我可不可以要很多个？"庄炎对着电话挤出满脸的微笑。

挂了电话，庄炎突然就觉得冷，她从柜子里拿出薄被子裹在身上，依然很冷……

82

庄炎对着镜子用冷水敷了敷眼，带上前几天配的大红框架的防辐射平光镜，对着镜子绽放了近乎夸张的微笑，就跳入了新一天的生活中。

昨晚那一汪一汪的泪水，在今天明晃晃的太阳底下显得有些不真实，像一个忧伤的梦。快速地遗忘对她来说成了抵御一些东西的最强大武器。她蓄意要做一个健忘者，自欺欺人也好，乐观坚强也罢。

庄炎刚走进办公室，张主任就通知开会，这与许许多多无所事事的早晨比起来，让庄炎觉得充实了许多。但人员只有她和那个大早上就开始埋头练级的男孩。庄炎便依照张主任的吩咐去打电话通知。

电话这头庄炎认真严肃，像是在通知一件很紧急的事，电话那头却嘻嘻哈哈，不是说正在吃早餐，就是说知道了，困的，再睡一会，有的干脆说，我上午有事呀，你给张主任说一声。

庄炎挂了电话，回到电脑前，她知道这个所谓的紧急会议，最少得在一个小时甚至更长的时间之后才能召开。

庄炎一直觉得，在这里自己算是平民阶层了。他们都穿着名牌，有的开着奔驰，有的一个电话打过去就有专车接送，前几天那个不停化妆不停和不同的男朋友周旋的女孩竟然换了一个LV（路易·威登）的包。

庄炎和旁边的女孩聊天时才知道，在这里上班的基本上是有钱人的子女或者亲戚朋友。

"怪不得，自己还真是平民阶层。"庄炎把胳膊用力地向上伸了伸，寻求身体更舒服、更舒展的姿势。

一个小时后，却只到了两个人。

"会，下午再开吧，我有事出去会。"张主任拿着包匆匆出门。

庄炎在其他人忙碌地玩游戏，绣十字绣，在网上淘衣服的时候，又陷入了无所事事的状态。

庄炎对着电脑愣了一会，打开博客，开始写博文。

　　大家大抵都很忙了，见了为数不多的几个人也是急急匆匆地奔回自己的岗位，只有自己每日在无所事事地混日子。

　　要说，这起码是一份工作。

　　从学校分离出来，我们把自己定义为一个什么都不会的初涉世的孩童。

　　也像孩子一样虚心地向别人"求教"，教我所谓的快速成长。

　　我们需要懂的东西太多，

　　于是推着自己，把自己使劲往别人的路上推搡。

　　想努力学到他们的东西，认为自己所缺的就是他们所拥有的。

　　太可怕，我们现在还像没头的苍蝇一样乱撞。

　　为什么撞？因为我不认识我们自己。

　　谁不是拎着自己的脑袋闯荡在无知的边缘！

　　可事实上，上苍给了我们许多思考的方式，

　　说是理想决定前进的方向，

　　但是对于理想，我们却常常忘记。

　　绝大多数的我们，更像一支正规军一样步调一致地走在一条系统默认的路上，

　　好比吃饭必须先拿筷子一样，

　　有多少敢说自己走在真正属于自己的方向上，

　　你知道基础是什么吗？

　　只是大家都认为的"认为"！

　　我很佩服少数几个已跳出这个转盘的人，

　　为什么我现在跳不出来？我不知道。

　　在这个大转盘里，有的人注定一辈子就会待在里面……

我想快点结束这样的生活，踏进我自己的小圈子里。

即使是在被废弃的工厂或者荒凉的戈壁上，

最起码我抛弃了一些包袱，

理想还是崇高的哟！

无限制！无束缚！

最近老想一些类似于这样的问题，原因是自己还没有跳出来，跳出来了想的就不是这些了。呵呵！

庄炎刚发完博文，手边的电话就响起来了，是端木。

"丫头，忙不？"

"忙什么呀，都快在这坐得发霉了。"庄炎边说边拿着电话走出去。

"我接了个私活，你看有兴趣没？"

"私活？你还真是学经济的，这么快就学会投机倒把了。什么活？说来听听。"

"什么投机倒把啊，我这是积极向上。"

"我那是夸你呢，快说正事。"

"一个企业的宣传册，不过就1000块钱的酬金，还带企业标识的设计，好像要得有点低了。"

"行，行，行，你把这单发给我吧。"庄炎兴奋地说，"我的脑子放得都快锈掉了。"

"嘿嘿，我就知道，你急需业务练手。叫哥，我就发给你。"

"哥你个头，给你点好脸色，你还蹬上了。别废话，快点发过来。"

"好的。"

庄炎跑着回去打开QQ，满是愉悦，像从阴雨绵绵的天气一下子跌进了带着花香的阳光里。

83

庄炎每日都拨秦宇晴的电话，却依旧是那让人揪心的嘟嘟声。对秦雨晴的担心，成为她心头的一片挥之不去的阴云。

要说有什么好消息，就是意外得到了空荃的消息。

庄炎做宣传册做到零点，便再次拨秦宇晴的电话，电话那头依然是沉默。庄炎沮丧地挂掉电话后，手机却又响起来，一个陌生的号码，庄炎慌忙按通，里面却是沙哑的陌生人。

"喂，炎子，你怎么还没睡？"

"你是谁？"

"我啊。"

"没听出来，不好意思。"

对方清了清嗓子："是我，空荃。"

"空荃！你在哪？你怎么了，嗓子怎么哑成这样？"

"没事，感冒了。特别想你，想和你聊聊天。"

"空荃，你和大伟到底怎么了，你现在在哪？"庄炎急切地问。

"我在山东。"

"我打你家的电话了，叔叔阿姨说你没回去啊。"

"我没敢回去。"空荃说着就哭起来，"炎子，我该怎么办……"

"到底出什么事了，空荃？"

"我也不知道，真的不知道，不知道怎么会这样。明明我在北京和大伟好好地在一起，不知怎么就怀了孩子，稀里糊涂地就结了婚，不知道为什么我们经常争吵，我们什么都没有，我们哭泣，我们打闹，我的脾气一天比一天坏。我冲过去推搡大伟的时候，一不小心跌倒了，从楼梯上滚了下去，血，满身都是血，到处都是血，我们的孩子的血，顺着水泥的楼梯流下去。"

空荃继续哭着说："炎子，这一切都是梦，对不对？一切都是梦，一场噩梦，为什么会是这样？为什么？"

　　"空筌，你冷静点。没事了，没事了，真的没事了。一切都过去了，那是一场梦，一场不真实的梦。"庄炎也哭得一塌糊涂。

　　庄炎不知道自己何时睡着的，她流着泪想着大家在一起的时候。

　　北山森林公园，庄炎和空筌、秦宇晴、简悦爬到山上，坐在浓密的树荫下。

　　"湿的。"庄炎跳起来。

　　"是啊，昨天没下雨啊，地怎么是湿的？"

　　她们扒开地上的草，下面是褐色的，指甲盖大小如木耳般的东西。

　　"这是什么？"

　　"地耳，像是我们吃的地耳炒鸡蛋里边的地耳。"

　　"我们发财了。"空筌说着开始采摘，"这里的宝贝真多。"

　　"喂，你摘了准备生吃吗？我们可没有火。"庄炎叫道。

　　"也是。"空筌直起身来，抱着吉他轻轻地拨响。吉他还没发出连贯的声音，空筌就又站起来跑了，"快来看，一只长尾巴的鸟，好漂亮啊。"

　　庄炎拿出手机把鸟拍了下来，等她们再走近的时候，鸟忽然扇着翅膀飞走了。

　　然后她们折回来，躺在草地上睡觉，睡了整整一个上午。

　　下午她们正在路上溜达，见一辆大巴车从远处驶来。

　　"走，我们坐车玩去。"庄炎她们拎着画箱站在路边使劲摆手。

　　"老张，会不会把我们抓回去。"庄炎指指在对面的河边正在画画的张主任和林院长。

　　"嘘，小声点。"空筌对着张主任和林院长的背影，手一抓一抓地比画着念道，"别回头，别回头，不要看见我们。"

　　车停了下来，庄炎她们几个一哄而上。

　　"师傅，这车是到哪的？"庄炎问道。

"西宁。"

"太帅了，我们可以去西宁玩两天。"空箜喊道。

"老张晚上会不会去房间查岗，我们会不会被发现？"秦宇晴伸过头问。

"不会的，他们敲不开门，肯定以为我们睡了。"庄炎说道。

"对呀，我们睡了。"空箜抱着臂膀闭上眼睛，故意发出轻微的呼噜声。

庄炎把手伸进空箜脖子里，空箜就夹着脖子弹着腿，一阵狂笑。

她们到西宁，吃过晚饭已经晚上10点了。

庄炎提议，先在附近的宾馆住下，明天再出去玩。

于是她们进了车站附近的一家宾馆，大厅装潢得还算不错，巨大的水晶吊灯，墙上还挂着六个钟表，显示着不同国家的不同时间。

庄炎她们要了一个三人间，在二楼，房子里破旧不堪，白的墙皮看起来像米黄，还有一块块脱落的痕迹。房间里弥漫着一股难闻的味道，一个破旧的电视和三张床，没有热水。

"这怎么住啊，我们换一家吧。"简悦说。

"都十点多了，我们人生地不熟的，先将就一下吧。"庄炎看了看表说。

庄炎她们拎着被单吐着舌头，咧着嘴，白色的床单上一块块发黄的污渍。

"你们看，这还有血。"空箜拎着被单皱着鼻子指着一厘米直径大小的血滴。

她们找了一圈，房间里竟然没有电话。

庄炎正准备出去找总台换床单，就听过道里涌来了一群人，叽里呱啦地喊叫着，虽然听不懂他们说的是什么，但知道是一群喝醉酒的藏民。

不一会就听到了外面拧门的声音，空箜她们慌乱地抱成一团。

"怎么办？"空箜看着木头门问。

"不会拧开吧？"庄炎也对这破旧的木头门的质量产生了怀疑，"空筌，快，你不是会变声吗，快变个男人把他们吓跑。"

"我不行吧，我那是在宿舍装着玩的。"

"关键时刻，快点，要不来不及了。"

"你来个粗犷的，狠点的。"

空筌使劲点点头，往前挪了一步弓着腿，用粗粗的声音喊道："谁？"

空筌喊完，捂着胸口喘了一口气。庄炎她们立马鼓掌，但鼓掌的两只手没敢碰到一起，生怕弄出声音。

门口的拧门声停下来，外面依旧是杂乱的藏语吵闹声。

庄炎冲空筌她们摆了摆手，小声说了几句，她们便动手把靠门的那张床推过去堵在门后面。

她们怕不够结实，就把电视抬了下来，把不大的电视柜也抬到床上。然后把另两张床并在一起，四个人并排躺上，她们都把自己包裹得严严实实的，不想让自己的皮肤和这张床的被单有丝毫的接触。

空筌甚至把帽子都戴在了头上。

不一会就又响起了拧门声……

庄炎在拧门声中惊醒，听见庄母在门外说："炎子，你怎么还不起来，都八点了。"

庄炎睁开眼，揉着昏昏沉沉的头应了一声。

84

一辆凯迪拉克，红色的。

庄炎站在窗口看着网站的一帮小孩鱼贯钻进车里。

这是张主任新买的车，早上大家满脸兴奋、叽叽喳喳地讨论着与车有关的话题，不知是谁说下去体验一下，大家就拥着张主任下了楼，庄炎看着红色的凯迪拉克发动，驶出院子。

昨天还在开会，说网站的亏损问题，好像从运营以来，一直都是负数。张主任说得痛心疾首，下面的人也收起嘻嘻哈哈的面孔，好像真的在讨论一件沉重的话题，但那种沉重，那种责任感仅仅持续了两个小时，网站就恢复了"生机勃勃"的氛围。

今天张主任就新买了车，像是一个巨大的玩笑。

庄炎伸手揉了揉不断阵痛的太阳穴和积极向上翻涌的胃，转身拿起包，出门。她拿出昨晚记的一串数字，这是空筌的银行卡号，那丫头回到山东却不敢回家，自己租了个房子，工作还没着落，身上的钱所剩无几。

庄炎走在路上，地面软绵绵的，像是不真实的幻景，她把钱给空筌打过去，然后撑着昏昏沉沉的头回家。

庄炎拉开屋门，胃就更加积极地翻涌起来，庄炎冲到卫生间呼啦一声吐了，眼泪、鼻涕和那些不愿意待在胃里的东西全都吐了出来。庄炎捂着胸口，好像要把肚子里的脏器统统吐出来一样。

庄炎站起来，漱了漱口，回到卧室倒在床上。她拿出手机又拨出秦宇晴的号码，她要找到秦宇晴，一定要。庄炎无论如何都不相信，那么明媚的日子转眼就成了阴沉沉的一片。

"喂，请问你找谁？"电话里传来一个陌生女人的声音。

"您好，我找秦宇晴，她在吗？"

"秦宇晴！不在！"

"阿姨，您好，我找秦宇晴，我是她大学同学，一个宿舍的。"庄炎急切地解释道。

"哎，那个，这孩子……"女人陷入了沉默。

"宇晴，她怎么了？阿姨，怎么了？你快点告诉我。"庄炎说着，眼里就溢出了大颗的泪滴。

"她妈妈去世了，这孩子可能一时承受不住打击，疯了，在精神病院。我是她的邻居，来帮她拿些衣物，这孩子，真可怜。"

"不是的，不是的，她是故意的。她说她故意哭哭笑笑幻想疯掉的，快把她接回来，我要和她说话，我要和她说话，求求你阿姨。"庄炎抱着断了线的电话泪流满面。

庄炎拨通简悦的电话，里面却是飘飘忽忽让人觉得发抖的声音。

"炎子，我要跳到海里去，海里有一个巫师，她可以帮人们实现愿望。"简悦用毫无感情的声调说道。

"简悦！"庄炎吸了口气，抹掉眼角的泪喊道，"简悦，你怎么了？"

"我毁容了，那该死的男人骗了我，说是韩国最好的私人整容机构。都是骗人的，那个男人说他和那个整容机构的老板是朋友。可是他们，他们，却在我脸上留下了长长的一道疤。"简悦拿着电话咆哮着，"我要找到那个该死的男人，杀了他，杀了他。可我找不到他，我只能跳到海里去，去找传说中的巫师。"

"你冷静一点！你为什么要把自己的未来，自己的幸福放在男人身上？放在容貌身上？我们那么不堪吗？离了这些东西，我们会死吗？我们上了四年大学，学了四年设计，白学了吗？我们为什么不能靠自己？"庄炎咆哮着，"我们真的只能靠外表去获得一些东西吗？你跳吧，海很大，但是里面没有什么所谓的巫师，你跳吧，你懦弱到只能靠男人，然后杀死自己。秦宇晴疯了，空筌的孩子没了，好了，让一切都消失吧！"庄炎"啪"地挂了电话。

庄炎躺在床上头疼欲裂，她大口地呼吸空气，仿佛看到了她和简悦、空筌、秦宇晴说笑着奔跑的模样。

她们同分一个烧饼，她们集体逃课，她们上课的时候，替缺课的人喊到，她们在学校礼堂看鬼片，她们在山上跟着松鼠奔跑……一切都那么美好，那么简单，那么快乐。

庄炎觉得那就在昨日，却又觉得遥远得像另一个空间，无法触及。

"我一定要坚强，空筌、宇晴、简悦，她们需要，我自己也需要。"庄炎挣扎着从床上坐起来打开电脑，"我还有未来，还有理想，我们都会好起来，都会。"

85

网站要组织秋游活动，庄炎请了假。她窝在家里，白天做宣传页的设计，晚上就整夜整夜地发呆，她头疼，反胃，晕晕乎乎的，却总是无法入睡。

她关掉手机，害怕再听到任何消息。庄炎觉得这种封闭的状态很好，和这个秋天，和外面被风吹掉的落叶一起，等待果实的收获，或者是另一个春天。

大脸晶买的一大堆零食散乱地放在地上，庄炎对它们没有丝毫兴趣。

庄炎想起元旦在老师家包饺子的情景，才让老师，单身，自己住着三室一厅的房子，于是大家就把聚会的地点放在他家。其他老师把家里的碗、碟子也都拿来，二十几个人的口粮可是个不小的问题。

才让老师家的客厅顶灯一关，DVD一开，简直就一酒吧。

秦宇晴、简悦在那边和一帮同学包饺子，打打闹闹弄得脸上满是一块一块的面粉，跟小花猫一样。

不会做饭的同学就坐在客厅里一阵狂喧。

"老师，你装修得太帅了。"庄炎叫道。

"那是，我自己设计的。"

"你把音乐开这么大声，会不会吵到楼下的？"张老师问道。

"不会，楼下的也是摇滚迷。"才让老师笑着给庄炎她们杯子里不停地添雪碧。

吃完饭，音乐声更大了，才让老师唱起了藏族的祝酒歌，在歌声中大家共同干了一杯。

然后大家就兴奋地跟随音乐跳舞。

大家站在一起，后边的人把手搭在前面人的肩膀上，排成一排，在音乐声中做着同一个动作，一曲歌舞完后，大家就又端起饮料杯、酒杯，一顿狂碰。

然后就是一曲接一曲地跳舞。

庄炎她们玩累了，就溜到房间里，横七竖八地倒在床上。

"你说才让老师一个人住这么大的房子，多happy啊。"庄炎看着天花板说。

"有情况，有情况。"空箜跑进来喊道，"我刚上卫生间，发现梳妆台上放着三个杯子，5个牙刷，你说才让老师一个人，要用这么多牙刷吗？"

"看来还真是有内幕呀，一会我们把才让老师叫过来，灌晕，审审他，看是怎么回事。"庄炎笑道。

"这可得你和空箜出马，我酒量可不行。"秦宇晴笑道。

"哈哈，那我先把你灌晕，看看那天神神秘秘地给你打电话的是谁？"庄炎对着秦宇晴笑道。

"这我在行，不用灌晕。"空箜说着扑了过来。

几个人在床上打成一团。

才让老师推开门说："哎哟，我的床，你们别给压塌了。"

"老师，床塌了，睡地上啊，地上更广阔。"庄炎笑着冲才让老师喊道。

"等着，我去给你们弄几瓶饮料。"庄炎说着从床上跳下去。

"那我去给大家再弄来点饺子，我怎么觉得又饿了呢？"空箜说着也从床上跳下去。

那晚玩到很晚，庄炎拿着饮料和老师碰酒的时候，简悦她们几个就偷溜了。庄炎到12点只好给韩艺打电话，让韩艺去接她。路上，庄炎跳到韩艺背上，让韩艺背着她，在深夜的街头说着胡话。

"我要嫁给你，我就是你的，你一个人的，这辈子都是。"

"嗯，我很爱你，但总是害怕给不了你一个未来。"

"为什么？"庄炎问道。

"婚姻就意味着很多责任，你知道吗？我要承担很多，我害怕我承担不起。"

"责任也是一种幸福。"

"不，责任真的太多，还有我父母，都将成为我的责任。"

庄炎从韩艺背上下来："我不是你的责任，也不是你的负担，我们可以很开心地在一起，为了以后而奋斗。"

"你不明白。"

"你这人真是的，干吗想那么多让自己那么累。"庄炎说着又跳到韩艺背上，"我要喝羊杂汤，西关十字那家，不是二十四小时营业吗？"

庄炎回过神来打开电脑在日志中写道："我开始迷恋那叫记忆的东西，或者一直在迷恋，是用来疗伤，还是我真的老了，越来越怀旧？说不清楚，唯一清楚的是一切都已过去，记忆无非是幻境，但愿我们都足够坚强。"

庄炎把下巴放在膝盖上窝在电脑椅里沉沉地睡去……

86

死了？

死了？！

"不！不可能！你们骗我！"庄炎捶着桌子大叫，她发疯般地把连着电脑的电源拔掉。

庄炎醒来的时候，已经是夜里22：20，她看到班级的群组在跳动，就揉着眼睛点开。

那个消息像一只被箭射中的鸟跌落在地上一样砸在庄炎心上。

设计猫 21：15：34

2006年10月20日，我们大学同学韩艺，永远地离开了我们……

深蓝 21：15：39

开什么玩笑？

设计猫 21：16：06

我真的很希望这只是玩笑！

深蓝 21：16：18

怎么会这样，哀……

娟娟 21：16：30

再难也得活。

郭煜 21：20：03

生命如此脆弱。

大伟 21：22：08

兄弟，我们还有场酒没喝呢？

……

庄炎摇着头惊恐地盯着屏幕，发疯般地扯掉电源，慌乱地摸出手机拨出韩艺的号码。

无法接通，为什么是无法接通，庄炎颤抖着后退。

庄炎的脊背撞到墙上的那刻，眼里的液体倾泻而下："不可能，不可能！那只是一个玩笑，韩艺不会死，不会，我们还要在一起的，他说爱我的。"

"大熊，我的大熊呢？"庄炎推开门冲了出去。

庄炎到大脸晶家的时候，大脸晶刚刚冲完澡，裹着浴巾。

"炎子，你怎么了？出什么事了？"

"大熊呢，我的大熊呢？"庄炎一把推开大脸晶直冲卧室。

庄炎抱着大熊泪流满面："走，我们回家，韩艺会来找我们的，你不在他会不高兴。"

"韩艺。"大脸晶轻声重复道，庄炎抱着大玩偶熊踉跄地出门。

"炎子，你等等我。"大脸晶说着冲进卧室换衣服。

庄炎抱着大熊一个台阶一个台阶地往下走，楼道的灯突然灭掉了。

庄炎脚下一滑，抱着大熊滚了下去，她又慌忙坐起来抱起大熊，拍着它身上的土，"你没事吧，疼不疼……"

庄炎泪流满面地抱起大熊继续往前走。

"炎子，你等一下。"大脸晶追过来，"炎子，你的膝盖流血了，怎么样啊？去医院包扎一下吧？"

大脸晶说着去拉庄炎，试图接过她怀里的大熊。

"走开！别碰我的大熊！"庄炎猛地抱着大熊推开大脸晶，因用力过大，自己又和大熊滚在地上。

庄炎爬起来拉着大熊抱在怀里。

"炎子！你发什么神经！大半夜的！韩艺又说什么了，你至于这样吗？离了这个男人你会死吗！"大脸晶站在后面喊道。

"我不会死！可是他死了，死了，你满意了吧！"庄炎声嘶力竭地喊道。

"谁死了？韩艺？"大脸晶愣在原地，"怎么会这样？"

庄炎和大熊一次次地摔倒，最后庄炎干脆躺在地上放声大哭。

大脸晶追上来扶起庄炎："没事了，没事了。"大脸晶伸手擦掉庄炎脸上的液体。

庄炎推开大脸晶，猛地跳起来："电脑，电脑呢？"

庄炎说着向前狂奔，却"咚"的一声又滚在地上，她仰面躺在地上，喷涌的泪水顺着脸颊流淌，枯黄的树叶在风的扯拽下，胡乱地纷飞，庄炎抬手抓起手边的落叶，在手里抓成一把碎片，抛向空中。

韩艺的笑脸在夜空那么清晰地绽放……

87

庄炎对着电脑愣愣地看着那封署名为韩艺的电子邮件。

亲爱的炎子：

我的爱人！

当你看到这封信的时候，我已经永远地离开了这个世界。原谅我这样的选择，原谅我的懦弱，但这是我获得解脱最好的方式。

如果生命还要我多停留一天，对我——却是悲哀，没有停留的理由和希望。努力地，努力地去寻找，去拼搏，仍旧是一片苍白，一种无力。那点生存的意义，对我却是一点也不曾施舍过，来临过。

我累了，痛了，没有任何借口，真的累了，想放弃了。

炎子，我爱你，分分秒秒都从未改变。在这最后的几个小时，我一闭上眼睛，就是我们欢乐的时光，是你让我微笑着离开这个世界，你是我今生最大的幸福，最大的收获。

你从火车站离去的时候，我站在淋浴下面，让冰凉的水覆盖自己的身体，覆盖满脸湿热的泪水。我多想牵着你的手，去拥有一个未来。可是我不能，我什么都没有，一切都是未知，我什么都给不了你。我害怕见你，害怕看着你离开，我害怕我的心会痛到窒息。

我的爱人，你说过你什么都不要，只要和我在一起。我真的想，但我不能。我的父母都是普通工人，这些年又下岗，为了我上大学他们已经耗尽了全部的积蓄。我一个背负着父母赡养责任的穷小子，凭什么让你和我一起受苦？如果给不了你幸福，我宁愿放弃，起码我可以看着你去寻找幸福。

而我不甘心回到我们那个贫穷的县城——留在兰州，对我来说也是一条不可预测的路，我不能那么自私，把你留在我身边。

也许你会说，你爸爸会帮助我们。

你知道吗？当你决定租房子同居的时候，我有多么高兴，但想起每月二百多元的房租，心里又不是滋味，尽管你对我说房租的事情不用我管。可你知道吗？我一个堂堂男子汉，却要女朋友拿房租去同居，我受不了！但为了让你高兴，我最后还是听你的，与你住在一起。

炎子，你知道吗？我们在一起的日子，我心里充满了快乐，也充满了痛苦！快乐的是能与你在一起，享受你的温柔与爱意；痛苦的是作为一个男子汉的自尊带来的隐隐的痛，还有忍受一个成熟男人不能与身边自己心仪的爱人享受幸福生活的痛苦。每每听到你喊的那句"疼啊"，我的心都会战栗——我还承担不起对你的责任，更不可预测我们的未来。而过早的性爱会让你承受巨大的痛苦。因为爱你，所以我不能只顾我自己，如果我不能给你一个未来，我就不能占有你，那是对你的一种伤害。

毕业前的那段日子，我们虽然很愉快，但你为了跟姐妹们在一起度过最后的时光，常常坚持回宿舍，我知道你的不舍，我知道你的痛，你的怨。我也一样，在夜里，泪常常不由自主地溢出。

我们分开后。我曾经对你说过，一个男人只有拥有足够的能力，足够的物质基础以后，才能给爱一个"家"，但你不以为然，说如果在最困难的时候，在为明天奋斗的时候你都没有想过和我一起，那以后的长相厮守又有何意义。

你说，这个世界上只有我是你愿意携手从零开始奋斗，从贫困一步一步走向辉煌的人。

可我对自己不自信，我害怕要面临的许多东西。

当我要毕业的时候，你知道我的父母多高兴，因为再也不用发愁我的学费了。妈妈说，你毕业就可以挣钱养家了，爸爸说等你在兰州安家了，我跟你妈就搬过去和你住。而我，毕业后费了好大劲才在这家设计公司找到一份工作，人家都要有经验的人，可我刚毕业哪来的经验？

我天天加班熬夜，挨训受苦，工资却低得可怜，我跟牛马一样干着最累的活，拿着最少的报酬。

我仅仅能维持生计，别说买房子，连租套房子都是奢望。

我告诉自己，这都无所谓，只要我勤勤恳恳，总会好起来的。上个月总算有个机会，如果谁能把一家公司的广告设计做好中标，就可以获得加薪的机会，工资可以增加到800元。参加设计的有三个人，都是刚去的毕业生，但我自认为我的实力最强。

我熬了两个通宵，很卖力地把设计稿做好，满怀希望地等着交给主管加薪。但我无论如何都没有想到，当我拿着样稿送到主管办公室的时候，一个竞争对手已经拿着与我一模一样的样稿在那里跟主管大谈设计理念。

我冲上去说这是我的设计，你怎么拿到的？这时候我想起来我设计完以后忘了关电脑就在办公室的沙发上睡着了，他肯定是趁我睡着的时候拷走了我的作品。我以为我说出来他偷我的作品他会脸红，最终我会夺回来自己的劳动果实。

但我错了，他的厚颜无耻与主管的不明是非让我震惊。他说你想加薪想疯了吧，跑来争夺我的作品。

而主管看我愤怒的样子不但不调查，反而听他的一面之词，认定我在争人家的作品，还说我想不劳而获。

天下竟有这么荒唐的事情！

这就是生活？这就是现实？我还有什么希望？我的出路在

哪里？我如何面对我的父母？

我何时才能挣到买房子的首付款？与其这样痛苦地煎熬，还不如趁早解脱！炎子，我真的撑不住了，我太累了。我想结束这一切，我需要解脱。

写到这，手机响了，我真的没想到，你在这时候会打电话。我拿着手机，看着你的名字，手不停地颤抖。我不能接，原谅我，我害怕我无法面对你，我害怕你会让我改变主意，我给你发了短信，然后把手机扔进了水池里。

亲爱的炎子，再见了。今生今世我无法给我们的爱一个归宿。如果有来世，那就等来世再说吧。也许，来世我也无法实现。

在冥府，如果真的有孟婆汤，我一定不会喝的，我要记着你，永远……

不要怪我的懦弱，你知道忍耐是一件多么残酷的事情。你知道一点点地去等待、去期盼生命赶快结束是多么的痛苦！纵然我真的离去，依然知道你会为我难过。但是请你不要为我哭泣。总会有这样的一天。

这是解脱。

炎子，吻你，拥抱你！忘了我吧，我会在另一个世界祝福你！

记得快乐、幸福地生活，但愿我把所有的忧伤、不快乐都带走，把快乐留给你今后的日子。

忘记我，然后快乐地生活！

……

庄炎把电脑的插线一点点地安好，她没有泪，没有表情地看着电脑屏幕，然后敲着键盘在博客里这样写道：

你试没试过不用眼睛流泪？你试没试过让"伤"把自己吞下去？然后你就变成了没有表情，没有思想的木头人……

韩艺，你真的很残忍，你没有留给我丝毫选择的余地，但我依然爱你，我是你的女人，你休想赖掉……

庄炎颤抖着把手深入下身，一阵撕裂的疼痛，伴随着庄炎轻声的呼叫，黏黏的液体，湿漉漉地覆盖她的指尖，鲜红的液体顺着椅子滴落在地上。

"我是你的，你看到了吗？"庄炎挤出一丝涩涩的微笑，站了起来……

88

三个月后……

庄炎把辞职信交给张主任，在大家的挽留和不解中走出了网站，把自己推进了明媚、高远的阳光下，庄炎抬头对着天空大喊："韩艺，你看好了，我会替你走完后面的路，开开心心，漂漂亮亮地走完……"

庄炎喊完，长长地吐了口气，绽放了一个微笑，包裹在身上好似透明的黑色忧伤，又如一层破旧的皮脱落在地上。

庄炎转身走进了附近的一家理发店。她对一个红头发的理发师说："剃光头。"

理发师在庄炎回头一笑中彻底木了："啊？光，光头？"

"嗯。"

"你确定？"

"确定，非常确定！"庄炎转头对理发师扬扬眉毛，"可以开始了。"

"你再考虑一下吧，这么长的头发，要不我给你剪个沙宣。"理发师看庄炎没有反应就又补充道，"寸头，也可以，长一点的寸头，女孩子剪出来很酷。"

"光头！"庄炎不容置疑地说。

理发师摇了摇头，拿出剃刀在手里转了一圈。庄炎闭上了眼睛，听到理发师小声说了句："遇到什么事别想不开，很快就会过去的。也许一睁眼一闭眼，就会有个很帅的帅哥出现在你面前，跟自己过不去，真的不必。"

庄炎闭着眼睛在心里挤出一丝笑，那丝笑在心里漾开，却是酸酸的——

失恋，为情所伤，悲伤至极的一种失控，多可笑。我是在迎接新的开始，充满希望和阳光的开始，我只是在做自己想做的事，不是剃度为尼，而是"聪明绝顶"。从现在起我要为两个人活着，为了自己和韩艺，我要替他过完他没过完的人生，也替自己找一个可以自由呼吸的出口。

庄炎在剃刀滑过头皮的那刻，身体轻轻抖了一下，她闭着眼睛想象着那束头发从她头上无助地飘落，落在满是头发茬子的地上："为什么，为什么，我会觉得痛，会不舍？"庄炎在心里惊叫，"不，这种感觉是虚幻的，要做一些事情，就必须有勇气去面对一些事情，从'头'开始，很快就会有一个新的开始。庄炎，你记住你需要的这种决心和勇气。蜕去吧，蜕去身上那层黏糊糊湿漉漉的忧伤之皮，活出一个更加洒脱和明净的自己。"

庄炎紧紧攥着手，闭着眼睛，她不敢睁眼，她害怕眼眶里湿热的液体会失控。火车站的拥抱、呼喊、祝福，韩艺明媚的微笑都成了无法触及的过往，一切都走得太快，又来得不可预料。无论是梦想还是幻景，都已经过去，我要向前走，朝着有光的地方……

　　嘤嘤嗡嗡的剃刀声，清晰且极具力度，庄炎怎么都觉得那冰凉的剃刀像落在温软的心上。庄炎身上的每一个细胞都在不停地颤抖。分分秒秒对庄炎都成了漫长的煎熬，如同一个人剥去了她的一层皮，虽然那层皮是自己下决心蜕掉的，但也难免那种揪心的痛。

　　一切都过去了，庄炎还是庄炎，但眼神更加清澈而坚定了，她心中有强大的动力，足以支撑。

　　庄炎推开门的时候，庄母把一个玻璃杯重重地摔在了地上，然后坐在沙发上放声大哭："你想气死我吗？一个女孩子弄个光头，你干吗不跟我商量一下，这么自作主张，你看看你还有个女孩的样子吗？"

　　庄父愤怒地瞪着眼睛："庄炎！你是越来越不像话了！你这是看不得我和你妈好好地多活一天，你去把头发给我弄回来。"庄父身体歪了一下，伸手扶住额头，"你真是疯了，你马上给我去买个假发，要么买个帽子。"

　　庄炎站在原地，如同一个木头人。

　　"听见了没有！现在去！"庄父狠狠地拍着桌子，然后脚步踉跄地靠在桌子上，庄母连忙扶庄父坐下。

　　庄炎冷静地说："爸，妈，对不起！但请你们尊重我的决定，剃光头没什么见不得人，也不是什么大逆不道。我有我的梦想，我的生活方式，请你们让我去飞翔，我会努力去奋斗，也会有很灿烂的人生。不要束缚我，不要用世俗的教条打折我的翅膀，我想要也需要飞翔。

　　人生不是千篇一律的复制，你们也不是生产复制品的机器。你们常常说，人生短短几十年，那就请你们让我好好把握这几十年的光阴，去过畅快而精彩的生活，这个世界上没什么不可能，只有你不敢想，不敢做，这个新的开始，我需要！"

　　……

89

庄炎托着腮帮子思考了很久，在电脑上敲出了"设计之家征集令"——

征集条件：

1. 热爱设计，并把设计作为事业和终身奋斗目标的。

2. 不怕苦，敢于从零奋斗的。

3. 男人：长发飘飘；女人：聪明绝顶。

4. 积极向上，以快乐为目标的。

符合以上条件者，请于2007年1月5日前，到花园路123号，梦想大厦A座19楼1908室报道。

90

庄炎站在工作室门口，摸了摸光溜溜的脑袋，带着明媚的笑走进工作室。

烫着飞扬卷发的端木跟在庄炎身后。

9：05分，又一个光头、满脸阳光的女孩走了进来："我们说过要一起开工作室的，休想丢下我。"女孩的笑很温柔，她叫秦宇晴。

一个扎马尾辫的男孩推开门，面朝阳光站着："我觉得我很符合条件，就来了。"

庄炎笑着跑过去给男孩了一个拥抱，他叫裴大伟。

庄炎转头看着窗外明媚的阳光喃喃地说："还会有人来的。"

……